HEYNE‹

AF217037

SOPHIE ANDRESKY

VÖGELFREI

Erotischer Roman

WILHELM HEYNE VERLAG
MÜNCHEN

Penguin Random House Verlagsgruppe FSC® N001976

24. Auflage

Originalausgabe 09/2021
Copyright © 2009 by Sophie Andresky
Copyright © 2009 by Wilhelm Heyne Verlag, München,
in der Penguin Random House Verlagsgruppe GmbH,
Neumarkter Straße 28, 81673 München
produktsicherheit@penguinrandomhouse.de
(Vorstehende Angaben sind zugleich
Pflichtinformationen nach GPSR.)

Umschlagillustration: Lickerishltd.com / Willy Camden
Umschlaggestaltung: yellowfarm gmbh, s. freischem
Satz: Schaber Datentechnik, Austria
Druck und Bindung: GGP Media GmbH, Pößneck
Printed in Germany

ISBN: 978-3-453-67570-4

*In Liebe für Marcus,
weil die Kater schnurren, wenn sie
dich sehen, und es mir genauso geht. Weil
du ernsthaft bist, aber nicht alles ernst
nimmst. Und weil wir immer noch so viel
miteinander zu lachen haben.*

*Herzlichen Dank an Eric Manussen
für all die Unterstützung und an
Katharina für ihre vielen hilfreichen
Anmerkungen und Vorschläge.*

»Nicht die Penisse sind das Problem, es ist das, was dranhängt. Das allerdings gibt es in verschiedenen Größen (...) und Ärgernisgraden.«

IRVINE WELSH, *Porno*

INHALT

MAREI

1

Champagner
mit Holunderblüte in Sirup

Ich bin Romantikerin.

Und ich liebe das Schöne.

Aber der Sex an sich, zumindest, wenn er geil ist, wenn zwei glitschige, prall durchblutete Körperteile ineinandergleiten, wenn schweißnasse Körper so verknotet werden, dass sich an manchen Stellen Wülste rollen, an anderen Stellen die Knochen hervortreten, wenn sich die Gesichter verzerren, die Augenlider flattern und alle Beteiligten Grunzlaute erzeugen, die klingen wie eine Mischung aus angeschossenem Bär und kalbender Hirschkuh, dann ist das weder romantisch noch schön im Sinne des Musikantenstadls. Und trotzdem ist es großartig. Es hat nichts zu tun mit flatternden Negligés im Mondenschein oder süßem Gehauche wie gezuckerte Rosenblätter. Das ist dann echter Sex. Sex für große Mädchen. Und darum geht es. Um Fick-mir-das-Hirnraus-Sex.

Ich sehe mich um. Alles hier in meinem Palast, in dem wir das heutige Fest feiern werden, ist Musikantenstadlwunderschön: Die brennenden Kerzen auf den riesigen silbernen Ständern verbreiten eine flimmernde Schwüle, eine knisternde, flirrende Oasenluft in meinem Salon. Die Brokatstoffe türmen sich auf den Sofas und Sesseln, als wären sie von einer hastig beendeten Orgie übrig geblieben. Meine beiden dicken Kastratenkater räkeln sich schnurrend darauf und lecken sich die buschigen Schwänze und das weiche Pudelfell am Bauch. Ganz ähnlich klingen die vielen kleinen und großen, bunten und silbernen Dildos, die ich in den Blumenkübeln verteilt habe und die wie abstrakte Kunst aussehen. Von der Decke hängen die Vogelkäfige, die ich während der letzten Jahre auf Flohmärkten und Auktionen gekauft habe und in denen man Knäuel aus bunten Seidenstoffen, Gefäße mit dampfendem Trockeneis oder Blumen bewundern kann. Der Duft von Vanille und meinem Maiglöckchenparfüm schwebt im Raum, und auf dem üppig gedeckten Tisch sehe ich zwischen den funkelnden Bestecken, den Kristallgläsern und den Buketts aus Papageienblüten die Pomelo-Schnitze leuchten.

Auf jedem der sieben Plätze steht ein Schälchen mit bereits angerichtetem Salat und darauf – wie geöffnete feuchte Mösenspalten – das Fruchtfleisch der Pomelos. Die Gäste müssen jeden Moment eintreffen, und ich gebe Jannik ein Zeichen, damit er die Holunderblüten in die Gläser verteilt, kaum bedeckt vom Sirup, und dann den Champagner darübergießt. Der ist so kalt, dass die Gläser beschlagen. Seine weiß behandschuhten Hände stellen den Holunderblütenaperitif auf den kleinen Beistelltisch. Ich nehme mir noch ein Glas, als er mit dem Tablett an mir vorbeikommt.

Ich hatte schon das eine oder andere, aber angeschickert bin ich als Herrin des Hauses einfach am besten. Das ist ein Gesetz: Der Fisch in der Pfanne muss schwimmen, und die Gastgeberin an der Tafel auch. Dafür sorgen nicht unerhebliche Mengen Champagner – aber was soll's, mein Mann bunkert genug davon im Keller. Auch unter der Tischkante, zwischen den Beinen der Gesellschaftsdame, hat es feucht zu sein.

Darum kümmert sich in meinem Fall der Caterer. Das hatte ich schon lange vorher bei der Planung dieses Festes beschlossen. Er ist sozusagen das Amuse-Gueule meiner Dinnerparty, der Gruß aus der Küche, und als solcher auch für mich eine Überraschung. Denn ich bin nicht vorher durch die Feinkostläden gezogen auf der Jagd nach dem attraktivsten Fahrer. Ich habe nicht weißteigige Metzgerhände verglichen mit den gebräunten schlanken der spanischen Aushilfen. Ich habe einfach das Dinner bestellt und gewartet, was auf mich zukommt. *Wer* auf mich zukommt. Heute Abend nehme ich als Auftakt jeden – das gehört zum Spiel. Ein letztes Blind Date zum Abschluss. Vögel-Roulette könnte man das nennen, rien ne va plus.

Der wird es also.

Er ist knapp eins sechzig groß und hat eine beginnende Halbglatze. Alle Gerüchte über den Zusammenhang zwischen männlichem Haarwuchs und Potenz, dass die mit dem Affenfell auch ficken können wie ihre Kumpels im Zoo, sind Quatsch. Zwar kenne ich kahlköpfige Männer, die aussehen wie wandelnde Riesenpenisse, doch zwischen ihren Beinen hängt bloß ein trauriges Würmchen, mit dem man vielleicht angeln kann, aber die yetiartig bestückten Zottelrastas halten auch nicht immer das, was sie versprechen. Letztendlich sieht man es einem Mann nicht an, was er bringt, man muss ihn schon testen.

Anfangs ist der Caterer noch schüchtern, als er reinkommt und seine Styroporkästen und Taschen abstellt. Er verschlingt den ganzen Raum mit seinen großen, glänzenden Makakenaugen. Ich kann genau sehen, dass er überlegt, ob er wohl in einem Bordell gelandet ist. Vor allem Jannik irritiert ihn, obwohl der selbst keine Miene verzieht und wie ein schweigender, geschäftiger Pinguin hin und her läuft, ihm das Essen quittiert und mit seinen weißen Handschuhen eine einladende Geste in meine Richtung macht.

Was der Caterer nicht weiß: Er ist nicht nur der Auftakt für eine große Dinnerparty, er ist auch der letzte Unbekannte, den ich in diesem gerade vergangenen wilden Jahr ficken werde. Denn dies hier ist der krönende Abschluss meiner Vögelfreiheit. Ein Jahr lang hatte ich einen Freifahrtschein, mein Mann hat ihn selbst unterschrieben: Zwölf Monate lang darf ich ficken, vögeln, kohabitieren, lecken, lutschen und ganz allgemein tun und lassen, was ich will, mit wem ich will, wie oft ich will, wo ich will, wann ich will. Und ich hatte nicht nur die Erlaubnis. Ich hatte das Recht dazu.

So stehe ich jetzt an den Flügel gelehnt da in meinem engen schwarzen Kleid und lasse die nackten Arme ausgebreitet auf dem Instrument liegen. Die breite Narbe, die wie ein Stammeszeichen meinen rechten Oberarm vertikal durchschneidet, ist bei der schummrigen Beleuchtung mit den vielen flirrenden Farben und Spiegelungen kaum zu sehen, und sie geht ihn auch nichts an. Und obwohl von den Dutzenden winzigen Knöpfen an der silbernen Borte, die das Kleid vom Hals bis zu den Knöcheln zusammenhalten, kein einziger geschlossen ist, er also freien Blick hat auf meine nackte Haut, meine Brüste, meine blitzblank rasierte Möse, versucht er immerhin, mir ins Gesicht zu sehen. Das ehrt ihn, ist aber zwecklos, denn das Kleid hat am Rücken eine große weite Kapuze, die ich bis in die Stirn gezogen habe, sodass ich wie eine augenlose Priesterin am Flügel stehe und die Beine aneinanderreibe.

Er weiß nicht, was er tun soll, zwirbelt an seiner Uniformjacke herum, schluckt hart, tritt von einem Fuß auf den anderen. Ich lege den Kopf leicht zurück, nehme das Glas mit dem Champagner, trinke erst, lasse dann aber die Hälfte über meinen Körper fließen bis zu meinen nackten Füßen.

Ich trage niemals hochhackige Schuhe, auch nicht zur Abendrobe. Hohe Hacken haben Männer erfunden, die es lustig finden, wenn Frauen im Film auf der Flucht vor Aliens stolpern, sich in den Matsch werfen und dabei ihre Bluse zerreißen. So eine bin ich nicht. Vor mir hätten eher die Aliens Angst. Einem halb narkotisierten Opfer kalte Instrumente in den Popo schieben, dabei den kleinen grünen Alienpimmel melken und das Ganze Wissenschaft nennen, also bitte, ist das pervers?

Ich winke den Caterer zu mir. Er trippelt wie ein Rennpferd hinter der Absperrung und macht dann einen langen Schritt auf mich zu. Ich nehme sein Gesicht zwischen meine Hände, sehe ihm tief in die Augen, die ein überraschendes katzenartiges Grau haben, lächle ihn an und lecke ihm langsam und genüsslich übers Kinn: mal mit der breiten Zunge, mal nur mit der Spitze – manche Briefmarken schmecken besser –, bis ich an seinem Mund angekommen bin und zwischen seine Lippen züngele. Er steht stocksteif da und ist so erstarrt, dass er nicht auf meine Hand achtet, die vom Flügel gerutscht ist und ihm zwischen die Beine greift. Er atmet scharf ein und dreht seinen Blick wieder in Janniks Richtung, der ungerührt das Silber nachpoliert und Konfekt in eisgekühlte Schälchen verteilt. Ich stelle einen Fuß auf die Fensterbank neben dem Flügel, lasse den letzten Schluck Champagner über meinen Körper laufen und ziehe den Kopf des Caterers am Nacken zwischen meine Brüste.

Die Rötung der Laserbehandlung eine Handbreit über dem Herzen ignoriert er. Gehorsam fängt er an zu lecken, erst zwischen den Brüsten, dann lutscht er sehr schnell auch meine Nippel. Er schnappt danach, als wäre er in Sicherheit, wenn er erst richtig angedockt hätte. Hier haben Männer das gleiche Problem wie die Saugnäpfe im Bad. Die Wand ist immer stärker. Da liegen sie längst mit einem leisen Plopp abgefallen auf den Badezimmerfliesen, wo sie in einer klebrigen Schicht aus Katzenklokrümeln und Haarspray festpappen, aber die Wand steht. Und wenn sich der Mund auch noch so vakuumartig um die Brustwarze schließt: Die Frau, an der der Mann hängt, ist nicht seine Mama, und die Gefahr wird niemals vorbei sein.

Immerhin fühlt es sich angenehm an, wie er da saugt. Meine Zitzen werden hart und brennen. Er ist ein wirklich begabter Nippelnuckler. Bei manchen Männern hatte ich schon Angst, sie könnten sie mir abbeißen. Er aber saugt sie mit weichen Lippen ein, macht dabei den Mund ganz weit auf und spielt mit seiner Zunge an den harten Noppen, sodass ich leise stöhne und seinen Kopf tiefer drücke. Gehorsam leckt er mir über den Bauch, züngelt kurz im Nabel und kniet sich dann vor mich.

Ich gehe ins Hohlkreuz. Zwischen meinen Beinen ist es mittlerweile so nass, dass ich das Gefühl habe, ich würde von innen überschwemmt. Er zögert jetzt nicht mehr, sondern presst sein Gesicht direkt auf meine Möse. Seine Nase teilt meine Schamlippen, und sein Mund liegt über Möse und Klit wie eine feuchte, fickgeile Qualle. Wer hätte gedacht, dass dieser kleine, untersetzte Danny-DeVito-Klon seine Zähne derartig unter Kontrolle hat, dass ich sie nie spüre, an den Dutteknöpfen nicht und auch hier auf den Schamlippen nicht. Es gibt nur seinen saugglockenartigen weichen Mund mit der vorschnellenden und zuckend leckenden Zunge an meiner Klit. Ich denke an Mick Jagger und sein Riesenmaul. Wenn der jetzt hier knien und mich lecken würde, dürfte sich das anfühlen, als hätte ich einen Hausmeister-Pümpel zwischen den Beinen. Mein talentierter Caterer ändert das Tempo, löst sich etwas von mir und fährt jetzt nur noch mit der Zungenspitze zwischen den Schamlippen hin und her, und jedes Mal, wenn er über die Klit schleckt, zucke ich zusammen. Schließlich macht er seine Zunge ganz hart und stößt sie immer wieder so weit in mein Mösenloch, wie er kann. Und als er mir anschließend mit der breiten Zunge die Möse mit gleichmäßigen festen Strichen von unten nach oben bestreicht, kommt es mir, ohne dass ich auch nur mit den Lidern gezittert hätte. Das muss er gar nicht wissen.

Ich bin nicht die königliche Orgasmusverkünderin und Männer-Ego-Aufpoliererin. Aber nett bin ich schon. Gut geleckt bin ich immer nett.

Denke ich in dieser milden Stimmung an meinen Mann? Schon. Habe ich ein schlechtes Gewissen? Keinesfalls. Es ist ja nur Sex. Das war sein Wortlaut: »Nur Sex.« Inzwischen weiß ich, dass es niemals »nur Sex« ist. Es ist ja auch nicht »nur eine Kernspaltung«. Sex ist die größte, mächtigste und gefährlichste Kraft, die wir haben. Da muss man aufpassen, dass man nicht mal eben eine Welt zersprengt wegen ein paar Zuckungen. Mir jedenfalls passierte genau das, als er es sagte. Ich hatte bis dahin die perfekte Ehe. Den perfekten Mann. Das perfekte Glück. Die ganz große Liebe. Ja, es ist kitschig, aber deshalb ist es nicht weniger wahr. Dann kommt er eines Tages nach Hause, erzählt mir von einer Affäre, dass sie praktisch schon beendet sei, und entschuldigt sich mit dem miesesten aller Sätze: »Es war doch nur Sex.« Mein Liebster, ehrlich gesagt, es war mein Leben. Aber jetzt ist nicht der Moment, wieder wütend zu werden. Und nebenbei steht ja auch noch ein geschwollener Catererschwanz vor mir, der für all die Verwicklungen nichts kann.

Der Rest dieses Ficks ist also Höflichkeit. Ich verlagere das Gewicht Richtung Fensterbank, sodass ich mich mit dem Hintern darauf abstützen kann. Neben einigen Papieren und Folien liegen hier die Blechkronen der Champagnerkorken herum, die sich jetzt in meinen nackten Hintern pressen und auf meiner Haut ein Muster von kleinen Zahnrädern hinterlassen. Ein Uhrwerk auf leicht gebräuntem, saftigem Schinken, vielleicht als Symbol dafür, dass auch meine Zeit tickt und ich nicht ewig eine Sexgöttin bleibe, sondern irgendwann in das Zeitalter der »Dame« übergehe – was nicht bedeutet, dass ich ehrbarer würde, sondern nur von Jahr zu Jahr seltener gefickt. Solche Mahnmale auf dem Hintern sind weder geil noch romantisch. Aber noch gehören alle Männer dieser Welt mir, und ich nehme mir, wer mir gefällt.

Als der Caterer seinen Schwanz aus der Jeans befreit, ist Jannik sofort zur Stelle und reicht auf einem silbernen Tablett ein Kondom, das sich der Caterer hastig überstreift – nicht ohne sich mit einem Kopfnicken zu bedanken. Wir sind eben alle sehr höflich und kultiviert heute Abend.

Er dringt in mich ein, und ich fühle, wie die Metallkronen ihre uncharmanten Muster in mein Fleisch pressen. Es fühlt sich ein bisschen so an, als wollten sie mich beißen. Ich denke darüber nach, ob ich mit Mitte dreißig wirklich noch moralisch dazu verpflichtet bin, einem Fremden, der mich gerade netterweise zum Orgasmus geschlabbert hat, auch noch einen Abschuss zu gönnen. Ich werde das heute zum letzten Mal tun. Die Zeit, in der mich derartige Konventionen interessiert haben, ist vorbei.

Sie war vorbei in dem Moment, als mein Mann seine Beichte beendet hatte und ich langsam, ganz langsam wieder Luft bekam. Was an diesem Abend sonst noch passierte, mag ich jetzt nicht erzählen, aber schließlich kam es zu folgendem Deal: Ein Jahr habe ich von ihm gefordert. Eine Revanche, einen Ausgleich, eine Buße. Ein Jahr, in dem ich alles tun darf, was ich will. Am Anfang war es nur Rache, dann Neugierde, inzwischen aber ist es

Lust, denn seitdem weiß ich, dass »nur Sex« nie »nur Sex« ist, auch für mich nicht. Es hat immer in mir gesteckt, diese Kraft, diese Gewalt, dieser Hunger. Ich bin auf meine Kosten gekommen, könnte man sagen.

Da muss ich lächeln, während der Caterer mit kurzen, harten Stößen in meine Möse fickt und ich mich auf der Fensterbank abstütze und auf die Uhr sehe, ob uns gleich die Gäste überraschen. Im Grunde ist der Fick mit dem Caterer genau der richtige Aperitif, denn heute wird vieles zum letzten Mal passieren.

Es ist ein folgerichtiger, fast symbolischer, dazu wirklich angenehmer, ich möchte nicht sagen Höhepunkt, da würde ich den schnaufenden Caterer überbewerten, aber ein schöner Abschluss. Und ein gelungener Auftakt für den Abend und die Gäste, die jetzt prompt klingeln. Das passt mir gut, so muss ich keine Konversation mehr betreiben, sondern nur noch den entladenen Catererschwanz aus meiner Muschi entlassen, mir das Kleid zuknöpfen, die Kapuze zurückschlagen und den guten Mann mit einem freundlichen Kopfnicken verabschieden.

Er rafft seine Jeans in der Taille zusammen, dreht sich im Kreis, schaut nach, ob er irgendetwas vergessen hat, verbeugt sich mehrmals im Rausgehen, stößt dabei an einen Stuhl und macht einen so konfusen Eindruck wie diese hektisch durch Labyrinthe irrenden Figuren in Computerspielen. Jannik greift sich die Papiere und die Blechkronen von der Fensterbank und führt den Caterer Richtung Küche. Möge er sich dort wieder herrichten, damit er draußen nicht als Exhibitionist verhaftet wird.

Barfüßig, mit aufgetürmtem Haar, orientalisch geschminkten Augen und einem Glas Champagner in der Hand streiche ich mir über die feuchte Stirn. So erwarte ich die Gäste meiner Soiree, die, da bin ich sicher, ganz anders werden wird, als einige von ihnen erwarten.

Ich gehe in Gedanken noch einmal durch, wen ich eingeladen habe. Sechs Gäste, vier Männer und zwei Frauen, die alle etwas gemeinsam haben, nämlich mich. Allerdings wissen sie das nicht. Ich habe sie alle innerhalb dieses einen Jahres kennen-, manche lieben und manche hassen gelernt. Als ich daran denke, wer nicht mit uns am Tisch sitzen wird, steigt ein bitteres Gefühl in mir hoch wie schwarze Seifenblasen. Ich wäre gern abgebrüht, aber ich vermisse ihn in solchen Momenten immer noch, meinen Mann. Ich nippe am Champagner, doch die Dumpfheit in der Magengrube bleibt. Mit allen meinen Gästen habe ich geschlafen. Sex ist etwas, das ich kann; mein Körper ist dafür gemacht. Und mein Geist auch. Ich halte nichts davon, Sex mit viel Theorie zu überfrachten. Ficken soll man fröhlich – und fertig. Für mich ist es wie ein großer Energietank, den ich anzapfen kann und der mich am Leben hält.

Aber es gibt Nächte, da breiten sich Träume in meinem Kopf aus, die mich beunruhigen. Meine gespreizten Beine in Großaufnahme, in meine Möse schlüpfende Finger, Zungen auf meiner Klit und zwischen den Arschbacken, immer mehr Hände. Schwänze, die in mich eindringen, von vorn und von hinten, Muschis, die sich an mir reiben, die sich an mich pressen, Ströme von Saft und Sperma, Menschen, die zusehen, Anweisungen geben, alles kommentieren. Ich mittendrin, wie ich mich aufbocke, winde, anbiete. Und die Erregung ist so groß, dass ich glaube zu platzen. Die Szene wird immer wilder; ich bin in einem Bett, mitten in einem Lokal, auf der Bühne eines Theaters, man streichelt mich, fickt mich, mit Zungen, Fingern, Schwänzen. Und immer komme ich an den Punkt, wo es sich entladen muss, all diese aufgestaute Geilheit, am höchsten Punkt der Achterbahn, wo man nur noch die Hände hochreißt und sich hinunterstürzt mit schrillem Geschrei. Doch bei mir passiert in diesen Träumen nichts. Nichts.

Das Gefühl der Erregung scheint sich bis ins Unendliche steigern zu können, aber ich spüre keine Erlösung. Die Finger, die Zungen, die Schwänze stoßen heftiger, die Schnitte zwischen den einzelnen Einstellungen werden immer schneller, nur kann ich die Spannung nicht überwinden. Ich komme nie in diesen Träumen. Was mir, wenn ich wach bin, so leichtfällt, ist dann unmöglich. Irgendwann wache ich völlig gerädert auf, fühle mich malträtiert und benutzt, bin gereizt und aggressiv und bodenlos enttäuscht.

Es gab einen einzigen Mann in meinem Leben, neben dem ich, als ich ihn liebte, schlafen und träumen und im Traum kommen konnte. Bei dem ich nicht Tiefschlaf-frigide war. Als hätte seine pure Anwesenheit neben mir im Bett gereicht, um den Knoten zu lösen. Diese Orgasmen, die mich gleichzeitig geträumt und körperlich, bewusstlos und wach überkamen, sprengten mich und ließen ein körperloses, schwebendes reines Glück zurück. Ich habe ihm das nie erzählt. Er bemerkte nur meine besonders gute Laune am nächsten Tag.

Kein anderer Mann hat es geschafft, mich so tief zu berühren. Und ausgerechnet er ist heute Abend nicht unter meinen Gästen. Dabei hätte ich ihn zu gern an meiner Seite, will unter der Damasttischdecke sein Knie an meinem spüren und seine Hand an meinem Oberschenkel. Am liebsten wäre ich mit ihm allein heute Abend, würde meinen Kopf in seinen Schoß legen und die Augen schließen, aber das geht nicht. Erst muss ich diese Sache zu Ende bringen.

Und das am besten gut gelaunt, weil es nichts bringt, bei einem Fest, egal, welchen Anlass es hat, Trübsal zu blasen. Also trinke ich noch einen Schluck Champagner, stehe leicht schwankend auf nackten Füßen da und höre, wie sich Schritte auf der Treppe nähern.

Kurze, kleine Schritte mit einem leisen Klacken, das, wie ich gleich errate, von altmodischen Schnallenschuhen stammt. Hilde tänzelt herein. Meine Retterin. Meine Verräterin. Sie hat wie immer die Anmut und Eleganz eines Revuegirls aus den Zwanzigerjahren – eines verstorbenen oder spukenden Revuegirls, sollte ich wohl besser sagen, denn Hilde ist so blass, dass man glauben könnte, sie sei durchsichtig. Ihr kurzes pfirsichfarbenes Kleidchen schwingt bei jedem schwebenden Schritt, und ihre zum Bubikopf geschnittenen Haare fallen dicht wie ein Helm. Sie zeigt nie Haut. Ihre dünnen Beine stecken in silbrigen Strümpfen. Am Hals hat sie den Stehkragen bis unters Kinn zugeknöpft, ein langer Chiffonschal ist wie eine Krawatte darum gebunden. Die Ärmel gehen am Ellenbogen nahtlos in lange Satinhandschuhe über.

Hilde steht vor mir und schweigt. Sie weiß offenbar nicht, was sie von meiner Einladung zu halten hat, und überlegt, ob es eine Falle sein könnte. Aber ich bin froh, dass sie gekommen ist, denn ich habe nicht gern offene Rechnungen, und sie soll wissen, was ich weiß: Wir sind quitt. Ich trete auf sie zu und küsse sie, ohne etwas zu sagen, auf den Mund. Sie öffnet ihn sofort, nicht lustvoll, sondern leicht erschrocken.

»Hilde«, sage ich nur, als ich mich wieder von ihr löse. »Schön, dass du da bist.«

Sie nickt, immer noch stumm, nimmt ein Glas Champagner entgegen und trippelt kaum merklich von einem Fuß auf den anderen wie ein kleines Mädchen, das mal zur Toilette muss.

»Da ist ja die berühmte Holzschatulle«, sagt sie schließlich und zeigt auf eine Nische hinter mir. Extra hingestellt und indirekt beleuchtet. Leicht angesengt, schon reichlich mitgenommen. Das schuhkartongroße Kästchen mit Vorhängeschloss war alles, was ich dabeihatte, als ich durchnässt und frierend, verletzt und blutend und so allein wie noch nie zuvor im Leben vor Hilde stand.

Ehe wir Erinnerungen austauschen können und das große Weißt-du-noch? anfängt, werden wir durch ein Blitzlichtgewitter unterbrochen, das in dem schummrig beleuchteten Raum wirkt wie ein Feuerwerk. Leo schießt als Begrüßung Fotos von uns mit seiner riesigen Kamera. Ich hebe mein Kleid hoch, ziehe eine Schnute und posiere wie ein Pornostar auf einer Gummidödelmesse. Hilde runzelt die Stirn und tritt aus dem Bild.

Leo kommt lachend auf mich zu, nimmt mich in die Arme und küsst mich wie im Hollywoodfilm so lange, dass mir der Atem wegbleibt. Mein Lippenstift ist danach völlig verschmiert, aber was macht das schon. Es ist ein Spiel zwischen uns, das angefangen hat, als wir für eine sehr kurze Zeit gemeinsam mit Sex Geld verdient haben.

Wenn wir uns heute anrufen, nennen wir oft nur irgendeinen versexten Zeichentricktitel und wissen dann beide sofort, ob es dem anderen gut geht. Leo ruft: »He!, da ist ja der Star aus *Bibi Bummsberg – Sex ist keine Hexerei*, und wer hat sie nicht gesehen in *Benjamins Tröte – Blümchensex war gestern*.« Ich antworte: »Und du? Leo Lolli, unvergessen in *Captain Futloch – Schwarze Löcher im All* und *Dr. Schnackels und der Leckomat*!« Ich muss so lachen, dass ich einen Schluckauf bekomme und Leo mir zeigt, wie man am besten mit Champagner gurgelt.

Wir giggeln noch, als Jannik Samir hereinführt, der als Maharadscha gekleidet ist. Er küsst mir die Hand, und ich knickse sogar. Sein Bild in den deckenhohen Spiegeln gefällt ihm offenbar, und er betrachtet sich ausführlich selbst, den großen, breitschultrigen dunkelhäutigen Mann mit samtschwarzem Haar. Sein violettes Seidenhemd mit der aufwendig bestickten Brokatweste knistert bei der kleinsten Bewegung. Er steht einfach nur da, nippt gelegentlich an seinem Aperitif und beäugt uns.

Niemand spricht. Zwischen Hildes Augenbrauen steht eine steile Falte. Natürlich hat sie Samir wiedererkannt, und sie ahnt, dass das heute Abend nicht einfach eine gewöhnliche Party werden wird, die Arme. Hilde ist immer so schnell mit allem überfordert, sie hält sich selbst für ein ganz zartes Pflänzchen, mit dem man vorsichtig

und behutsam umgehen muss, weil sie sich sonst auflöst wie eine Pusteblume. Und dabei vergisst sie, dass
der Löwenzahn ein ziemlich gewalttätiger Stängel ist, der
sich sogar durch Asphalt bricht.

Der nächste Gast kommt herein.

Malte, der es wie üblich nicht für nötig gehalten hat,
sein Designerhemd zu bügeln oder seinen grauen Sechs-
tagebart zu rasieren. Schlunzig kommt er auf mich zu,
sieht sich um, entdeckt die surrenden Dildos überall im
Raum und grinst.

Ich hauche ihm einen Luftkuss entgegen und flüstere
ihm beruhigend zu, dass das wirklich nur ein Dinner ist
und es sicher nicht zum Austausch von Körperflüssig-
keiten kommen wird. Er sieht zu der üppig gedeckten
Tafel, reibt sich den Bauch und grummelt etwas Zustim-
mendes. Ich stelle ihn mit seinem Glas neben Leo, der
offensichtlich rätselt, woran Malte ihn erinnert, aber er
kann nicht darauf kommen. Weil keiner etwas sagt, zeigt
Malte auf die halb verkohlte Geisha-Maske, die an der
Wand hängt, und sagt mit seiner rauchigen Stimme:
»Hast du die also retten können.«

Ich nicke.

Er schlägt sich mit der Hand gegen die Stirn, als hätte
er jetzt alles verstanden, und ruft anerkennend: »Na klar,
das hier wird ein Phönixfest! Heißer Abriss! Und die Versicherung war üppig, ja?«

Er macht eine weite Bewegung, die den ganzen Raum
einschließt. »Da musst du aber unglaublich geschickt gewesen sein, wenn das keiner bemerkt hat! Normalerweise recherchieren die bei Bränden mehr als bei Mord-
fällen. Wegen des Geldes.«

Ich schüttle den Kopf und sage: »Kein Phönixfest« und proste allen noch einmal zu.

Wir sind fast komplett. Unauffällig und still hat sich Leander an meine Seite gesellt. Ich hatte gar nicht bemerkt, wie er hereingekommen ist. Er trägt zwei Gläser in den Händen – meines scheint schon wieder leer zu sein – und stößt mit mir an. In seiner Gegenwart fühle ich mich immer noch, als wäre ich eine schüchterne, aber plötzlich erhitzte Jungfer, die zum ersten Mal ahnt, welche Freuden noch auf sie warten. Er ist der Mangaprinz aus dem japanischen Comic, mit langem schwarzen Haar und geschminkten Augen, dünn und trotz seiner hochhackigen Stiefel kaum größer als ich. Ich küsse ihn lange, und mein Herz schlägt schnell, während sich unsere Zungen berühren. Ich würde gern meine Stirn an seine legen und meine Hand auf sein Herz, ihn fragen, wie es ihm geht, und mir dabei wie immer, wenn er mich umarmt, vorstellen, dass sich aus seinem Rücken zwei große nachtschwarze Flügel auffalten. Ich würde jetzt gerne seinen mädchenhaften, leichten Körper auf mir spüren und fühlen, wie er in mich eindringt und mich dabei ununterbrochen ansieht und mir zuflüstert, wie schön ich bin, um darauf zu erwidern: »Nein, du bist schön.«

Während wir ineinander versunken dastehen und uns die Gesichter streicheln, schlägt die große Tür zu, und Gemma steht im Raum. Natürlich ist sie die Letzte. Gemma braucht den ganz großen Auftritt, und sie macht ihn gut. Ich sehe sofort, dass Hilde sich an sie erinnert. Sie wird sie aus dem kleinen Lokal in ihrem Viertel kennen. Auch Leander zuckt zusammen bei ihrem Anblick, fängt sich aber schnell wieder.

Gemma ist die Gundel Gaukele der städtischen Erotikszene. Ihr Privatclub, in dem es von Latextango-Partys bis zu ausgefeilten S/M-Inszenierungen alles zu erleben gibt, was man sich nur vorstellen kann, ist berühmt und berüchtigt. Gemma versteht sich als Hure aus Passion. Sie weiß, dass Sex Macht bedeutet, und das berauscht sie. Ihr glatt rasierter Kopf und die Piercings fallen selbst in einer Stadt wie unserer auf. Ihr durchtrainierter Körper mit den vielen Tattoos steckt in einem schlichten bodenlangen Kleid aus schwarzem Nylon, eigentlich einem Schlauch, der spektakulär aussieht, weil er komplett durchsichtig ist. Man sieht die halterlosen Strümpfe darunter und sonst nichts außer nackter Haut. Gemma trägt nie Unterwäsche. Der Ring durch ihre Brustwarze glänzt, sie stakst auf mich zu wie die Herrin der Hölle, und ich neige huldvoll und ehrerbietig den Kopf. Dann nehme ich sie feste, ganz feste in die Arme, und an mich geschmiegt wird diese harte, strenge Herrin weich und schwesterlich, küsst mich auf die Wange, drückt mich noch einmal und kichert wie ein Schulmädchen. Gemma ist die praktischste, patenteste, gradlinigste Frau, die ich kenne. In ihrer mageren, tätowierten, gepiercten Brust schlägt das größte Herz, das man sich vorstellen kann, und ihr Verstand ist so scharf wie die Klingen, die sie bei ihren besonderen Dienstleistungen benutzt.

Da sind sie, meine Gäste. Sie stehen im Halbkreis um mich herum und warten. Samir als misstrauischer Maharadscha, Leo, der ununterbrochen Fotos schießt, Malte wie immer sehr darauf bedacht, niemandem zu nahe zu kommen, Gemma in ihrer Fetischpelle, die mir zuzwinkert, Leander dicht an meiner Seite, scheu und schön wie ein aus seinem Königreich verstoßener Prinz, und Hilde, die die Lippen aufeinanderpresst und an ihrem Krawattenschal nestelt. Und ich.

Ich muss jetzt dringend etwas essen, sonst bin ich bald völlig betrunken. Ich gebe Jannik ein Zeichen, dass wir beginnen, und bitte zu Tisch.

HILDE 2

*Sauerampfersalat
mit frischen Pomelos*

Malte stopft sich die Damastserviette in den Ausschnitt
seines zerknitterten Hemdes, wie für Spaghetti oder
Spareribs. Früher nahm mich meine Tante immer mit in
eine fürchterliche Steakhouse-Kette; eigentlich war es
eine auf mexikanisch getrimmte Rinderverwertungsan-
stalt mit zähen Fleischlappen und dubiosen Beilagen,
die entweder nach Hasenlosung oder Diarrhö aussahen –
und das Ganze derart gewaltig portioniert, als sollte man
gleich anschließend in schweren Ketten in einer Mine
Erz schürfen. Zum Essen gab es Hemdenschoner, die um
den Hals geknotet wurden, und auf denen stand: »Fett
mag mal spritzen, doch bleib nur ruhig sitzen. Wir halten
es fern und schützen dich gern.« Ich habe mich damals
schon gefragt, wie man nach einem Essen mit einem
Mann in diesem Lokal noch mit ihm ins Bett gehen
sollte, nachdem man ihn den ganzen Abend belatzt und
bekleckert gesehen hatte wie ein Riesenbaby.

Malte hebt das Schälchen mit dem Salat an die Nase
und schnuppert daran. Auch Gemma und Leo sehen hung-

rig aus. Ich proste ihnen zu. Es ist gut, wenn rund um diesen Tisch mit Lust und Laune gegessen wird. Hilde hält die Gabel linkisch in der Hand, scheint nicht genau zu wissen, was sie damit tun soll. Malte stößt sie mit dem Ellenbogen an, hat bereits ein Salatblatt im Mund, und während er ein Stück Feige aufspießt, sieht er sich im Raum um. Schließlich zeigt er auf die hölzerne Schatulle.

»Was ist das eigentlich für eine Kiste?«, fragt er mich, »die passt so gar nicht zum Dekor.«

»Der Schatz der Marei van den Brouck«, verkündet Hilde, als würde sie einen Filmtitel zitieren. Malte nickt.

»Gesehen hab ich die auch schon mal, aber ich meine, was ist drin?«

Bevor ich etwas sagen kann, klärt Hilde ihn auf. »Eine kleine Schaufel. Ziemlich dreckig. So eine, mit der man Blumen in Beete pflanzt.«

Malte schaut mich erstaunt an, und auch die anderen warten auf Erklärungen, aber die gibt es nicht. Noch nicht. Stattdessen erzähle ich ihnen, wieso Hilde das überhaupt weiß, denn ich trage die Schatulle zwar immer bei mir, wenn ich unterwegs bin, aber ich öffne sie nie.

»Ich habe den Schlüssel dazu erst gekauft, nachdem ich Hilde getroffen hatte«, fange ich an, »und das war vor ziemlich genau einem Jahr.«

»Ganz genau vor einem Jahr, heute vor einem Jahr«, unterbricht Hilde mich mit leicht beleidigtem Unterton.

Gemma hebt ihr Glas: »Oha, wir feiern ein Jubiläum, einen Freundinnenjahrestag«, toastet sie und trinkt, obwohl ich mit den Schultern zucke und den Kopf schüttle.

*   *   *

Hildes Absatz war abgebrochen, und sie saß unglücklich auf der Treppe vor einem großen Mietshaus. In der nächsten Zeit würde ich feststellen, dass beides öfter passierte: die kaputten Schuhe und das große Unglück. Sie hatte einen Tick für antike Mode, besonders für die der Zwanzigerjahre, kaufte Stoffe, Kleider und vor allem Schuhe auf Flohmärkten und Auktionen. Manche von diesen Dingen konnte sie restaurieren, andere waren schon so abgetragen, dass sie ihr buchstäblich am Körper wegstarben. Auf einer Party hielt ich einmal plötzlich einen Ärmel ihres Chiffonkleids in der Hand, nur weil ich sie im Gedränge kurz festgehalten hatte. Einmal wollte ich ihr in den Mantel helfen, und sie zerriss sich dabei den Rückeneinsatz ihrer Abendrobe. Aber am meisten enttäuschte es sie, wenn sie Charlestonschuhe entdeckt hatte, die auf den ersten Blick stabil und intakt wirkten und die ihr dann irgendwo auf der Straße im Gehen wegbrachen. Das nahm sie ihnen persönlich übel. Anfangs dachte ich, dass Hilde deshalb so dünn war und ich sie nie etwas lustvoll essen sah, weil sie ihr Gewicht für ihre kostbaren Pumps möglichst gering halten wollte.

Hilde hockte also mit Leichenbittermiene auf diesen Treppenstufen. Es war schon etwas dämmrig, und als sie mich sah, fiel ihr glatt ihr kostbarer Schuh aus der Hand. Sie kam auf mich zu und hielt mich an den Schultern fest.

»Vergessen wir den blöden Schuh. Kommen Sie, ich kümmere mich um Sie«, war das Erste, was sie zu mir sagte. Und das tat sie dann auch. Einen Arzt wollte ich nicht, aber Hilde fragte mich erst gar nicht, sondern hakte mich unter und nahm mich mit in ihre Mansardenwohnung, die mit Stoffen, Kleidern und alten Möbeln vollgestopft war.

Es sah weniger aus wie ein Museum, eher wie ein Lager. Hilde schob ihre Nähmaschine auf dem Küchentisch beiseite, drehte die tulpenförmige Lampe in meine Richtung und sah sich zuerst mein Gesicht an. Von der Schläfe bis zum Jochbein verlief eine große, blutige Schramme. Sie holte eine scharf riechende Flüssigkeit und Gaze aus einer Schublade, dazu eine Pinzette und fing an, die Wunde zu säubern. Ich zuckte mehrmals zusammen, und sie sagte jedes Mal sanft: »Schon gut, jetzt ist alles gut, ich bin ja bei Ihnen.« Schließlich tupfte sie Jod auf die Haut und wollte sich gerade daranmachen, meine blutigen Fingerknöchel zu desinfizieren, als sie bemerkte, dass Blut an meinem Arm herunterlief. Sie zog mir vorsichtig die Jacke aus, knöpfte meine Bluse auf und betrachtete meinen Oberarm. »Das ist eine Stichwunde«, sagte sie.

Ich nickte, aber mehr würde ich ihr nicht erzählen. Ich konnte es ja selbst kaum fassen. Vor wenigen Stunden hatte mir die Liebe meines Lebens gestanden, dass er mich betrogen hatte, und jetzt war ich plötzlich allein und vogelfrei.

»Sie müssen eine Tetanusspritze bekommen, und die Wunde muss genäht werden. Ich werde jemanden anrufen, der das kann.« Noch auf dem Weg zum Telefon fragte sie: »Auch die Polizei?«, und ließ die letzte Silbe zwischen uns stehen, bis ich den Kopf schüttelte.

Sie versuchte nicht, mich zu überreden, und eine Viertelstunde später saß ein junger, schweigsamer Araber mit Turban in der Küche vor mir, streifte sich Handschuhe über, setzte mir eine Spritze und nähte die Wunde. Hilde gab ihm Geld im Flur; ich hörte sie noch leise etwas sagen, aber da war ich schon so benommen, dass es mich nicht mehr wirklich interessierte. Ich habe sie auch später nie gefragt, wer das eigentlich war, und wieso er sich zu diesem doch etwas merkwürdigen Hausbesuch bereiterklärt hatte.

Hilde packte mich in ein quietschendes Bett, das unter einer Dachschräge stand, unter ein so dickes Federbett, dass ich nur dann darüberblicken konnte, wenn ich es schaffte, den Kopf anzuheben. Als Krankenschwester war sie großartig. Am Nachmittag des nächsten Tages sah ich, dass sie meine Kleider gewaschen und geflickt hatte. Meine Bluse war am Ärmel zerrissen gewesen und mein Rock völlig mit Erde verkrustet – ordentlich gebügelt lagen sie über einem Stuhl, zusammen mit frischer Wäsche aus weißem Leinen und glänzenden langen Nylonstrümpfen mit Spitzenrand und Strapsgürtel.

Daneben standen die Holzschatulle, die ich dabeigehabt hatte, und meine Handtasche. Das war alles, womit ich gekommen war.

Zu dem Zeitpunkt dachte ich, Hilde sei vielleicht Kostümbildnerin, aber als sie mit einem Tablett hereinkam und mir einen Teller dampfenden Milchreis vorsetzte, erzählte sie mir, dass sie Kurse in einem Stadtteilzentrum gebe.

»Von jeder Sorte Hilfe etwas«, sagte sie, »Nähen, Rechtsberatung, Lebenshilfe, Turnen, Nachhilfe, Deutschunterricht, Erste Hilfe.«

»Aber was machen Sie beruflich?«, hakte ich nach.

»Hilde. Wir sollten uns wirklich duzen, Marei.« Sie küsste mich mit flaumig weichen Lippen etwas länger als unbedingt nötig auf die Wange, direkt unter die große Schramme, während sie ihre Hand warm und leicht um meinen Hals legte.

Ich überlegte währenddessen, woher sie meinen Namen kannte, aber natürlich hatte sie in meinem Ausweis nachgesehen.

»Du kannst hierbleiben«, sagte sie.

Ich drückte ihre Hand und nickte. »Erst mal, bis ich weiß, wie es weitergeht. Vielen Dank.«

Davon wollte sie nichts wissen: »Ach was, es ist ein Glück für mich, dass du jetzt da bist. Ein echtes Glück.« Aber da war ich auch schon fast wieder eingeschlafen.

Nach einer weiteren Nacht war mir nicht mehr schwindlig. Mein Kopf juckte, und ich fühlte mich klebrig und verschwitzt. Ich wollte duschen, ging durch die Wohnung und suchte das Badezimmer. Bis dahin war ich immer nur in der Gästetoilette gewesen, und auch jetzt fand ich nirgendwo eine Wanne. Hilde saß in der Küche an ihrer Nähmaschine und mühte sich ab, den paillettenbesetzten Saum eines hellblauen Capes zu reparieren. Sie strahlte, als sie mich sah, und schob sofort ihre Arbeit beiseite. Ich raffte das Bettlaken, in das ich mich gewickelt hatte, hoch, rieb die nackten Beine aneinander und fragte nach einer Dusche. Sie nickte und erklärte mir, dass es hier kein Badezimmer in dem Sinne gebe. Man müsse mit der Küche vorliebnehmen.

Sie rückte einen Paravent beiseite, der über und über mit Nylonstrümpfen, Federboas, Schals und langen Hand-

schuhen behangen war, und zeigte auf einen altertüm-
lichen Bottich vor einem riesigen Boiler.

»Ich heiz schnell vor«, sagte sie, setzte mich an den
Tisch, schob mir eine Tasse Kakao und eine Dose mit
Keksen hin. Sie band sich eine weiße, gestärkte Schürze
über ihr Kleid, steckte sich die Haare auf und machte
sich an dem Boiler zu schaffen. Gleichzeitig setzte sie auf
dem Herd einen großen Topf mit Wasser auf: »Damit wir
hinterher etwas zum Spülen für die Haare haben.« Denn
eine Brause gab es bei dieser Konstruktion natürlich
nicht. Sie goss Lavendelwasser in den Bottich und legte
einen großen Schwamm und Seife bereit. Schließlich
hielt sie mir eine armlange Bürste hin. Ich musste lachen.

»Du siehst aus wie die Zofe vom *Haus am Eaton
Place*!«

Sie fiel in mein Lachen ein. »War das nicht eine wun-
derbare Serie? Ich habe mir schon als Kind vorgestellt,
wie das Stubenmädchen Rose mit aufgelöstem Haar und
wehendem weißen Nachthemd im Schlafgemach des
jungen Hausherrn steht und die Dinge ihren Lauf nehmen.«

»Dieser Schnösel?« Ich bekam kaum Luft vor Lachen
und hielt mir den verbundenen Oberarm. »Dann lieber
seine Schwester, wie hieß die noch? Die war scharf!«

»Elizabeth«, sagte Hilde leise, »die junge Herrin hieß
Elizabeth.«

Sie führte mich zum Zuber und ließ kochendes Wasser
nachlaufen. Schnell war die kleine Küche voller Dampf.
Sie wickelte mich aus dem Laken, steckte mir das Haar
hoch und half mir ins Bad. Das Wasser war heiß, ich ent-

spannte mich und wurde wieder schläfrig. Es gab keinen Badezusatz, sodass ich nicht unter Schaumbergen verschwand, sondern mein Körper wie in Gelee gepackt im Bottich lag. Hilde stellte sich hinter mich und bettete meinen Kopf auf ein zusammengelegtes Handtuch. Erst jetzt bemerkte ich, wie gut sie nach Veilchen und Puder duftete. Sie strich mir die Haare aus der Stirn, nahm einen großen Schwamm, tauchte ihn ein und drückte ihn über meinem Gesicht aus. Ich hätte vor Wonne schier zerfließen mögen und seufzte leise. Sie fuhr mit dem dicken, weichen Schwamm meinen Hals entlang, über meine Schultern und den unverletzten Oberarm bis zum Ellenbogen. Als sie sich vorbeugte, spürte ich das Gewicht ihres Oberkörpers, bewegte mich aber nicht. Sie nahm meine Hand, tauchte sie unter, legte sie auf den Schwamm und massierte mir die Finger. Der Schwamm wanderte weiter, wieder über meinen Hals und die Schlüsselbeine, tiefer, unter Wasser zu den Brüsten. Dann schwamm er schaukelnd auf dem Wasser.

Hilde beugte sich vor, massierte mit ihren kleinen sanften Händen meine Brüste und zwirbelte die Nippel zwischen den Fingern. Sie trat neben den Zuber, krempelte sich die Ärmel hoch, setzte sich auf den Rand, sodass wir uns jetzt ansehen konnten, und ließ ihre Hand ins Wasser gleiten. Ihr Oberschenkel lag entspannt auf dem Bottich, das andere Bein war gestreckt – mit der Fußspitze auf dem Boden hielt sie Balance. Ich sah, wie sich ihre altmodischen Strumpfbänder unter dem Kleid abzeichneten. Ihre Hand strich über meinen Bauch, spielte eine Weile mit meinem Nabel, bis ich kicherte, dann verschwand sie ganz unvermittelt zwischen meinen Beinen. Ich öffnete die Knie, so weit es in dem Bottich ging. Wie Fische glitten ihre Finger an meinen Oberschenkeln entlang und tauchten tiefer. Ich legte meine noch feuchte Hand auf Hildes Oberschenkel und versuchte ihn zu streicheln, aber sie schob sie zurück ins Wasser.

»Lass dich einfach bedienen«, sagte sie. Ihre Berührungen erinnerten mich an Wasserpflanzen. Mitten hinein in diese blumigen Bilder, die ich vor Augen hatte, hörte ich ihre Stimme in mein Ohr flüstern: »Dein nasses Fötzchen wird sich freuen.« Fast hätte ich die Augen geöffnet, doch ich lächelte nur leicht und wartete. Ein Finger drang zwischen meine Oberschenkel vor. Ich hätte gern die Beine weiter gespreizt oder sogar die Waden auf den Bottichrand gelegt, damit sie mit ihrer ganzen Hand an meine Möse herankam und mich nach Belieben betasten und ficken konnte, aber das ging nicht, ich musste die Knie sittsam eng beieinanderhalten.

Ihr Finger spielte an meinen Mösenlippen, tippte sie an, strich über die flaumigen Härchen, fuhr an der Ritze entlang. Schließlich glitt er tiefer. Ich rutschte mit dem Hintern so weit vor, wie ich konnte, um ihm entgegenzukommen, doch ganz plötzlich schob er sich tief, so tief, wie es nur ging, in meinen Anus. Ich fiepte überrascht, aber ich lag mit dieser Hand zwischen meinen Beinen wie eingekeilt in dem Zuber und konnte mich kaum bewegen. Der Daumen begann jetzt über meinen Mösenspalt zu gleiten, teilte die Lippen und rutschte bis zum Kitzler vor. Als er ihn gefunden hatte, massierte er ihn ganz leicht, nicht fester als eine Zungenspitze. Dann glitt der Finger in meinem Anus vor und zurück, und die Bewegung war genauso fest und hart, wie der Finger auf meiner Klit sanft war. Ich hätte nicht gedacht, dass mich das geil machen würde, aber ich fühlte, wie ich regelrecht überfloss und mich öffnete. Ich konzentrierte mich auf die beiden Finger, die in mir steckten, mich stießen und massierten. Ich kam mit einem langen Seufzer, und noch während sie die Finger aus meiner zuckenden Möse zog, sah ich unter meinen halb geschlossenen Lidern, wie Hilde mich lächelnd ansah.

Bevor sie reagieren konnte, schnellte ich vor, griff sie um die Taille und zog sie ins Wasser. Sie lachte, und wir küssten uns. Doch es wurde schnell zu kühl, und wir stemmten uns aus dem Bottich. Ich wickelte mich in ein bereitliegendes Handtuch, während Hilde sich ihrer nassen Sachen entledigte.

Wortlos drehte ich sie zu mir herum und küsste sie wieder. Ihre Zunge hatte etwas Scheues, Abwartendes. Kaum zu glauben, dass eben noch das Wort »Fotze« aus ihrem Mund gekommen war. Ich drängte sie gegen die Wand, kniete mich vor sie, und sie legte sofort ihr Bein um meinen Hals. Ich fand es erstaunlich, wie leicht und einfach das alles war, so, als hätte ich die letzten Jahre nichts anderes getan, als fremden Frauen in Küchen die Muschi zu lecken. Ihre Spalte war klein, oval und vollständig rasiert. Meine Zunge schlüpfte ohne Hindernisse zwischen die Lippen. Ich drückte meinen Mund fest auf ihre Möse und umschmeichelte den Kitzler. Er wurde prall. Ich leckte ihn so hart und schnell ich konnte von unten und steckte dabei zwei Finger in sie hinein. Hilde stöhnte und wand sich, ihr Bauch zitterte leicht. Ich fickte sie nicht, weil ich ahnte, dass sie das nicht mochte, sondern bewegte die Hand nur leicht hin und her und kreiste mit dem Handgelenk. Sie war so nass; ihr Saft lief mir über den Handrücken. Sie kam mit einem Lachen. Ich presste meine Zunge auf ihre Klit und bewegte sie noch eine Weile nur ganz leicht, bis Hilde das Bein von meiner Schulter nahm und mir aufstehen half. Ich wickelte uns in mein riesiges Handtuch, und eng umschlungen gingen wir zum Bett.

Auf dem Nachttisch stand die Schatulle. »Darf ich sehen, was drin ist?«, fragte sie, als gäbe es den Schleier eines großen Geheimnisses zu lüften. Ich nickte, und sie klappte den Deckel hoch.

»Eine dreckige Gartenschaufel?« Ihre Stimme klang verwundert. Ich schnaufte schläfrig, schlief in ihren Armen schnell ein und wurde das erste Mal, seit ich bei ihr war, nicht mitten in der Nacht durch den Schmerz in meinem Oberarm geweckt.

»Ist dir mal aufgefallen, dass manche Männer beim Orgasmus gucken wie ein Kater beim Kacken?«

»So glasig?« Ich musste lachen. Hildes Absätze klapperten neben mir, als wir durch das Viertel gingen, in dem sie arbeitete. Ihre kleine, kühle Hand lag fest in meiner.

Sie nickte. »Man erwartet doch fast, dass sie, wenn sie gekommen sind, anfangen, auf dem Laken zu scharren.« Wir bogen in eine Gasse ab. »Wenn Sie könnten, würden sie sich anschließend die Eier lecken.« Ich bezweifelte das und versuchte mich an einen einzigen Pornofilm zu erinnern, bei dem die Darstellerinnen nach erfolgtem Vollzug *nicht* begeistert am Schwanz des Beschälers herumleckten, egal, aus welcher Möse er gerade gezogen wurde. Hilde guckte missbilligend und hielt mit der freien Hand den Kragen ihres Trenchs am Hals enger zusammen.

»Das Dümmste ist doch wohl, wenn die Mädels sich gegenseitig mit einem Dildo ficken sollen und vorher völlig ekstatisch an dem Gummiteil lutschen.«

»Schön ist es aber schon, wenn es beim Reinstecken auch flutscht«, sagte ich betont sachlich. Hilde lächelte und sah fürchterlich süß aus, wie ihr eine Haarsträhne übers Auge fiel.

Wir waren auf dem Weg zu einem ihrer Kurse. Ich wohnte schon fast zwei Wochen bei ihr und wusste immer noch nicht, was genau sie in dem Stadtteilzentrum eigentlich unterrichtete.

»Hat Sexualaufstellung etwas mit Therapie zu tun?«, fragte ich. »Mit diesem Familiendings?«

Hilde zuckte die Achseln. »Manchmal schon, aber wir machen das freier. Leute kommen mit einem Problem, und ich versuche zu helfen, das ist alles.«

»Bist du Therapeutin? Woher kannst du das?«

Sie sah mich leicht bockig an. »Ich sehe, denke, lese und lerne. Die Hauptsache ist doch, dass man helfen *will*.«

»Eine Ausbildung hast du nicht?« Ich blieb hartnäckig. Hilde löste ihre Hand aus meiner, ging etwas schneller und meinte, indem sie mir ihr Handgelenk mit der Uhr entgegenhielt, wir müssten uns jetzt beeilen.

Die Sitzung fand in einem Gymnastikraum statt. Etwa dreißig Hilfesuchende waren anwesend, und ich staunte, welche Autorität Hilde plötzlich hatte. An ihrer Nähmaschine oder wenn sie Milchreis kochte, zu mir in den Badezuber stieg oder sich Zofenfantasien ausdachte, war sie sanft, verspielt, mütterlich. Aber hier sprach sie im klaren Befehlston, kommandierte die Frauen auf die eine, die Männer auf die andere Seite: Matten ausbreiten, hinsetzen und zur Einstimmung kurze Schweigemeditation.

Während die anderen im Schneidersitz auf den harten Matten hockten und die Köpfe hängen ließen, sah ich mich im Raum um und entdeckte am Eingang eine Keksdose mit einem handgeschriebenen Zettel darüber: »Freiwilliger Obolus«.

Dann räusperte sich Hilde und fragte in die Runde, wer denn heute als Erster dran sein wolle. Eine Frau meldete sich und berichtete, sich nicht zwischen ihrem Mann und dessen engstem Freund entscheiden zu können, weil beide über unterschiedliche Qualitäten verfügten. Hilde wies sie an, für sich und die beiden Männer Darsteller aus der Runde zu suchen.

Die Frau ging im Kreis herum, teilweise mit geschlossenen Augen. Sie hielt die Hände vor sich, als trüge sie eine Wünschelrute, blieb stehen, tappte dann doch wieder weiter und streckte schließlich mir die Hand entgegen.

»Ich wähle sie aus«, sagte sie und hielt meine Hand hoch, als hätte sie mich gerade ersteigert. Sie griff mir in die Taille und fügte erklärend hinzu: »Ich nehme ja seit fünf Jahren zehn Kilo ab, und sie hier ist genauso schlank, wie ich eigentlich bin, innerlich.« Ich verkniff mir ein Grinsen.

Dann erhielt ich meine Regieanweisungen.

Ich sollte mich mit einem anderen Teilnehmer kopulierend auf eine Matte drapieren, während ein zweiter hinter mir Löffelchen lag. Der Mann, an den ich mich jetzt presste, roch leicht nach Döner und vollführte seine Stoßpantomime so inbrünstig, als würde er für einen Gangbang gecastet. Der hinter mir lag steif wie ein Brett da, war offenbar stark erkältet und röchelte mir in den Nacken.

Hilde stand mit der unentschiedenen Frau über uns. »Was siehst du?«, fragte sie. Die Frau ging um uns herum und überlegte lange. Der Pantomime betrieb seine Ficksimulation mit stoischem Ernst, und ich fragte mich, ob ich wohl morgen am Schambein blaue Flecken haben würde.

»Ich bin irgendwie eingepfercht zwischen beiden!«, rief die Frau und zeigte auf mich, als hätte sie gerade eine bahnbrechende Erkenntnis gehabt. »Aber es ist ja auch schön, so eingebettet zu sein.« Hilde nickte heftig, klatschte, alle anderen klatschten auch, und Hilde gratulierte der Teilnehmerin, die strahlend auf ihren Platz zurückging.

Ich rappelte mich hoch. »Das gibt doch einen Riesenärger, wenn ihr Ehemann das rauskriegt«, warf ich ein, »der andere ist immerhin sein bester Freund.«

Hilde wischte meinen Einwand mit großer Geste weg: »Dann soll er eben zu mir kommen, wir kümmern uns schon um ihn«, erklärte sie ungehalten.

Ich schlich zurück auf meine Matte und fühlte bald die Hand des Pantomimefickers an meinem Hintern. »Ohne Klamotten wär's noch geiler gewesen«, flüsterte er mir ins Ohr. Ich erhob mich, um mir eine Jacke zu holen, und trat ganz aus Versehen auf seine Hand.

Es waren erst zwanzig Minuten verstrichen, und die Sitzung sollte den ganzen Abend dauern. Ich fragte mich, wie ich das aushalten sollte. Der Nächste war ein Mann, der erst nicht herausrücken wollte mit seinem Problem. Er stand in der Mitte der Gruppe und zierte sich. Hilde strich ihm beruhigend über den Rücken und sagte einschläfernd: »Lass es zu, wir machen es weg.«

Schließlich platzte es aus ihm heraus. Er wolle die Beziehung zwischen sich und seinem Penis aufstellen. Ich erwartete, die Gruppe würde in schallendes Gelächter ausbrechen, aber nichts passierte. Einige Männer nickten sogar. »Gut, Ludger, dann such dir einen Darsteller für deinen Penis.«

Er ging durch die Reihen und ließ erst einen Mann aufstehen, dann einen zweiten und entschied sich schließlich für einen fast zwei Meter großen Lulatsch, der auch noch kahlköpfig war und sowieso aussah wie ein wandelnder Dildo. »Angeber«, dachte ich. Für sich selbst suchte Ludger eine dicke ältere Frau, die bereitwillig ihr Strickzeug beiseitelegte und mithilfe zweier anderer Teilnehmer aufstand.

»Ich kann das besser abstrahieren, wenn ich mich selbst gegen den Strich besetze«, erläuterte er. Hilde winkte das durch, als sei es selbstverständlich. Ludger platzierte die dicke Frau auf einen kleinen Turnkasten und bat sie, etwas zu tun, was er halt so tue, also fernsehen, an der Spielekonsole daddeln oder Zeitung lesen.

Der lange Lulatsch hatte sich inzwischen mit zwei Medizinbällen versorgt, die er links und rechts unter die angewinkelten Arme klemmte. Der nahm seine Rolle wörtlich.

Das würde ich niemandem erzählen können, fiel mir ein, jedenfalls nicht dem, dem ich es gerne erzählt hätte, damit wir vor Lachen vom Sofa rutschten. Ich wurde traurig, schob es aber schnell weg. Ich hatte mit mir selbst ausgemacht, nicht mehr traurig zu sein, und bisher klappte das ganz gut. Ich durfte eben nicht zu viel nachdenken.

Die Ludgerfrau simulierte Spielen an der Konsole und tat das so überzeugend, dass ich mich fragte, ob sie nicht vielleicht nachts, wenn alle anderen in der Senioren-WG schliefen, im Internet als Herrin Brutalia, die Höllenhund-Dompteuse, in irgendeiner Fantasywelt unterwegs war, um Gnome und Monsterkakerlaken abzuschlachten. Der Penislulatsch lief um sie herum, hüpfte und schlug Haken, als müsse er dringend mal Gassi geführt werden. Die Höllenhund-Dompteuse wehrte ihn ab und spielte weiter an der unsichtbaren Konsole. Der Riesenpenis wurde aggressiver, beugte sich zwischen sie und ihr Spiel, stieß sie an der Schulter an, peste um sie herum und veranstaltete einen Zirkus, der einen wahnsinnig machen konnte. Die Dompteuse reagierte genervt, drehte sich weg oder schlug nach ihm.

Ludger selbst sah gramgebeutelt zu, zeigte ab und an auf den großen Schwengel, der hin und wieder einen seiner beiden Medizinbälle verlor, und sagte immer wieder: »Genau, genau.« Schließlich fiel dem Schwanz nichts mehr ein, er gab auf, krümmte sich zu Füßen der Dompteuse zusammen und sah aus, als würde er gleich losheulen. Und da passierte das Unfassbare, Magische, die therapeutische Sternstunde: Unter den leuchtenden, gebannten Gesichtern der Umsitzenden wurde die Dompteuse auf das Häufchen Elend zu ihren Füßen aufmerksam, ließ eine Hand hinuntergleiten und tätschelte dem Monsterpenis sanft die spiegelnde Glatze. Der richtete sich dankbar auf und schmiegte sich an ihre Beine. Sie tätschelte ihn weiter. Er schloss genüsslich die Augen und schlief schließlich ermattet an ihrem Knie ein.

Die Gruppe klatschte begeistert, und Ludger konnte seine Tränen kaum mehr zurückhalten.

»Hast du das gesehen?«, rief Hilde. »Du musst ihn würdigen, dich um ihn kümmern, seine Bedürfnisse sehen, dann wird er dich nicht immer nur stören, sondern dein bester Freund werden.«

In meinem Kopf summten abwechselnd die Titelmelodien von *Lassie* und *Flipper*. »Tja«, murmelte ich, »wichsen kann helfen, wenn der Samenstau schon das Gehirn verklebt.« Ich schob mich durch die klatschende Menge, die Ludger jetzt auf die Schultern klopfte und beglückwünschte, raunte Hilde im Vorbeigehen zu, ich würde in dem kleinen Lokal an der Ecke auf sie warten, und machte mich aus den Staub. Im Vorbeigehen sah ich in die Keksdose und war überrascht, dass es alles größere Scheine waren. Jetzt wusste ich auch, wieso sich Hilde all diese antiken Kleidungsstücke und Stoffe leisten konnte.

Ich kann nicht genau sagen, ab wann die Idee mit dem Haus am See im Raum stand. Vielleicht hatte Hilde, schon lange bevor ich bei ihr aufgekreuzt war, davon geträumt. Wir waren zum Baden an den Stadtrand gefahren, in ein etwas heruntergekommenes Freibad, das aber den Vorteil hatte, dass unter der Woche nichts los war. Hilde wollte ihre neueste Errungenschaft einweihen: einen dunkelblauen Einteiler mit viel Stoff und dicken Nähten, ein Original aus den frühen Dreißigern. Ich schwamm gerne nackt, vor allem, wenn es – ungewöhnlich für den frühen Sommer – schon so heiß war. Abgesehen von einigen anderen Paaren hatten wir Strand und See für uns. Wir schwammen weit hinaus, bis in die Nähe der schaukelnden Plattform aus Fässern und Brettern. Ich fand es immer ein bisschen unheimlich, wenn die Algen mich unter Wasser streiften, aber Hilde lächelte nur und sagte, sie genieße es sehr, keinen Boden unter den Füßen zu haben.

»Wär das nicht schön«, rief sie mir über die Schulter zu, während sie vor mir herpaddelte, diszipliniert und elegant wie eine vereinsamte Synchronschwimmerin, »ein Haus am See? Nur für uns beide? Wir könnten ein Therapiezentrum eröffnen und viel mehr Kurse geben. Ich kümmere mich um die Aufstellungen, und du machst, was du eben so machst.«

Sie wusste gar nicht, was ich *so machte*. Sie hatte mich nie gefragt, wo ich herkam, wieso ich verletzt gewesen war und wie mein Leben vor ihr ausgesehen hatte. Mir war das sehr recht gewesen, denn ich wollte möglichst wenig an früher denken. Ein Haus am See erschien mir allerdings viel zu gewaltig. Ich hatte noch keine Ahnung, was ich mit mir anfangen sollte, ob und wann ich wieder losziehen würde. Ich hatte mir nie Gedanken darüber gemacht, wie es Hilde eigentlich ging, seit sie mich aufgelesen und verarztet hatte. Denn wenn ihr nicht gerade ein Schuh wegstarb, war sie immer so fröhlich und ich wiederum so mit mir beschäftigt, dass mir entgangen war, wie ernst unsere Freundschaft für Hilde geworden war.

»Mit Bausparvertrag und Dackel?«, rief ich lachend zurück, um den Ernst aus ihrem Vorschlag zu nehmen. Ich schwamm an ihre Seite; sie legte sich auf den Rücken und trieb neben mir her. Ihre Augen waren geschlossen, und ihr Gesicht sah im Wasser ganz klein aus, wie das einer Puppe.

»Ich träume von hohen Stuckdecken und von einer Allee, die zum Haus hinführt«, sagte sie. »Vielleicht von Feriengästen, alle fein angezogen, und von Mädchen in weißen Schürzen. Ich würde gern meinen Frühstückstee auf der Terrasse trinken, in einem durchsichtigen Morgenmantel, und du liest mir die Schlagzeilen aus der Zeitung vor.«

Ich versuchte, mich in diesem Belle-Époque-Traum zu sehen, konnte es aber nicht. Ich war immer noch auf der Durchreise und wusste nicht, ob sich das jemals wieder ändern würde. Ich schwieg und streichelte ihr stattdessen unter Wasser den Hinterkopf. Ihre Haare trieben wie Algen an der Oberfläche, sie strahlte mich an, hob den Kopf, küsste mich und sagte: »Ich hab dich so lieb.«

In den Tagen darauf kamen wir oft zum Badesee, schwammen hinter die Plattform, wo uns die anderen vom Strand aus nicht mehr sehen konnten, und küssten uns im Wasser. Sie versuchte einige Male, zwischen meine Beine zu tauchen, um mich zu lecken, aber das erwies sich als zu artistisch, und so begnügten wir uns damit, uns die Brüste und die Mösen zu streicheln oder eng aneinandergepresst auf einer Stelle zu verharren. Einmal schälte sie sich aus einem ihrer altmodischen Badeanzüge, diesmal ein sehr früher Bikini mit Blumenmuster, und lag ganz still auf der Wasseroberfläche. Ich fuhr mit der Hand über ihren Körper, ließ den Zeigefinger zwischen ihre Schamlippen gleiten und rieb leicht ihren Kitzler. Als sie heftiger zu atmen begann, sagte sie plötzlich, ich solle ihr die andere Hand auf die Schlüsselbeine legen. Und dann wies sie mich an, ihren Kopf unter Wasser zu halten, während sie kam.

Mir war nicht klar, was genau ich tun sollte, aber sie gab mir zu verstehen, es mache sie einfach scharf, sich mir vollständig auszuliefern. Sie vertraue mir grenzenlos. Es sei wundervoll, sich ganz in meinen Händen zu wissen. Ich rieb weiter ihren Kitzler und flüsterte ihr mit noch etwas unsicherer Stimme ins Ohr, sie solle jetzt die Luft anhalten. Das tat sie, und ich tauchte sie unter. Ihr Körper war schwierig zu halten; er bewegte sich unter meinen Händen, und ich kam mir absurd dabei vor, wie ich leise vor mich hinzählte, während ich sie masturbierte. Ihre Haut fühlte sich kalt und glitschig an, so als würde ich es einem großen Fisch besorgen. Am leichten Zucken an ihrem Möseneingang und an der Bewegung ihrer Beine erkannte ich, dass sie gekommen war, und nahm die Hand von ihren Schlüsselbeinen.

Sie hielt die Augen weiter geschlossen, als sie auftauchte, und öffnete sie erst, nachdem sie mich lange und hungrig geküsst hatte. Sie schwamm hinter mich, nahm mich in den einen Arm und fuhr mit der freien Hand über meine Brüste. Während ihre Finger in meine

Möse schlüpften und mich betasteten, flüsterte sie, ich solle es doch einfach mal probieren, es sei großartig.

»Das Vertrauen ist grenzenlos unter Wasser«, hauchte sie und klang so beseelt wie einer ihrer Gruppenteilnehmer nach erfolgreicher Aufstellung. Nun war Vertrauen gerade zu dieser Zeit nicht gerade eine meiner Stärken, aber ich war neugierig. Ich ließ zu, dass sie mich fast bis zum Orgasmus masturbierte, holte tief Luft und setzte mit dem Atmen aus. Sie bog meinen Oberkörper näher zu sich, und ich fühlte das Wasser über meinem Gesicht.

Fast augenblicklich bekam ich Panik, verschluckte mich und begann zu strampeln. Täuschte ich mich, oder war da wirklich ein Zögern in ihrem Arm, der mich festhielt? Ich hustete und schlug und trat mit Armen und Beinen um mich. Jede Erregung war verschwunden, und ohne zu wissen, warum, war ich plötzlich ärgerlich.

»Das ist überhaupt nicht schön«, fauchte ich sie an.

Aber Hilde streichelte beruhigend mein Haar und meinte lakonisch: »Wir arbeiten dran, du wirst schon sehen.«

In den nächsten Tagen hatte ich keine Lust, zum See zu fahren, und lief allein durch die Stadt. Ich hatte mich lange um nichts mehr gekümmert, rief als Erstes in einem Internetcafé meine Mails auf, ging dann zum Bankautomaten und hob eine derart hohe Summe ab wie noch nie vorher. Denn zu dem Deal mit meinem Mann gehörte auch die Vereinbarung, dass ich frei über sein Vermögen verfügen konnte – und das war beträchtlich.

Ich schrieb Postkarten an meine Großmutter und eine Freundin in New York und kaufte mir neue Kleider, die ich mit Kreditkarte bezahlte, um mein Bares nicht anzugreifen. In dem Koffer, den ich drei Tage, nachdem ich bei Hilde gestrandet war, aus dem Schließfach am Bahnhof geholt hatte, waren nur wärmere Sachen.

In einem kleinen Geschäft, das ich früher nie hatte betreten wollen, weil ich mich vor den hochnäsigen Verkäuferinnen fürchtete, fand ich ein wunderschönes dunkelblaues Kleid mit einem besonders weit schwingenden Rock. Der Schnitt war schlicht, aber der Stoff bewegte sich raschelnd und knisternd um meine Beine, dass ich mir darin vorkam wie eine Tänzerin. Plötzlich fühlte ich mich ganz leicht. Ich drehte mich vor dem Spiegel und beschloss, das Kleid gleich anzulassen. Als ich in der Kabine meine Kleidung in die Tasche packte, zog ich mir kurzentschlossen den Slip aus und stopfte ihn ebenfalls in die Tasche. Mein kleines feuchtes Geheimnis war unter den knöchellangen Stoffbahnen ja gut versteckt, und nichts sollte mich von dem Gefühl der Freiheit ablenken, das ich empfand, seit ich in diesem Kleid steckte.

Die Verkäuferin nahm meine Kreditkarte mit spitzen Fingern.

»Der Schnitt ist ja sehr günstig, auch bei fraulicheren Figuren.«

Ich zeigte auf ihr Kinn, sagte lächelnd: »Gegen die Bartstoppeln kann man was machen«, und verließ gut gelaunt und souverän das Geschäft.

Ich führte mein Kleid spazieren. In dem schwingenden Rock war mir, als würde ich schweben. Ich hatte Lust zu rennen. Ich lief eine Straße entlang, sprang über einen Gulli, wich ein paar Radfahrern aus und blieb atemlos vor einem Coffeeshop stehen.

In der oberen Etage war kaum etwas los. Ein paar Teenager sahen sich eng zusammengerückt YouTube-Filmchen auf ihrem Laptop an. Zwei Frauen blätterten in Zeitschriften. Ein Mann telefonierte. Ich balancierte mein Tablett in den hinteren Teil des Cafés und bemerkte erst, als ich um das Sofa mit der hohen Rückenlehne herumkam, dass ich doch nicht ganz allein war.

Ein junger, kaffeebrauner Mann mit knautschiger Lederjacke und Afrofrisur machte sich leise summend über eine Zimtschnecke her und tippte auf seinem iPod herum. Er sah ein bisschen aus wie ein zahm gewordener Jimi Hendrix. Ich lächelte ihn an, nickte kurz und setzte mich ihm gegenüber. Das Beste an einem Milchkaffee ist immer die obere Schicht des Milchschaums, wo sich das Kakaopulver gerade auflöst, mit der Zungenspitze abzulecken. Ich schloss die Augen, tauchte die Zungenspitze tief hinein und leckte den warmen Milchschaum auf. Ein Tupfen davon blieb an meiner Nasenspitze hängen, und noch bevor ich ihn wegwischen konnte, hatte sich der junge Mann vorgebeugt.

»Sorry, may I?«, sagte er und berührte mit dem Zeigefinger meine Nase.

Vielleicht lag es am neuen Kleid oder am Koffein, jedenfalls fühlte ich es augenblicklich knistern. Ich lehnte mich lächelnd zurück, und von dem Moment an ließen wir uns nicht mehr aus den Augen. Er summte leise weiter, und ich rührte mit dem Löffel in meiner Tasse. Ab und zu lachten die Teenager, oder ein Handy klingelte, aber das geschah alles hinter der hohen Sofalehne und ging uns nichts an. Ich fühlte, wie meine Brustwarzen unter seinem Blick hart wurden und sich an dem neuen, ungewohnten Stoff rieben. Jimi Hendrix lehnte sich mit blendend weißen Zähnen lächelnd zurück und taxierte mich von oben bis unten. Ich ließ mir das gern gefallen und sah ihn mir ebenfalls ganz genau an: die braunen glänzenden Augen, den vollen Mund, den dünnen, sehnigen Oberkörper und die ungewöhnlich langen Beine, von denen er das eine lässig unter das andere geschoben hatte. Seine Jeans war eng und abgewetzt. Seine schlanke Hand, die sich bis dahin mit dem iPod beschäftigt hatte, rutschte langsam in seinen Schoß und blieb da liegen. Ohne mich aus den Augen zu lassen, fing er an, seinen Schritt zu massieren. Ich machte es mir im Sessel gemütlich und legte ein Knie über die Lehne, sodass der weite Rock ein Stück nach oben rutschte. Auf diese Weise machten wir weiter, und Handbreit um Handbreit zeigte ich mehr Bein, mehr Oberschenkel und schließlich, als sich der viele Stoff schon über meinem Bauch stauchte, ließ ich ihn meine Möse anschauen. Er schluckte hart, knöpfte seine Jeans auf und steckte sich die Hand hinein. Für einen Moment hatte ich das schwarze krause Schamhaar gesehen und sofort gewusst, dass es knistern würde, wenn ich meine Schamlippen daran rieb.

Da man mich, versunken in den tiefen Sesseln, vom Rest des Raums aus unmöglich beobachten konnte, spielte ich nun ebenfalls an mir herum und fragte mich, wie ich den Couchtisch, der zwischen uns stand, überbrücken sollte. Denn dass ich mich jetzt nicht mit Fingern und Angucken zufriedengeben würde, war klar.

Er knöpfte seine Hose komplett auf, fischte aus seiner großen Umhängetasche erstaunlich schnell ein Kondom, und ich nutzte den Moment, den er zum Überziehen brauchte, um auf sein Sofa zu wechseln. Ich kniete mich rittlings über seinen Schoß, sodass ich ihm ins Gesicht sehen konnte, und senkte meine Muschi ganz langsam auf seinen harten Schwanz. Wir bewegten uns nicht. Ich legte meine Arme um seinen Hals, wir lächelten uns an und küssten uns. Er fuhr unter meinen Rock und rieb über meine Oberschenkel, und dann fingen wir ganz langsam an zu schaukeln.

Für die Teenager, die am anderen Ende des Raums mit ihren Filmen beschäftigt waren, mussten wir aussehen wie ein innig knutschendes Pärchen. Dass wir längst fickten, merkte niemand, auch nicht die anderen Gäste. Ich hatte mich nicht getäuscht: Sein Schamhaar knisterte, und ich konzentrierte mich auf das Kribbeln, das die leicht borstigen Locken auf meinen nackten Mösenlippen verursachten. Jimi Hendrix wippte mit den Beinen und versetzte mir damit kleine Stöße. Mein Kitzler rieb an seinem Schaft entlang, und die Innenseiten meiner Oberschenkel waren inzwischen so feucht, dass ich fürchtete, wir würden einen großen nassen Fleck auf dem Sofa hinterlassen. Er schloss die Augen und atmete gegen meinen Hals. Ich umklammerte ihn enger und rieb mich mehr an ihm, als dass er mich stieß. Als ich kam, hob ich den Hintern nur ein bisschen, damit er mehr Bewegungsspielraum hatte und noch einige Male fester stoßen konnte. Dann kam es auch ihm, er sagte leise und rau: »Thank you, Honey.«

Wir küssten uns noch einmal lange. Ich stand bald auf, verschwitzt und klebrig, wie ich war, lächelte ihm zu und strich im Weggehen mein Kleid glatt. Mein dunkelblaues Wunder.

Hilde nähte in der Küche, als ich nach Hause kam. »Wo warst du? Ich hab mir Sorgen gemacht.« Ihre Stimme klang gereizt.

»Unterwegs.«

Auch meine Stimme klang zickig, weil ich ein schlechtes Gewissen hatte, aber keins haben wollte. Immerhin war ich frei zu tun, was immer ich wollte.

»Und du bist nicht geneigt, mir zu sagen, wo du warst und was du gemacht hast?«

Ich seufzte. »Hilde. Ich hab ein paar Dinge erledigt, das ist alles.«

Ich zeigte ihr meine neuen Kleider, die sie nicht sonderlich begeistern konnten. »Hübsch, aber alles nichts für die Ewigkeit«, sagte sie.

Den Rest des Nachmittags verbrachten wir schweigend. Sie sprach erst wieder mit mir, als sie festgestellt hatte, dass ich ein Vorhängeschloss gekauft und an der Holzschatulle angebracht hatte. »Wieso verbarrikadierst du eine dreckige Schippe?«

»Weil«, ich versuchte ruhig und gut gelaunt zu klingen, »mir diese Schaufel alles auf der Welt bedeutet. Sie ist das Wichtigste, was ich habe.«

Sie sah mich an und meinte schließlich nach einer Weile: »Das Wichtigste, was ich habe, bist du. Sollte ich bei dir auch ein Vorhängeschloss anbringen?«

Ich beschloss, diesen Kommentar zu ignorieren. Später schien sich auch bei Hilde die schlechte Stimmung gelegt zu haben, denn sie summte beim Nähen vor sich hin und brachte mir später eine Schale Milchreis, mit wenig Zucker und Unmengen Zimt, so, wie ich ihn am liebsten mochte.

»Musst du nicht zu deiner Aufstellung?«, fiel mir plötzlich ein, aber sie schüttelte den Kopf.

»Ich hab angerufen, heute fällt es aus. Ich hab Kopfschmerzen, da bleibe ich lieber hier und nähe.« Über den Rand meines Buchs sah ich sie am Küchentisch sitzen. Sie kam nicht besonders voran mit ihrer Stickerei, die sie gerade ausbesserte.

Am nächsten Tag stellte ich fest, dass sie meine Kleidung neu geordnet und vom Gästezimmer in ihren Schlafzimmerschrank sortiert hatte. Das Maß war voll, als sie vom Einkaufen kam und mich beim Telefonieren, ja, ich muss wohl sagen, überraschte, denn ihr Gesicht sah aus, als hätte ich es mit dem Hausmeister auf ihrem geliebten blauen Satincape getrieben. Ich verabschiedete mich von meiner New Yorker Freundin, die wissen wollte, wie es mir ging und wo ich eigentlich steckte, weil niemand mehr etwas von mir gehört hatte. Hilde kochte vor Wut; so hatte ich sie noch nie erlebt. Ich verstand nicht so recht, worum es eigentlich ging, und erzählte ihr kurz von Madita, die nach New York gegangen war und da an der Universität arbeitete.

»Ich wusste nicht, dass du ein Handy hast«, zischte sie schließlich.

Mir fiel dazu nichts ein, hatte denn nicht jeder eins? Es war in meinem Koffer gewesen, und bisher hatte ich keine Lust gehabt, mit jemandem zu sprechen. Aber Madita war meine Fachfrau für Neuanfänge und radikale Brüche, und ich hatte sie fragen wollen, wie sie in der ersten Zeit zurechtgekommen war, ganz allein in einem fremden Land.

Hildes Laune änderte sich so schlagartig, dass mir ganz schwindlig wurde. Plötzlich strahlte sie mich wieder an.

»Guck mal, was ich gefunden habe.« Sie zeigte mir ein schwarzes Badekleid mit Röckchen. »Alles original. Ich muss nur die Kordel ersetzen und ein paar Knöpfe nachnähen, dann können wir es einweihen.«

Während sie am Küchentisch saß und summte, entdeckte ich in ihrem Korb im Flur eine Mappe mit Fotos von See-Villen. Ich blätterte darin und fand auch Grundrisse, Lagepläne und Finanzierungsvorschläge. Ich seufzte und machte mich bereit für eine grundsätzliche Aussprache. Aber Hilde erwähnte nichts davon.

Auf dem Weg zum See plauderte sie über die Badenixen-Filme der Fünfziger, und ich war froh, dass sich der Sturm offenbar gelegt hatte. Als wir zur Plattform kamen, da, wo der See am tiefsten war, ließ sie sich neben mir treiben, das schwere schwarze Badekleid vollgesogen mit Wasser.

»Weißt du, was mir an dem Haus am See am besten gefällt?« Sie klang träumerisch, und ich wagte nicht, etwas zu sagen, weil sie an meiner Stimme sofort gehört hätte, dass mich das Thema allmählich gereizt machte. »Dass der See vor der Haustür ist. Ich meine nicht nur als Ausblick oder zum Schwimmen, sondern auch als Möglichkeit.«

Sie sah mich mit einem schnellen Blick an, ob ich sie verstand, aber das tat ich nicht. »Wenn das Leben jenseits der Allee zu schlimm wird, kann man immer noch in den See gehen, hinausschwimmen, sich treiben lassen und dann langsam versinken. Das ist wie Einschlafen, ganz einfach.«

Ich starrte sie an; sie redete weiter in diesem schwärmerischen Ton. »Und das absolut größte, unglaublichste, wunderschönste Glück müsste es doch sein«, sie machte eine kleine Kunstpause, »gemeinsam in den See zu gehen, so wie man gemeinsam schlafen geht.«

Ich konnte es nicht fassen und überlegte, wieso ich nicht gemerkt hatte, was in ihr vorging, wann unsere schwesterliche Zofenfreundschaft derartig umgekippt war, und warum ich eigentlich von einer Katastrophe in die nächste schlidderte. Hatte ich im letzten Leben irgendeinem Heiligen ein Ei abgebissen und musste jetzt dafür büßen?

Ich versuchte, die Situation zu entschärfen, spritzte mit Wasser und lachte etwas gekünstelt: »Du hast wohl zu viele Kitschfilme gesehen. Komm, wir probieren mal, ob dein Ganzkörperoutfit einen Wettkampf aushält.«

Ein Gewitter war aufgezogen, und noch während wir aus dem Wasser stiegen, fing es an zu regnen. Ich dankte dem Himmel dafür, dass wir gleich zurück in die Stadt fahren mussten. Den ganzen Weg nach Hause über redete und lachte ich ununterbrochen, damit sie gar nicht erst zu Wort kam und ihre makabre Idee vorbringen konnte.

»Weißt du, was wir jetzt machen?«, sagte sie im Treppenhaus, »wir machen ein Picknick, auf einer dicken Decke im Wohnzimmer.«

Ich sagte, das sei eine tolle Idee, und fügte seufzend hinzu: »Krabbensalat! Pomelos!« Hilde nickte sofort begeistert und sprang die Stufen hinunter, um alles Nötige einzukaufen.

Ich wusste, dass sie bis zum Feinkosthändler und zurück etwa zwanzig Minuten brauchen würde. In Windeseile raffte ich meine Sachen zusammen, packte alles aus dem Schrank und der Kommode in meinen Koffer, schnappte mir die Holzschatulle und stürzte ins Treppenhaus. Aber Hilde hatte offenbar etwas geahnt, denn ich hörte ihre klickenden Schnallenpumps unten im Hausflur. Ich schlich mich eine Etage höher, presste mich gegen die Wand, hielt den Atem an und hoffte, dass sie mich nicht entdeckte.

Gerade als ich Hilde nach einer Weile doch noch die Stufen zu mir heraufkommen hörte, öffnete sich neben mir eine Tür, und eine weiße schlanke Hand zog mich in die Wohnung. Das war Gemma. Die gütigste, warmherzigste Herrin, die die Hölle je gesehen hat.

* * *

»Pomelos.«

Hilde sagt es tonlos und spießt ein Stück mit der Gabel auf. »Das erinnert mich an unser Picknick, das nie stattgefunden hat.«

Ich nicke ihr zu. »Ich musste einfach gehen«, sage ich so sanft ich kann. Am Tisch wird es still. Nur die beiden Kater auf dem Sofa und die Dildos in den Blumenkübeln schnurren und surren leise. Alle sehen uns an. Jannik schenkt reihum Champagner nach.

»Du bist nicht gegangen«, sagt Hilde, »du warst verschwunden. Wie vom Erdboden verschluckt warst du. Ich war kaum zehn Minuten weg, aber du hattest dich völlig in Luft aufgelöst. Wie hast du das geschafft?«

Sie klingt jetzt sehr vorwurfsvoll. Ich lege meine Hand auf ihre und nicke.

»Das stimmt«, gebe ich zu, »ich hab mich einfach aus dem Staub gemacht, und du weißt auch, wieso. Diese Sache mit dem See war einfach nicht gesund.« Ich ziehe eine Augenbraue hoch. »Mittlerweile sind wir doch wohl quitt, wir beide, nicht wahr? Unsere offene Rechnung ist, ich möchte mal sagen, aufgegangen, und zwar in Rauch.«

Sie wird rot und senkt den Blick. Maltes Besteck klappert. Samir beäugt finster ein Salatblatt. Obwohl ich allen Grund habe, auf Hilde wütend zu sein, weil ihre spätere Rache an mir wirklich grausam war, kann ich sie schlecht leiden sehen.

»Ich hatte mich eine Etage höher versteckt, als du zurückkamst«, erkläre ich ihr. »Gemma hat eine Wohnung über dir. Ich war eine Nacht bei ihr, und im frühen Morgengrauen bin ich dann heimlich in ein Hotel umgezogen.«

Immer, wenn ich über Gemma spreche, wird mein Herz warm und prall wie ein gefüllter Truthahn. Jetzt möchte ich auch den Rest erzählen, wie ich einige Monate später noch einmal zu Gemma flüchtete und bei ihr ein Wunderland aus Schmerz und Lust erlebte, aber Gemma kommt mir zuvor und sagt laut und fröhlich in die Runde: »Alles der Reihe nach, sonst gerate ich alte Frau durcheinander. Ihr wisst ja, ab Mitte dreißig funktionieren die grauen Zellen nicht mehr so gut. Ich weiß nur, dass du eine Weile in diesem Hotel gewohnt hast, und dann tauchtest du erst wieder im Winter auf. Was hast du in der Zwischenzeit gemacht?«

»Ich war bei Leo«, sage ich, »und dann in New York.«

Gemma lehnt sich auf ihrem Stuhl zurück und streicht sich mit einer hennabemalten Hand über den kahlen Kopf. »Leo also. Dann möchte ich das jetzt hören.«

Leo und ich fangen gleichzeitig an breit zu grinsen, und ich hole Luft, um unsere Geschichte zu erzählen. Gemma zwinkert mir zu und hebt unmerklich ihr Glas, ein heimlicher, nur für uns beide gedachter Toast.

LEO

3

Zuerst hielt ich ihn für einen Autoknacker. Oder für einen Stalker. Oder für beides. Dann sah ich, dass auf seinem T-Shirt Signor Rossi aufgedruckt war, der ewig das Glück suchende, durch psychedelische Muster wirbelnde Signor Rossi aus der Zeichentrickserie, der seinen viel vernünftigeren Hund Gastone regelmäßig zur Verzweiflung trieb.

Der Autoknacker war bei näherem Hinsehen mit Markenfiguren zugepflastert wie ein Formel-1-Fahrer. Seine Armbanduhr hatte Asterix auf dem Ziffernblatt, Pokémons liefen über das T-Shirt, die Gürtelschnalle bestand aus dem *Dschungelbuch*-Bären, auf seinem Knie prangte ein Flicken mit der Maus und ihrem blauen Elefanten, und auf seinen Turnschuhen lachten kleine Zeichentrick-Heidis. Er war groß, zwei Köpfe größer als ich mit Absätzen, und etwas jünger als ich; vielleicht so um die dreißig.

Wir befanden uns auf dem Parkplatz vor einer großen Diskothek, in der eine entfernte Bekannte ihren Geburtstag feierte. Der Lichtkegel einer Straßenlaterne erfasste uns wie ein Bühnenspot. Leo, von dem ich zu diesem Zeitpunkt noch nicht wusste, dass er Leo hieß, fuhrwerkte mit einem Kleiderbügel aus Draht an einem winzigen Auto herum, das ebenfalls direkt aus Toontown zu stammen schien – so eins, bei dem auf der Rückbank immer drei Neffen mit Schnabel und Bürzel sitzen sollten –, und fummelte an der Fensterscheibe, die ein Stückchen offen stand. Er fluchte verbissen und schien kurz vor einem Wutausbruch zu stehen. Er sah aus wie ein gerade erwachsen gewordener Junge aus den *Peanuts*-Comics, und ich fragte mich schon, wieso mir bei diesem Autoknacker ständig das Kinderfernsehen einfiel. Meine Gedanken wanderten von Kindern zu Eltern zu Paaren, und prompt war ich wieder schlecht gelaunt.

Auf der Feier, die ich gerade fluchtartig verlassen hatte, gab es nur diese spezielle Sorte siamesischer, an Hüfte und Hirn zusammengewachsener Wir-Paare. »Wir finden diesen Film gut, aber jetzt müssen wir mal Pipi, und da werden wir darauf achten, dass wir hinterher sorgfältig abschütteln.« Nicht auszuhalten. Außerdem war ich neidisch. Denn in einem Séparée, das besonderen Gästen vorbehalten war, und in das ich mich verirrt hatte, weil ich die Garderobe suchte, hatte ich eine Frau gesehen. Und die besaß offenbar alles, was mir fehlte: Männer, Liebe, Glück, Harmonie, Abenteuer – gleich fünffach. Fünf Männer, die sie ständig umwarben.

In diesem auf eine mondäne Weise altmodischen Raum, in dem Glasstäbe von der Decke hingen und der Boden mit einem dicken violetten Teppich ausgelegt war, saß diese Frau mit ihrem Harem in einer Gruppe erlesen gekleideter Gäste. Ab und zu las man von ihr in den Klatschspalten der Zeitungen, aber so, live und in Farbe, bekam man sie und ihre Männer eher selten zu Gesicht.

Sie saß in einem eleganten schwarzen Wickelkleid auf dem Schoß eines blonden Hünen, der ihr zärtlich über den Nacken strich und sich dabei angeregt mit einem jungen, muskulösen Südländer unterhielt. Ab und zu winkte sie einem Langhaarigen an einem DJ-Pult zu oder strich einem unverschämt jungen Mann im Techno-outfit, der neben ihr auf den Zehenspitzen wippte, über den Hintern. Ich konnte mich nicht erinnern, wann ich das letzte Mal einem derartig jungen Mann so nahe-gekommen war – von dem grabschenden Masseur im letzten Urlaub, der sich davon ein Extratrinkgeld ver-sprach, mal abgesehen. Die Frau lachte gerade schallend, als mich jemand mit sanfter, kehliger Stimme ansprach. Eine bildschöne Japanerin (oder ein Mann?) im Geisha-gewand verbeugte sich höflich vor mir.

»Sind Sie eine Freundin von Sophia? Bitte kommen Sie herein.« Die Stimme war eindeutig die eines Man-nes.

Ich schüttelte den Kopf. »Nein, leider nicht, wirklich nicht. Ich hab mich nur verlaufen.«

Ich hätte heulen können, als ich mir selbst zuhörte, wie traurig das klang. Schnell verließ ich das Séparée und beschloss, dass die Party für mich vorbei war und ich meinen Mantel am nächsten Tag holen würde. Es war so-wieso noch ziemlich warm, obwohl es schon weit nach Mitternacht sein musste. Draußen auf dem beleuchte-ten Parkplatz atmete ich tief durch.

Der Mann mit dem Kleiderbügel fiel mir erst auf, als ich ihn leise fluchen hörte.

»Was machst du denn da?«, herrschte ich ihn streitlustig an.

»Das ist mein Auto«, behauptete er schnaufend, »ich find nur den Schlüssel nicht.«

Angesichts der bunten Seidenschals, die die ganze Hutablage bedeckten, schien mir das unwahrscheinlich. Ich verschränkte die Arme vor der Brust und erkundigte mich, ob er freiwillig verschwinden würde oder ob ich ihn erst überfahren müsste. Dabei deutete ich auf mein eigenes Auto, das nur wenige Meter entfernt stand.

»Nicht nötig, ich hab's gleich«, und da hatte er auch schon das Knöpfchen mithilfe des Kleiderbügels hochgezogen und die Fahrertür geöffnet.

»Es gehört meiner Freundin«, sagte er, stieg ein, suchte im Handschuhfach und in den Taschen, die auf dem Rücksitz standen, und fischte schließlich eine richtig teure Spiegelreflex-Digitalkamera mit großem Teleobjektiv heraus, die er fast fallen ließ und mit zitternden Fingern anschaltete.

»Geh zurück in deine Tonne, Oskar, das glaubt dir keiner.«

»Ist ja gut«, erwiderte er ungeduldig. »Es ist die Karre von einer Frau, die meine Freundin kennt, meine Exfreundin, wenn du's genau wissen willst, Madhuri. Madhuri ist spurlos verschwunden. Sie hatte eine Affäre mit irgendeinem Typen. Ich kenn ihn nicht. Wir haben uns getrennt, sie ist verschwunden. Niemand weiß, wo sie steckt, okay?«

Er schnaufte und holte tief Luft. »Ich weiß nicht mal, ob der Typ ein Irrer war und sie zerlegt und irgendwo verscharrt hat. Du weißt schon, Sack drüber, Kofferraum auf, rein in die Grube und schaufeln. Ich will sie gar nicht zurück, aber ich will ein paar Antworten, und vor allem will ich wissen, was eigentlich passiert ist.«

Ganz klar, der Typ war eine Labertasche. Dann aber rollte mitten in seinem Redeschwall eine dicke Träne über seine Wange. Er wischte sie nicht weg und gab sich auch keine Mühe, sie vor mir zu verbergen. Das beeindruckte mich. Außerdem konnte ich seine Verzweiflung gut nachvollziehen. Und er war niedlich, gar nicht wie ein Autoknacker, eher wie eine Muppetpuppe. Er konnte keine Sekunde stillstehen, hüpfte hierhin und dorthin und redete ohne Unterlass. Vielleicht hatte er auch eine Überdosis Red Bull intus.

Doch da blieb noch die Kamera. Ich zeigte darauf: »Und das?«

Er drückte hektisch auf kleinen Knöpfchen herum, hielt das Display näher vors Auge und murmelte: »Diese Frau, ich mein die, der die kleine Wurzel hier gehört, hat da drinnen erzählt, sie habe Madhuri gesehen, vor einem Monat oder so. Mit einem Mann. Das muss der Typ sein, wegen dem sie mich verlassen hat. Der Arsch. Zeitlich kommt das hin. Vielleicht krieg ich so irgendwas raus. Diese Frau fotografiert auch, genau wie ich. Ich kenn das, man fotografiert einfach alles, ist wie 'ne Sucht.«

Dann wurde er leichenblass. Und als wäre ich eine enge Vertraute und nicht irgendeine Fremde, die ihn beim Autoknacken erwischt hatte, hielt er mir die Kamera hin. »Da, guck mal, das ist Madhuri. Und er.«

Ich drehte mich zum Licht und sah mir das Foto an. Es war offenbar in einem Park aufgenommen. Auf einer Bank saß ein Pärchen. Sie hatte ihre Beine über seinen Schoß gelegt, und beide lachten. Ich vergrößerte den Ausschnitt.

Jetzt hätte ich fast die Kamera fallen gelassen. Das Gesicht des Mannes war kaum zu sehen, er vergrub die Nase in ihrem Haar, aber ich erkannte ihn auch so. Ich weiß nicht, wann dieser magische Moment eintritt, aber ab einem bestimmten Zeitpunkt erkennt man seinen Mann einfach, auch wenn nur wenig von ihm auf einem Bild zu sehen ist.

Sein Haar. Sein Hemd. Sogar seine Armbanduhr. Und ich wusste genau, was er ihr in dem Moment sagte, und wieso sie lachte. Er hatte gerade, als das Foto entstand, tief durch die Nase Luft geholt und dann alles aufgezählt, woran ihn der Duft ihres Haars erinnerte. Und das waren durchaus nicht nur die Klassiker Blumenwiese und Meeresbrandung, sondern lustige, abgefahrene Dinge: der Fahrtwind auf einer Vespa durch einen römischen Vorort zur Mittagszeit, das Eis in der kleinen Konditorei am Strand vor zwanzig Jahren, ein verliebter Grashüpfer auf einer schaukelnden Tulpe, kurz bevor es regnet, verschüttete violette Tinte, das Blitzen einer frisch gebrannten CD, die man lange schon haben wollte. Ich wusste das so genau, weil auch ich das alles einmal gehört hatte. Ich ärgerte mich über mich selbst, weil ich mir so sehr wünschte, zumindest die verschüttete lila Tinte wäre mir geblieben, nur mir, wenigstens das.

Ich zog Leo am Ärmel. »Komm mit, Ernie.« Ich zeigte auf eine kleine Rotlichtbar gegenüber dem Parkplatz. »Da haben wir mehr Ruhe.« Leo wurde ganz aufgeregt.

»Kennst du sie? Hast du sie gesehen? Weißt du, wo sie ist?«

Ich schüttelte den Kopf. »Der Mann«, sagte ich und wünschte mir, das alles wäre ein Alptraum oder nie passiert, »ist mein Mann.«

Außerdem wünschte ich mir, ich hätte die Einladung der männlichen Geisha angenommen und würde jetzt plaudernd und lachend mit dieser Sophia zwischen ihren Musketieren sitzen und mich schön und begehrt fühlen.

Die Bar war schummrig und ein bisschen klebrig, und ich hätte mich nicht gewundert, wenn mich ein grüngesichtiger Gnom im Trench angewispert hätte, ob ich vielleicht ein Q von ihm kaufen wolle, so plüschig, pelzig, filzig und flauschig war alles. Aber fast leer, und darauf kam es an. Wir schoben uns auf zwei Barhocker, die etwas abseits standen. Ich sah mir das Bild noch einmal an. Madhuri war wirklich atemberaubend; eine Inderin mit glänzendem schwarzen Haar, das ihr bis über die Hüften fiel, mit einer Figur wie eine dieser Tänzerinnen auf uralten Tempelreliefs.

»Wie ist sie denn so?«, wollte ich wissen.

»Schwer zu beschreiben«, sagte er nur und starrte finster vor sich hin.

»Warte kurz«, sagte ich und verlangte seinen Ausweis.

Er zögerte, und ich wurde ungeduldig: »Mach schon, ich muss mich ein bisschen absichern. Ich will wissen, mit wem ich's hier zu tun habe, immerhin hast du gerade ein Auto geknackt.«

Er gab nach, fischte seine Plastikkarte hervor, und ich ging nach hinten durch zu den Toiletten, um mit meinem Mann zu telefonieren. Er fragte mich nicht, wo ich sei oder was ich vorhätte, denn dazu hatte er kein Recht, und das wusste er genau. Obwohl er sich so verhielt, wie wir es abgesprochen hatten, konnte ich es kaum ertragen, seine Stimme zu hören. Ich musste mir Mühe geben, ihn nicht anzuschreien. Schließlich fragte ich ihn so sachlich, wie ich es nur fertigbrachte, nach Madhuri.

Ich brauchte eine ganze Weile, bis ich mich wieder so weit gefangen hatte, dass ich an die Theke zurückkehren konnte.

»Hast du was eingeworfen?«, fragte Leo sofort, als er meinen wohl ziemlich verstrahlten Gesichtsausdruck sah, und strich mir über den Rücken.

Ich schüttelte den Kopf. »Ich weiß, wo deine Ex ist.«

Ich erzählte ihm, dass sie nach der Affäre mit meinem Mann weggegangen war. »Sie hat ein Angebot bekommen, in Greenwich Village zu arbeiten, und ist vor etwa einem Monat abgereist.«

»New York? Was will sie denn da?«

»Es ging wohl um irgendein Filmangebot, Genaueres weiß ich nicht.«

Leo sank auf seinem Barhocker zusammen. Jetzt klopfte ich ihm den Rücken. »Ist ja gut«, sagte ich. »Wenn es dich wirklich so sehr interessiert, kann ich es für dich herausfinden. Mich hält hier gerade sowieso nichts.«

»Du willst nach New York? Aber du kennst mich doch gerade erst ein paar Minuten. Wieso willst du dann für mich nach New York? Einfach so? Und kannst du dir das leisten?«

»Nicht für dich«, stellte ich fest. Von dem Konto meines Mannes, zu dem ich unbegrenzten Zugang hatte, brauchte er nichts zu wissen. »Ich hab dort eine Freundin, und ich brauche dringend Abstand. Also besuche ich sie und werd bei der Gelegenheit mal sehen, ob ich deine Madhuri finde. Mich interessiert ja auch, mit wem mein Mann mich betrogen hat. Aber erst«, ich beugte mich vor, küsste ihn und ließ meine Zunge ohne Umschweife in seinen Mund gleiten, der frisch und männlich schmeckte, »sollten wir uns mal um die Anwesenden kümmern, bevor wir die Leichen ausgraben.«

Gut, es war ein bisschen Verzweiflung dabei, Rachelust sicher auch. Und womöglich versprühten die Leute hier in der klebrigen Bar außer diesem nicht minder klebrigen Raumspray auch noch Testosteron, so wie in der Schweinemast und in Fastfood-Restaurants Aromen versprüht werden, um den Riesenhunger zu wecken. Aber Leo war ein gut aussehender Junge. Ein bisschen ähnelte er dem Technoboy auf der Haremsparty im Séparée. Als ich diese Sophia auf dem Schoß ihres blonden Riesen sitzen sah, war mir sofort durch den Kopf geschossen, wie es wohl wäre, mit all diesen Männern zu schlafen. Vielleicht sogar in einer Nacht, einer nach dem anderen; der erste zärtlich und verspielt, der nächste sehr unerfahren und ungestüm, dann ein ganz raffinierter, ein besonders leidenschaftlicher oder einer mit ausgefallenen Vorlieben. Und Leo war freundlich und hatte einen direkten Blick aus schönen grauen Augen. Außerdem zeichneten sich unter seinem T-Shirt Brustmuskeln ab.

*   *   *

»Ja, schüchtern warst du nicht gerade«, lacht Leo, pustet über seine Raukesuppe und versucht, das pochierte Ei unterzudippen. Es schwimmt ihm unter dem Löffel weg. Seine Stirn glänzt ein bisschen. »Aber genau das hab ich gebraucht: eine, die's in die Hand nimmt.«

Letzteres sagt er ein bisschen anzüglich. Hilde rührt in ihrem Teller, immer gegen den Uhrzeigersinn, als könnte sie damit die Zeit zurückdrehen. Ich müsste mich sehr täuschen, wenn Gemma nicht gerade versucht, mehr über Maltes Vorlieben herauszufinden. Auf Füßeln unterm Tisch steht er jedenfalls nicht, überhaupt nicht auf Körperkontakt, so viel könnte ich ihr verraten – ein Jammer bei diesem Körper.

Leo probiert die grüne Suppe und leckt den Löffel ab. »Du wolltest zum Vögeln die volle Wattstärke. Alle Lampen mussten eingeschaltet sein. Die Rollläden durfte ich auch nicht runterlassen. Wir waren besser ausgeleuchtet als jeder Pornoset. Dabei waren wir an dem Abend ja noch gar kein solches Paar, möchte ich mal sagen. Das war, bevor es solche Filmklassiker gab wie *Pussimuckl – Eine Zwergin wird geil* oder *Pimpernocchio – Er hat den Längsten*. Unser erster Fick war ja rein privat, zumindest drinnen hinter der Fensterscheibe. Wer draußen alles mitonaniert hat, weiß ich nicht.«

»Manchmal braucht man Publikum«, sage ich und reiche ihm das dampfende, frisch gebackene Brot, das Jannik gerade serviert hat. »Da ist leider kein Dooser draufgetoastet«, kichere ich und greife mit der anderen Hand nach meinem Champagnerglas. Unsere Hände berühren sich kurz, und ich erinnere mich wieder ganz genau, wie sie war, diese erste Nacht mit Leo – weil ich wusste, dass mein Mann draußen stand und zusah, wie ich diesen fremden Mann fickte. Ich hatte ihm in der Bar Leos Adresse durchgegeben und ihn dorthin bestellt. Er sollte schon sehr genau wissen, was er jetzt ein Jahr lang nicht mehr bekommen würde und was er aufs Spiel setzte, als er beschloss, »nur Sex« mit Madhuri zu haben.

* * *

»Zieh dich aus«, herrschte ich ihn an und war selbst überrascht, wie entschieden meine Stimme klang. »Leg dich da auf den Esstisch.«

»Direkt vors Fenster?« Ich schob ihn ohne eine Antwort zu dem großen Glastisch. Unter der Deckplatte gab es eine Ebene, die nach Lust und Laune bestückt werden konnte. Leo hatte hier eine Dooser- und Fraggle-Kolonie nachgebildet. Die kleinen grünen Knollenmännchen ratterten auf ihren Baumaschinen durch Gänge in die angrenzenden Glasfächer und bearbeiteten mit ihren Presslufthämmern und Abrissbirnen das Labyrinth dieser Dekofläche.

Die ganze Wohnung war mit Designermöbeln und Devotionalien aus Kinderserien vollgestopft. Eine ganze Wand gehörte Ernie und Bert, die sogar aus silbernen Rahmen lächelten wie in anderen Wohnungen Familienmitglieder auf Fotos. Zwischen lebensgroßen Plüschfiguren von Roadrunner, Homer Simpson und Miss Piggy hingen nachkolorierte Schwarz-Weiß-Aufnahmen von Landschaften und Körperdetails. Das Ganze war perfekt aufeinander abgestimmt; Kitsch, Krempel und Kunst hielten sich so die Waage. Ich hatte das Gefühl, Teil einer riesigen, obszönen Muppetpuppen-Installation zu sein.

Leo sammelte nicht einfach Kram aus seiner Kindheit, das sah ich gleich; er hatte eine wundersame, schrille Welt komponiert, aus Schweineschnauzen, Gummientchen und Krümelmonstern. Ich wollte dieses Sammelsurium in Ruhe auf mich wirken lassen. Die vielen kleinen blinkenden und spiegelnden Prismen des modernen Kronleuchters fluteten das Zimmer mit gelblich-weißem Licht.

Nackt und stumm, mit großen Augen wie eine gerade abgesetzte Handpuppe, wartete Leo auf der kalten Platte und sah mich erwartungsvoll an. Ich ließ mir Zeit, ihn von oben bis unten zu betrachten. Er war attraktiv, mit seinen hellblonden, leicht punkig geschnittenen Haaren, die mich an die Achtzigerjahre erinnerten. Daran merke ich immer, dass ich älter werde: Wer sich an die stacheligen Hinterköpfe der Achtziger, Slime und gelbe Telefonzellen erinnern oder eben den Titelsong von *Herr Rossi sucht das Glück* mitsingen kann, der ist eindeutig vor der Technogeneration geboren.

Aber das fand ich in dem Moment ziemlich unwichtig. Nur seine Augen, die waren mir nicht egal. Denn hinter dem Schmerz und der Enttäuschung, die diese andere Frau in ihm hinterlassen hatte, konnte ich vor allem eins darin erkennen: Hunger. Er war ungeduldig, hibbelig, geil. Sein Schwanz stand hart aufgerichtet vor seinem Bauch und zuckte leicht. Die Spitze war dunkler, und auf seinem Schambein war ein Tribal Tattoo, das weiter oben in ein Porträt von Umpah-Pah mündete.

»Oh«, hauchte ich, kniete mich vor ihn und leckte über die Tätowierung, »du hast ja deinen eigenen Marterpfahl dabei.«

Er lachte leise und kehlig, zischte »Schauschau Scho-schonen« und legte den Kopf zurück.

Ich dachte kurz nach: »Ja, ja, Bully Herbig, als der noch vor seiner Tapete stand, den hätte ich auch nicht vom Glastisch geschubst.«

Er versuchte nicht mal, mich auszuziehen oder an-zufassen; er ließ mir vollkommen die Kontrolle. Ich pellte ihm ein Kondom über, nahm seinen Schwanz in den Mund, der ganz leicht nach Meer roch, und leck-te mit der Zungenspitze das Fädchen. Leo stöhnte. Dann stülpte ich meine Lippen um seine Eichel, um-fasste mit der einen Hand seine Eier und fuhr mit den Fingernägeln der anderen langsam an seinem Ober-schenkel auf und ab. Ein Schauer überlief ihn, und manchmal lachte er kurz auf, wenn es zu sehr kitzelte. Behutsam schob ich die Vorhaut zurück und fing an zu saugen. Wenn er lauter stöhnte, legte ich eine kurze Pause ein, spielte an seinen Eiern oder tastete mich wei-ter vor zum Damm.

Schließlich lutschte ich meinen Zeigefinger nass und schob ihn ihm gemächlich in den Arsch, während ich seinen Schwanz tiefer in den Mund nahm und meinen Kopf schnell auf und ab bewegte. Als ich spürte, wie sich seine Beine anspannten und sein Poloch um meinen Finger zuckte, löste ich mich von ihm, stand auf und zog mich aus. Leos Gesicht glänzte, er wirkte wie high. Ich krabbelte nackt zu ihm auf den Glastisch.

»Jetzt«, sagte ich sehr sachlich zu ihm, obwohl ich auch schon ziemlich kurzatmig war, »werde ich mir dei-nen Schwanz reinstecken und dich ficken.« Ich machte eine kleine Pause und schob mich über seinen Schwanz, bis die Spitze ein quälend winziges Stück in meinem Möseneingang verschwand. »Und ich würde vorschlagen, du hältst dich am Tisch fest, denn ich habe nicht vor, auf dich Rücksicht zu nehmen.«

Dann setzte ich mich zurück auf seinen Schoß, sein Schwanz schob sich in meine nasse Möse, und ich fickte ihn hart und egoistisch, wie ich es angekündigt hatte. Ich fand einen guten Rhythmus und ritt ihn abwechselnd in kleinen, schnellen Fickbewegungen und längeren langsamen, wobei ich seinen Schwanz bis zur Spitze wieder freigab, um ihn gleich darauf neu in mir zu versenken. Er kam mir mit dem Becken entgegen oder stützte sich mit einem Ellenbogen auf und umfasste mit einer Hand meine Brüste. Schließlich aber lag er nur noch da, hatte die Augen halb geschlossen und stöhnte, während er seinen Daumen an meine Klitoris hielt, sodass ich mich bei jeder Bewegung an ihm rieb. Obwohl ich schon ein leichtes Ziehen in den Oberschenkeln spürte und vor allem das dumpfe Gefühl zwischen Möse und Bauchnabel, als gäbe es einen großen Kreisel tief in mir, der sich mit einem lauten Summen immer schneller drehte, versuchte ich es noch hinauszuzögern, nahm die Hände hinter meinen Kopf und sah mir im matten Spiegelbild der Fensterscheibe selbst zu, wie meine Brüste bei jedem Stoß wippten. Schließlich konnte ich es nicht mehr zurückhalten, fickte ihn schneller und schneller, kam kurz nach ihm und sank schweißnass auf seine Brust. Ich strich ihm über die Wange und küsste ihn.

»Nicht schlecht, deine Kondition«, murmelte ich und genoss das wohlige Zucken und Strömen in meiner Möse. Nach gutem Sex fühle ich mich immer wie eine

Schneekugel, in der, gut durchgeschüttelt, die glitzernden Flocken durcheinanderschweben.

Leo wäre fast eingeschlafen, obwohl dieser Glastisch wirklich alles andere als bequem war. Ich hing meinen Gedanken nach und hätte nichts gehört, aber Leo schob mich plötzlich von sich herunter, sprang auf, lief, nackt, wie er war, zum Fenster und versuchte hinauszusehen.

»Dieser Dreckskerl wieder!«

Ich fragte mich, ob es wirklich so eine gute Idee gewesen war, die Fickperformance vor dem großen Panoramafenster zu geben. Leo rannte zur Haustür. Draußen hörte ich ihn durch den Vorgarten stolpern und Verwünschungen brüllen.

Wieder halb in der Wohnung, rief er »Du kriegst dein Geld schon noch« in die Nacht und warf die Haustür zu.

»Was ist?«

Ich saß nach wie vor nackt auf dem Tisch und machte ebenfalls keine Anstalten, mich anzuziehen. Leo nahm eine Dose indisches Bier aus dem Kühlschrank, warf auch mir eine zu und trank sie fast in einem Zug aus, bevor er mir erklärte, was das alles sollte.

»Da draußen«, er zeigte durch das Fenster in den Vorgarten, »war was. Ich hör das inzwischen genau, ob da ein Waschbär eine Katze fickt, oder ob ein Spinner ums Haus kriecht.«

Er wischte sich über den Mund.

»Das ist ein Irrer. Ein durchgeknallter Glatzkopf. Ich hab den Kerl beauftragt, Madhuri zu finden, direkt nachdem sie plötzlich weg war. Da dachte ich ja noch, vielleicht ist ihr was passiert. Hab mir eben Sorgen gemacht.«

Er setzte die Dose hart auf die Spüle.

»Gut, er hatte keine Lizenz und war auch sonst merkwürdig. Aber, hallo? Ich war verzweifelt. Jedenfalls, ich hab den Vertrag unterschrieben, ohne ihn genau zu lesen. Und zwei Wochen später steht der plötzlich in der Tür, nix dabei, außer was jeder Idiot in ein paar Minuten im Internet finden kann, und hält mir wie Dick Tracy persönlich eine Rechnung unter die Nase.«

Er nahm sich noch ein Bier. Ich probierte einen Schluck. Es schmeckte ungewohnt, aber nicht übel. »Das Geld habe ich einfach nicht. Ich bin freier Fotograf. Ich fotografiere Familienfeste und nackte Hausfrauen, Mädchen, die gern Model werden wollen, oder Geschäftseröffnungen mit Schlipsträgern – was halt anfällt. Und jetzt steigt er mir alle paar Tage aufs Dach, kommt mit seinen Kumpels vorbei und bedroht mich.«

Leo setzte sich zu mir an den Tisch. »Der Kerl kann mich ruinieren. Ich hab den Vertrag schon mit einem Anwalt durchgesprochen. Er ist wasserdicht. Ich muss das zahlen. Aber wie soll man so schnell Geld verdienen, seriös, meine ich.«

Ich rutschte zu ihm und ließ die Beine links und rechts von ihm über die Tischkante baumeln. Eine Bierdose stand direkt vor meiner gerade gut gefickten und sicherlich immer noch sehr feuchten Möse.

»Dann versuch's doch unseriös. Ich habe jedenfalls gelernt, dass es nicht immer sinnvoll ist, eine ehrbare Frau zu sein. Und bei dem da draußen kann ich dich beruhigen, das war nicht dein Detektiv. Ganz bestimmt nicht. Ich hab ihn auch gesehen, als du rausgelaufen bist, und der da draußen hatte Haare, einen Trenchcoat an und wichste. Das war ein Spanner, kein Spinner.«

Ich gratulierte mir insgeheim dazu, dass man es mir weder ansah noch anhörte, wenn ich log. Ich streichelte Leo durch seine niedliche Punkfrisur.

»Komm schon! Ein Spanner, der hatte es nett, und wir hatten es hier nett.« Ich lächelte ihm zu. »Wir hatten es doch nett!?«

Jetzt war es an ihm zu lächeln. Ich kraulte seinen Nacken und rutschte noch ein Stückchen näher, bis ich seinen Atem auf meinem Bauch fühlte.

»Und wegen der Geldsache mach dir mal keine Sorgen. Das klappt schon alles. Sex sells. Du bist doch Fotograf, und ich hab ein bisschen Zeit und gerade so gar keine Lust, ehrbar oder seriös zu sein. Wir tun das, was wir gut können, und fotografieren uns dabei.«

Als er mich verständnislos ansah, erklärte ich sehr geduldig: »Ficken. Wir machen Fickfotos, natürlich mit Masken, denn ich hab ja auch noch ein Leben da draußen. Und dann werden wir die schon verkaufen.«

Leo schüttelte den Kopf. »Das Web ist rappelvoll mit Bildern, von Papi im Feinripp bis richtig pervers, damit macht man keine große Kohle mehr. Außerdem wäre das irgendwie Prostitution.«

Ich wurde ein bisschen ärgerlich. »Und all die Frauen, die bei ihren Männern bleiben oder umgekehrt, obwohl sie sich nicht mehr lieben, all diese verkorksten Ehen, in denen jeder fremdgeht, es aber keiner zugibt, nur damit das Geld stimmt, ist das keine Prostitution? Und dass du Familienfeiern fotografieren musst, obwohl du doch eigentlich künstlerisch arbeiten willst«, ich zeigte auf die Wände ringsherum, die mit großen Fotografien bestückt waren. »Ist das keine Prostitution?«

Jetzt hatte ich mich in Rage geredet. »Nutten machen einen Job wie andere auch. Und all das, was daran so schlimm ist, so eklig und unerträglich, kommt zur Tür rein und wartet nicht draußen. Überleg mal, wo die Welt heute ohne Kurtisanen wäre, die Kunst ohne Modelle und Musen, die Monarchien ohne Mätressen, die Literatur ohne erotische Heldinnen.«

Bevor ich noch weiterpredigen konnte, gab mir Leo einen Kuss und unterbrach mich. »Gut«, sagte er schließlich, »wenn du's wirklich tun willst – scheinst ja Gründe zu haben, geht mich nix an, muss ich nicht wissen –, also wenn du's wirklich willst, so ein Tittenquiz, ja, wo irgendwelche Idioten ein Tier mit langen Ohren und vier Buchstaben raten sollen, das auf ›ase‹ endet: gut. Aber dann machen wir's richtig.«

Er zog mich vom Tisch und führte mich in ein Zimmer hinter seiner Dunkelkammer – sein Schlafzimmer – und klappte einen Schrank auf. »Tadaaah«, sang er wie ein Zirkusdirektor und holte eine komplette Videoausrüstung heraus, samt Beleuchtung und einem Haufen Kabel. Am Ende zeigte er auf den PC, der in einer Nische stand. Ich verstand gleich.

»Livesex vor der Webcam. Auch nicht schlecht! Da können wir ja richtige Filme produzieren: *Garfick – Die Muschis sind los* zum Beispiel oder *Räuber Hotfotz – Er pfählt im tiefen Wald, was immer er will.* Unbedingt auch Realityformate wie *Das feuerrote Fickmobil* und *Neues aus Ullas Busch.* Minipornos für die Jungs und Mädels der Achtzigerjahre, als Ed von Schleck und der braune Bär noch unschuldige Vokabeln waren.«

Leo lachte und entwirrte die Kabel. »Wir versuchen es erst mal, und vor allem spezialisieren wir uns auf irgendwas, damit wir vielleicht doch noch ein Plätzchen im Internetsumpf finden. Und damit sehen wir dann, ob wir überhaupt einen einzigen Kunden anlocken können.«

Ich lächelte triumphierend und kam mir vor wie die Kameliendame, Madame Pompadour und Messalina in einer Person.

»Keine Sorge«, murmelte ich, »einen Kunden haben wir sicher.«

Leo leuchtete den Raum aus, meldete unsere Homepage *www.bueck-zeig-spreiz.de* an und telefonierte mit einem Freund, der versprach, uns einen Bekannten vorbeizuschicken, der die ganze Technik einrichten und auch als Webmaster fungieren würde. Der sei ein Computerfreak, kenne sich mit Bezahlfunktion und Chats aus und positioniere uns auch die Kamera. Leo murmelte fast pausenlos wie Bob der Baumeister »Schaffen wir das? Das schaffen wir« und machte mich damit schier wahnsinnig.

Er war gerade für Besorgungen unterwegs, als das Technikgenie kam, ein älterer Mann mit grauen Haaren und Dreitagebart, lässig, aber teuer angezogen und entspannt wie ein Yogalehrer beim »rückwärts schauenden Hund«. Mit einem Blick vom Bett zum PC hatte er erfasst, worum es ging, und machte sich ans Werk. Er erklärte mir, wie wir chatten konnten, und welche verborgenen Funktionen es gab. Ich fühlte mich sofort wohl in seiner Gegenwart. Die Ruhe, die er ausstrahlte, tat mir gut. Gerade als er gegangen war, kam Leo wieder. Er hatte

Kostümverleihe und Requisitenläden abgeklappert und schleppte zwei riesige Kartons in die Wohnung.

Wir wollten uns nicht einfach so auf dem Bett räkeln und darauf warten, dass ein User uns befahl: »Zieh die Hose aus«, »Leck deine Titten« oder: »Steck ihn ihr rein.« Das hatte ich zur Bedingung für dieses Abenteuer gemacht.

Erstens durfte mich niemand erkennen. Ich würde also immer irgendwie verhüllt sein. Zweitens wollte ich dabei Spaß haben. Also Orgasmen, je mehr, desto besser. Das diktierte ich Leo, während wir nackt auf seinem Bett bestimmte Posen und Einstellungen ausprobierten. Er zeigte auf die Tätowierung über meiner linken Brust.

»Die ist aber sehr auffällig, die erkennt man sofort wieder.«

Ich strich vorsichtig, als wäre es noch ganz frisch, über mein Junozeichen, ein breites X, durch dessen Mitte ein umgedrehtes Kreuz lief.

»Warst du mal Satanistin oder so was? Weil das Kreuz nach unten zeigt, meine ich.«

Ich schüttelte den Kopf. »Das ist das Zeichen der römischen Muttergöttin. Manchmal sieht es auch aus wie eine Lilie. Es steht für Tapferkeit. Unter anderem.«

* * *

Gemma lehnt sich auf ihrem Stuhl zurück und lässt sich von Jannik Champagner nachschenken.

»Und ich habe geglaubt, das Tattoo hättest du von einem Spiel. Ein Sklavenzeichen. Eine Brandmarkung. Als ich dich kennenlernte, hab ich es nicht gesehen. Und als wir uns dann wieder trafen, war es weg.«

Ich nicke. »Ja, ich hab's mir in New York weglasern lassen. Es hat mir nicht unbedingt Glück gebracht.«

»Juno ...«, Gemma legt die Ellenbogen hinter sich auf die breiten Lehnen ihres Stuhls und referiert, was sie weiß – und das ist nicht wenig. Gemma ist ein wandelndes Lexikon. Ich frage mich immer, wie die erfolgreichste Hure der Stadt noch Zeit zum Lesen findet. »... Römische Muttergöttin. Verwandt mit Yoni aus dem Kamasutra. Himmelskönigin, Jungfrau-Mutter, Göttin der erotischen Liebe, Seele einer jeden Frau. Was für Männer der Genius, ist für Frauen die Juno.« Sie nimmt einen tiefen Schluck. »Nur leider komplett auf der Strecke geblieben im Patriarchat. Göttin der Ehe und Familie. Aber auch des Kampfgeistes und der Tapferkeit. Sogar Patronin des Krieges. Ihr Zeichen ist die Lilie, das Yoni, der Pfau und ebendieses Dings, dieses X mit dem umgekehrten Kreuz. Und die Kaurischnecke.«

»Hätte ich auch auf die Menüfolge setzen können«, scherze ich. »Schnecken, meine ich, nicht Lilien.«

*   *   *

»Dann stellen wir eben überall Lilien hin, wenn dir das was bedeutet«, schlug Leo vor und nickte zu den großen leeren Vasen auf der Fensterbank. Ich lehnte ab.

»Keinesfalls. So was Besonderes ist das Zeichen gar nicht, das haben wahrscheinlich viele. Nachdem die Arschgeweihe außer Mode gekommen sind, stechen die sich jetzt doch alle was Bedeutsames irgendwohin, wie den Gütestempel im Schlachthof.«

»Du ja auch«, sagte Leo mit einem vielsagenden Grinsen.

»Ja«, seufzte ich, »ich bin die dämlichste von allen.«

Er grinste noch breiter. »Wir könnten als Eröffnungs-angebot so eine Art Sex-Los-Wochos anbieten, jeder Fick zum halben Preis, und das nennen wir dann Trottel-wochen!«

Je länger ich über unsere Schnapsidee von der Sex-comedy mit Livechat nachdachte, desto mehr Lust hatte ich dazu. Ein bisschen Spaß konnten Leo und ich gut brauchen. Wenn es außerdem noch Geld brachte – ihm damit die Freiheit von einem bedrohlichen Spinner und mir die Genugtuung –, dann war das die Eier legende Wollmilchsau.

Ich schob die großen Kartons, die am Vormittag gelie-fert worden waren, ins Schlafzimmer und öffnete sie, um Leo meine Schätze zu zeigen. »Hier! Den ganzen Krempel hab ich fast umsonst bekommen.« Das stimmte zwar nicht, aber seitdem ich eine Kreditkarte besaß, die sich ständig auffüllte wie der Milchbreitopf aus dem Märchen, war für mich sowieso alles gratis.

Ich packte Federboas aus, Clownskostüme, große Tüten mit Ballons, eine Heliumflasche, Gasmasken, Gummi-kleidung, Serviererinnen-Outfits, Ledergeschirr, Pferde-putzzeug, Lebensmittelattrappen, Plastikfolie, Stofftiere, Waschbärenmasken und Hasenkostüme; Sprühsahne, eine ganze Palette Wackelpudding und am Schluss meine Highlights: einen grünen Plüschanzug mit passender Oskar-Maske und Mülltonnendeckel und ein Dings aus unendlichen Mengen gelber Federn.

Leo kreischte entzückt. »Bibo! Der Schwulvogel aus der *Sesamstraße*! Der tuntigste Broiler, der je aus einem Hähnchengrill entkommen ist!«

Wir bewarfen uns mit all den Sachen, wickelten uns die Federboas um den Hals und stülpten die Clownsnasen über, lachten und kitzelten uns und landeten schließlich völlig erschöpft in einem unglaublichen Chaos auf Leos Bett.

Ich tastete mich zu seinem Reißverschluss vor, aber er gab mir einen Klaps auf die Finger. »Nix da! Erst müssen wir hier Klarschiff machen. Dann überlegen wir uns einen Fahrplan für unsere erste Woche im Pornogewerbe. Gefickt wird erst wieder morgen – und bitte telegen.«

Ich seufzte ergeben und verschwand in die Küche, um erst mal zwanzig Packungen grünen Wackelpudding zu verarbeiten, damit er bis morgen fest werden konnte.

Die nächste Woche war ein einziger Lachgastrip. Wozu Drogen nehmen, wenn man in Clownskostümen ficken kann? Wir verwandelten Leos Schlafzimmer in Miss Piggys schweinischste Fantasiewelt und führten eine bunte, schrille Orgie auf. Mit den Ballons fingen wir an. Im Internet hatte ich Looner-Filme gefunden, in denen sich mäßig begeisterte Mädchen in Unterwäsche damit beschäftigten, Ballons mit Heliumgas zu füllen und dann zum Platzen zu bringen. Mir war nicht ganz klar, wo dabei der Kick sein sollte, aber bitte! Auf Gottes wunderlicher Weide ist für jeden der richtige Grashalm dabei. Also trat ich mit einer Tiffy-Maske über den Augen und ansonsten nackt ins Bild und machte mich ans Werk. Ich blies die Ballons auf, rieb mich daran, ritt darauf, bis sie platzten, ließ sie obszön durch meine Hände gleiten oder lutschte sie und kam mir schon ziemlich merkwürdig vor, bis Leo vor dem Computer aufgeregt herumhüpfte und mir bedeutete, wir hätten tatsächlich einen Besucher. Ich nickte geduldig, denn natürlich wusste ich, wer dieser Besucher war. Unsere ganze Livecam-Aktion war ein einziger Denkzettel für diesen Besucher. Er sollte mit unseren sittenwidrigen Gebühren Leos Schulden bezahlen, die der arme Kerl nur hatte, weil seine Freundin unbedingt mit einem verheirateten Mann fremdgehen musste.

In der Planungsphase hatte Leo noch vehement gegen meinen Gebührenvorschlag gewettert. Er konnte sich nicht vorstellen, dass jemand so viel bezahlte, um ruckende, zuckende Bilder zu sehen, wenn er eine Hure für weniger Geld selbst ficken konnte. Aber ich hatte ihm vorgeschlagen, wir sollten erst mal warten, ob es da draußen nicht doch den einen oder anderen gab, der unsere Wucherbeträge akzeptierte. Und natürlich war es so.

Jetzt fing die Sache an, Spaß zu machen. Ich winkte Leo vor die Kamera, setzte mich auf ihn und ließ dabei weiter Ballons zerplatzen. Oder ich rollte mich bäuchlings über einen besonders großen und ließ mir von Leo die Pospalte lecken, wobei wir darauf achteten, immer gut im Bild zu sein, damit man am anderen Ende der Leitung ganz genau sehen konnte, dass seine Zunge wirklich rosettenwärts wanderte und es nicht nur andeutete. Irgendwann nahm Leo einen Atemzug Helium und fing an, mir mit Donald-Duck-Stimme obszöne Sachen zu sagen. Ich musste so lachen, dass ich mich nur mit Mühe auf dem Ballon halten konnte. Ich bediente mich selbst am Gas und sauigelte zurück. Plötzlich waren Standardsätze wie »Deine Muschi macht mich so geil« oder »Komm her mit deinem großen harten Schwanz« urkomisch. Wir kugelten uns vor Lachen und fingen an, in den Ballons herumzutoben, bis wir schließlich erschöpft liegen blieben und uns, die geöffneten Schenkel in die Kamera gerichtet, ein bisschen zwischen den Beinen kraulten und darauf warteten, dass die Zeit ablief. Der Zugriff auf unseren Kessel Buntes war während der ganzen Zeit nicht abgebrochen worden.

Wir stellten einen Stundenplan ins Netz, der es uns erlaubte, nach einem Thema eine Pause zu machen, in der wir uns erholen und die Deko umbauen konnten. Während ich ein großes Pferdeposter aufhängte und mich in schwarze lange Gummistrümpfe und ein Ledergeschirr zwängte, wobei ich mehrere Anläufe nehmen musste, bis die Riemen wirklich stramm über Brüsten und Hinterbacken saßen, hackte Leo auf der Computertastatur herum.

»Das ist Wahnsinn!«, rief er. »Unsere erste Produktion *Barbapopo – Jeder Arsch verformt sich gern* ist gleich hoch platziert eingestiegen. Im Ernst: Wir haben einen User, der schaltet überhaupt nicht mehr ab. Hat der sonst nichts zu tun? Weiß der, was ihn das kostet?«

»Vielleicht ist auch nur sein Hamster über die Tastatur gelatscht«, sagte ich und suchte Peitschen zusammen und schleppte Heuballen herein.

»Dann kennt der Hamster aber verdammt gut Herrchens Kreditkartennummer!«

»Das ist eben ein American-Express-Goldhamster, und jetzt hilf mir mal.«

Leo stellte uns den Küchenwecker, damit wir unseren Einsatz nicht verpassten, rieb sich schon mal an meiner Muschi und lutschte an meinen Brustwarzen, so lange ich still stehen blieb, um gleich steif und bereit ins Bild zu treten, denn die Ponynummer würde eine Gangart härter werden.

Pünktlich mit dem Küchenwecker gingen wir auf Sendung. Auch unser einziger Fan saß wieder vor dem Bildschirm. Ich hatte mich auf allen vieren niedergelassen, mit einem Gummiball im Mund, der mit einem Lederriemen hinter meinem Kopf verknotet war, und wackelte mit dem Hintern. Leo stand über mir und beklapste meinen Arsch mit einer Gerte, bis man rote Striemen sah. Als Code, so hatten wir vereinbart, sollte ich die linke Hand vom Boden heben, denn da ich nichts sagen konnte, blieb es Leos Fantasie überlassen, was er mit mir machte. Er redete allerlei Unsinn, in den er möglichst viel Pony-Vokabular reinpackte, viele »Brrrsss« und »Ja, meine Gute«, »Hüa« oder »Scheeeeritt«. Ich konnte mir vorstellen, wie er sich insgeheim ein Filmplakat zu *Pfanni und Sanni – Gangbang auf dem Ponyhof* ausdachte. Dann griff er in einen der großen Futtersäcke, holte eine lange dünne Möhre hervor und hielt sie mir vor die Nase. Ich tat so, als würde ich danach schnappen. Jetzt strich er mir damit über den Rücken, schob meine Pobacken auseinander und rieb die Möhre zwischen meinen Beinen. Worauf ich sie noch ein bisschen mehr spreizte. Ihm kam eine neue Idee: Er nahm einen der kleineren Futtersäcke, leerte ihn aus und stülpte ihn mir über den Kopf. Ich sah also nichts mehr, fühlte aber sehr deutlich, wie er hinter mir stand und meine Fotze mit der Möhre rieb. Hin und wieder klatschte er mir mit der flachen Hand auf den Hintern. Er drehte mich direkt zur Kamera und schob die Möhre ein Stückchen in mich hinein. Ich ging vorn unwillkürlich etwas tiefer und konzentrierte mich auf das Gefühl.

Dann hörte ich ihn sagen: »Ach, auf eine Stutenfotze habe ich eigentlich gar keine richtige Lust, da weiß ich was Besseres.«

Ich fragte mich eine Sekunde lang, ob er es wirklich tun würde – und schon spürte ich ein kühles, glibberiges Zeug an meinem Arschloch und gleich darauf die Spitze der Möhre, die sich in mich schob. Ich jaulte auf und versuchte etwas nach vorn zu kriechen, aber er stand über mir und hielt mich mit seinen Waden so umklammert, dass ich nicht wegkonnte. Er drehte die Möhre in meinem Arsch leicht und fuhr ganz vorsichtig ein Stück zurück, um sie gleich darauf noch tiefer in mich hineinzuschrauben. Ich wackelte mit dem Hintern und zuckte. Er tätschelte mich, streichelte meinen Arsch, leckte mir wieder die Ritze, bis ich mich unter seiner feuchten warmen Zunge entspannte und locker ließ. Dann stopfte er die Möhre fast bis zum Anschlag in meinen Arsch, beließ sie dort, kniete sich hinter mich und rieb mit der anderen Hand meinen Kitzler. Als er merkte, wie nass ich war, begann er mich sanft mit der Möhre zu ficken. Die Mischung aus Schmerz und Geilheit zog sich bis in meine Eingeweide. Er fühlte an meinem Zucken, dass ich kam, zog die Möhre aus mir heraus, nahm mir den Knebel aus dem Mund und kniete sich vor mich. Er zog sich ein Gummi über, dann spürte ich schon seinen Schwanz an meinem Mund. Ich saugte ihn nur wenige Minuten, bis er kam.

Die Zeit war um. Das rote Licht an der Kamera erlosch.

Leo zog mir den Sack vom Kopf und strich mir durch die verschwitzten Haare. »Alles okay bei dir?« Ich starrte ihn wütend an, aber noch bevor ich etwas sagen konnte, meinte er: »Du hast die Hand nicht vom Boden genommen, ich hab die ganze Zeit hingesehen.«

»Stimmt«, gab ich zu und rollte mich erschöpft zusammen, den Kopf in seinem Schoß.

Danach war es anders. Wir hatten sozusagen die Unschuld verloren und dachten kaum noch an den einzigen User, der sich pünktlich wie ein Uhrwerk jedes Mal einloggte, sobald wir auf Sendung gingen. Er schaute uns zu, wie wir uns als Clowns verkleidet mit Torte und besagtem Wackelpudding vollschmierten und uns in diesem Outfit gegenseitig die Genitalien rasierten (das hatte ich auf den Internetseiten eines Erotikmuseums gesehen). Wir drapierten uns inmitten von Lebensmitteln, aßen von unseren Körpern und leckten uns sauber. Wir machten die Militärnummer mit Gasmaske und zackigen Anweisungen und trieben es auch mit großen flauschigen Stofftieren. In einem Spezialladen hatte ich eine Waschbärdame mit eingenähter Gummimöse gefunden, die Leo rannahm, und ich ließ mich vom Kunstschwanz eines Bären penetrieren. An einem der folgenden Tage begannen wir mit Rollenspielen (Rotkäppchen und der böse Wolf inmitten einer großen Kunstblutlache) oder benutzten die anderen Kostüme. Ich rächte mich an Leo, indem ich ihn als Ernie verkleidet ins Bild schickte, um ihm dann mit Bert-Maske und einem umgeschnallten Dildo das nervige Lachen auszutreiben. Und auch Ernie aka Leo nahm die vereinbarte linke Hand nicht vom Boden, sondern blieb brav knien, bis Bert ihn zu Ende gefickt hatte.

In einer Pause saß ich auf dem Fensterbrett und blätterte in einem Pornomagazin, auf der Suche nach neuen Ideen, als Leo mich aufgeregt zum PC herüberwinkte. Ich beeilte mich nicht sonderlich, denn ich wusste ja, dass unser treuer Fan immer online sein würde, wenn wir im Dienst waren. Aber diesmal gab es etwas anderes.

»Da ist noch einer«, flüsterte Leo fast verängstigt und zeigte auf den Bildschirm, wo eine zweite IP-Adresse verzeichnet war.

»Der hat sich verirrt«, sagte ich, »unsere Seite ist doch noch gar nicht in den Suchmaschinen. Der ist zufällig rübergesurft und hat vielleicht mal seine Kreditkartennummer eingegeben, weil er neugierig war. Wenn der unsere Gebühren sieht, ist er schneller wieder weg als ein Zäpfchen.«

Leo schüttelte den Kopf. »Gestern war er auch schon da. Da habe ich nur nicht nachgesehen. Und hier, vorgestern auch. Kein Zweifel: ein zweiter Fan.«

Jetzt wurde es auch mir unheimlich, denn bei diesem zweiten User wusste ich nicht, wer das sein sollte.

»Schalt gleich mal den Livechat an«, sagte ich. Diese Funktion hatten wir bisher nicht benutzt, weil wir uns nicht richtig damit auskannten. Wir bereiteten das *Sesamstraßen*-Set vor und knobelten, wer *Bi-Beau – Der gelbe Geilgeier* sein musste. Ich war froh, als es Leo traf. Ich schlüpfte in den grünen Plüschanzug von Oskar aus der Mülltonne, sang leise »Mana mana« vor mich hin und machte Leo noch darauf aufmerksam, dass dieser Song ursprünglich ein Porno-Soundtrack gewesen war, bevor ihn die Muppets berühmt machten. Und dass er jetzt wieder seiner ursprünglichen Bestimmung zugeführt wurde. Aber Leo hörte kaum auf mich, als das Lämpchen an der Kamera blinkte; er war nervös.

Ich fing an, »Wer wie was?« zu singen, um gleich darauf Bibo, wie es vereinbart war, in ein Gespräch über Gruppensex zu verwickeln. Wir hatten vor, vom Dirtytalk langsam zu einer Art Aufklärungsfilmton überzugehen, damit wir schließlich das eine oder andere mit vollem Körpereinsatz demonstrieren konnten. Ein schneller Blick sagte uns, dass beide User online waren.

»Hey!, liebe Besucher«, rief ich in die Kamera, »kommt, spielt mit, wir lernen heute das Fickalphabet. Ich fang an. Also A wie anal, B wie ... Hey!, Bumbsbibo, du bist dran.«

Aber Bibo schüttelte den Kopf: »Unser Gast ist dran. Hallo, Fremder. Was fällt dir zu B ein?«

»Ich geb dir einen Tipp«, rief ich dazwischen. »Wenn ich es habe, mach ich es nackig für dich!«

Nach einer Weile erschien auf dem Bildschirm die Zeile:

> Malte: moechte nicht raten. seh euch nur beim spielen zu.

Ich legte mich bäuchlings auf unsere Kissenlandschaft und tippte zurück.

> Hallo, Malte, alles klar? Was sollen wir denn spielen?

Diesmal kam die Antwort schneller.

> Malte: ihr moegt euch wirklich, oder tut ihr nur so?

> Wir sind Freunde.

> Malte: ich wuerde gern mal sehen, wie ihr euch kuesst.

> Klar, wird gemacht.

> Malte: ohne dieses ganze zeugs. einfach nur so. normal anziehen und kuessen.

> Umziehen ist okay, aber dann müssen wir eine kurze Pause machen, wir brauchen Masken.

> Malte: verstehe. ich warte.

Ich zog Leo vom Bett hinter die Kamera. Ich kann selbst nicht genau sagen, warum ich mich so beeilte, wo doch jede zusätzliche Minute, während der unsere Sendung online und der User in der Leitung war, bares Geld für uns bedeutete. Irgendetwas an ihm rührte mich an. Vielleicht schon der einfache Name. Er hätte sich auch unter »Stecher2009« einloggen können oder »Superschwanzficktdich«, aber er hatte einfach einen Vornamen genommen, und wahrscheinlich – ich spürte das – seinen richtigen. Sein Wunsch nach einem Kuss war so einfach und in diesem Setting gleichzeitig so merkwürdig, dass es in meinem Bauch prickelte.

Wir nahmen schnell unsere Alltagskleidung von der Heizung und die Zorro-Masken vom Regal, mit denen wir eigentlich eine Panzerknackerorgie hatten darstellen wollen, und krabbelten zurück auf die Spielwiese. Beide User waren noch da.

> Einfach nur küssen, ja?

> Malte: richtig kuessen. nicht spielen.

Nach all der Maskerade der letzten Zeit war es seltsam, sich plötzlich in normaler Kleidung zu sehen. Ohne Perücken, Federboas, Riesenohren, Clownsnasen, Gummikleidchen, Schwesterntracht, Dirndl oder Tierkostüm. Mir wurde wieder einmal bewusst, dass ich, obwohl ich mehrmals am Tag mit Leo vögelte, kaum etwas über ihn wusste.

Fast war es wie bei diesen Partyspielen in der Schule, bei denen man mit einem fremden Jungen für eine Weile in einen Schrank oder eine dunkle Abstellkammer gesperrt wurde. Und während man drinnen verlegen und wortlos darauf wartete, dass die Zeit vorbeiging, lachte und johlte draußen die übrige Meute und überbot sich mit Ideen, was im Schrank wohl gerade an Sauereien ablief. Einmal gab es mitten in einem dieser Spiele eine Unterbrechung. Ich weiß nicht mehr, ob ein Feuerwerk abgebrannt oder oben in der Küche eine Eistorte angeschnitten wurde. Jedenfalls verließen alle anderen Kinder den Partykeller, und ich stand mit einem pickligen Jungen aus der Parallelklasse in einer Vorratskammer, in der es so eng war, dass man sich nur an ein Bügelbrett lehnen konnte. Wir schwiegen uns eine Ewigkeit an, bis wir schließlich anfingen, uns zu unterhalten. Über Belanglosigkeiten. Was die da draußen gerade machten, und wie Mathe war und die Schule überhaupt. Ich fand es richtig nett. Als die Tür endlich wieder aufgeschlossen wurde, rannte der Junge wie von einer Tarantel gestochen an mir vorbei und brüllte die ganze Zeit: »Die hat mit der Zunge an meinem Ohr rumgemacht!«

Jetzt war ich wieder zwölf, nur war der Wandschrank diesmal ein Bett, und den Jungen kannte ich und wusste, dass er nett war, richtig nett. Wir drapierten einige dicke Kissen ans Kopfende und legten uns einander zugewandt hin, den Arm unter dem Kopf, den zweiten irgendwie im Weg, wie früher. Unsere angewinkelten Knie berührten sich.

»Hallo«, flüsterte ich, »bist du nicht der Star aus *Ficki – Der mutige Wikinger*?«

Leo versuchte ein schiefes Lächeln – es geriet sehr schief. Seine Stimme klang rau, fast wie im Stimmbruch, als er zurückfragte: »Und du warst doch die Moglina in *Dschungelbumms – Unrasierter Affensex*!?«

Dann fiel uns nichts mehr ein. Wir sahen uns an.

Ich entdeckte einen kleinen Punkt über seiner Augenbraue, wo vor nicht allzu langer Zeit wohl ein Piercing gesteckt hatte. Seine Wangen waren glatt und weich, ohne auch nur die Spur eines Bartschattens. Seine Schneidezähne waren gerade, blendend weiß und etwas länger als die anderen, was ihn besonders niedlich aussehen ließ, wenn er lächelte.

»Du riechst nach Walnüssen«, sagte er.

Ich legte meine Hand auf seinen Oberarm. Ich versuchte mich daran zu erinnern, was mir meine wesentlich ältere Cousine übers Küssen beigebracht hatte, als der ganze Stress mit den Jungs gerade losging: »Einfacher Trick: Je näher sich die Münder kommen, desto langsamer muss alles werden. Zeitlupe, das ist das Geheimnis. Langsamer als Zeitlupe. Ein Kuss ist nicht einfach da, er muss sich entwickeln.«

Damals hatte mich das nicht sonderlich beeindruckt, aber jetzt staunte ich nachträglich darüber, wie gut sie sich mit ihren gerade siebzehn Jahren ausgekannt hatte. Ich beugte mich etwas vor. Leos Hand rutschte zu meiner Taille. Die Härchen auf meinem Arm stellten sich auf. Ich konnte spüren, wie er mich beobachtete, hatte aber das Gefühl, ich würde anfangen zu weinen, wenn ich ihm in die Augen sah, und schloss die Lider. Ich ließ ihn machen. Sein Becken schob sich näher an meins heran. Ich spürte seinen Atem auf meiner Wange, seine Hand, die sich von der Taille über den gänsehautüberzogenen Arm bis zur Schulter vortastete, den Hals hoch, bis zur Wange. Er hob mein Kinn ganz vorsichtig an, und fast wäre ich zusammengezuckt, als seine Lippen meine berührten. Ich weiß nicht, ob er auch eine ältere Cousine gehabt hatte, aber er machte alles richtig.

Erst fühlte ich nur einen ganz leichten Druck in der Mitte der Oberlippe. Ein Kribbeln strömte durch meine Kehle und meine Brust wie ein elektrischer Impuls, dann kam seine Unterlippe dazu. Wir bewegten unsere Münder kaum; es gab kein Schmatzen und Schlürfen, sondern nur eine federleichte, weiche, flaumige Berührung, unter der ich wegschmolz. Ich schwitzte. Leos Hand streichelte mein Haar, meine Wange, meinen Hals. Ganz langsam öffneten wir die Lippen, und ich hatte das Gefühl, sein Geschmack nach Pfefferminz, einer frühen Zigarette und etwas sehr Eigenem strömte in mich hinein. Ich bog den Kopf weiter zurück und überließ mich ihm. Seine Zunge tastete sich allmählich vor, suchte meine und spielte mit der Spitze. Das Kribbeln in meiner Brust wurde zu einem Ziehen, das sich einen Weg bis zu meinem Unterleib bahnte. Ich wusste, wie einfach es jetzt gewesen wäre, miteinander zu schlafen, nicht um sich noch näher zu sein, sondern um diese Spannung nicht länger aushalten zu müssen. Aber es war wunderbar, sie auszuhalten. Ich hörte Leo leise schnaufen und mich manchmal ebenso leise gurren, wohlig und erregt. Ich fühlte mich von diesem Kuss völlig durchdrungen; er reichte bis in die Zehen. Ich presste mich enger an ihn, spürte seine muskulöse Brust und seinen harten Penis in der Jeans, wusste aber, dass jetzt nichts weiter passieren durfte.

Unser Kunde am anderen Ende der Leitung war mir inzwischen völlig egal. Wahrscheinlich hatte er sich auch längst ausgeloggt. Ich rutschte noch tiefer in Leos Arm, wollte meinen Körper seinem anpassen wie ein Puzzle-teil und mit ihm verschmelzen. Unsere Zungen spielten miteinander, mal heftig und fordernd, dann wieder zart und vorsichtig, mal wissend und raffiniert, dann wieder unschuldig, verspielt und neugierig. Irgendwann merkten wir, dass sich unsere Kiefer verkrampfen, dass wir Durst hatten, dass unsere Lippen rau wurden. Nur widerwillig lösten wir uns voneinander.

Ein Blick auf die Uhr sagte mir, dass fast eine Stunde vergangen war. Ich war erschöpft und warm erfüllt, wie nach einer langen Liebesnacht. Leo sah mir direkt in die Augen, und diesmal wurde ich nicht sentimental, sondern freute mich nur. Wir schmiegten uns aneinander und dösten einige Minuten, rochen die Haut des anderen und fühlten ihn atmen. Dann fiel mir Malte wieder ein. Ich rappelte mich schweren Herzens auf und drehte mich zur Tastatur.

> Malte? Du bist noch da?

> Malte: danke!!!

> Schick mir deine private Mail-Adresse. Ich möchte mehr über dich wissen.

Malte schrieb eine Adresse. Dann loggte er sich aus.

Der zweite Besucher war immer noch online. Aber er kümmerte mich jetzt gerade nicht.

Leo und ich schalteten die Kamera ab und rollten uns wieder zusammen. Wir waren so müde, als hätten wir zwei Wochen lang ununterbrochen einen Kindergeburtstag der übelsten Sorte gefeiert. Als hätten wir uns ohne Pause einer nicht enden wollenden Abfolge von Lärm und Trubel ausgesetzt. Wir schliefen nicht richtig, dösten nur eng aneinandergerollt inmitten der

Kostüme und Requisiten und wussten beide, dass es vorbei war.

Ich konnte nur ein paar Minuten eingenickt sein, aber die Zeit reichte, um mich in einem Traum dürftig bekleidet in eine Dorfkneipe zu begeben, wo mich ein mittelalterlich gewandeter Mann auf einen der Holztische legte, mir die Röcke hochschob, mich die Brüste aus dem Mieder holen ließ und mich fickte, während die anderen Gäste zusahen. Dann war es kein Gastraum mehr, sondern der Marktplatz, und die Zuschauer waren eine große Menge und klatschten und johlten. Zwei Männer hielten meine weit gespreizten Beine hoch in die Luft, während ich gefickt wurde und ein vor dem Tisch kniender Mann mein Arschloch abwechselnd leckte und mit seinem Finger penetrierte. Alle paar Sekunden änderte sich das Tableau. Zwei Frauen saugten an meinen Brüsten, eine dritte leckte meine Klitoris. Ich hielt in der einen Hand einen harten Schwanz, die Finger der anderen steckten in einer nassen Möse. Die Geilheit zerriss mich fast. Doch immer, wenn ich gerade meine eigene Möse in Großaufnahme sah und schon den Orgasmus herannahen fühlte, wechselte das Bild, bis ich mich schließlich unbefriedigt, frustriert und völlig aufgerieben aus dem Schlaf hochkämpfte und mich wie benutzt und weggeworfen in Leos Bett wiederfand.

Er sah an die Zimmerdecke und hatte noch nicht bemerkt, dass ich aufgewacht war.

Im Halbdämmer überschlug ich unsere Einnahmen und stellte fest, dass es für Leos Problem fast reichen würde. Damit sollte er den Glatzkopf beruhigen können. Da wir zwei statt nur einen Zuschauer gehabt hatten, war die Summe viel schneller zusammengekommen als vermutet. Ich räusperte mich leise, um sicherzugehen, dass ich Leo ansprechen konnte.

»Ende der Woche, wenn wir hier aufgeräumt haben, fahre ich nach New York«, sagte ich.

Er zog mich enger in seine Arme. Ich wollte es ursprünglich nicht wissen und hatte es seit unserer ersten Begegnung in der kleinen Plüschbar immer vermieden zu fragen, aber jetzt, nach diesem Kuss, konnte ich nicht anders. »Wie ist Madhuri denn nun?«

Er schnaufte und sagte eine Weile nichts, als müsste er sich anstrengen, eine Antwort zu finden. »Sie ist sehr schön«, sagte er schließlich, »das hast du ja auf dem Foto gesehen. Sehr jung. Sie ist ganz leicht. Man kann mit ihr nichts planen, man kann sie auf nichts festnageln. Wenn sie bei einem ist, gibt es nur sie, aber man darf das nicht hinterfragen oder darüber nachdenken. Dann ist sie irgendwann weg, und nach einer Weile merkt man, dass man sie nicht wirklich vermisst, weil sie eigentlich nie ganz da war. Sie ist keine Frau, mit der man ein Leben teilt oder die einen wirklich bereichert. Sie ist eher eine, mit der man sich selbst, seine Pläne und Wünsche für eine Weile vergisst. Das kann sehr erholsam sein, wenn alles um einen herum zu ernsthaft wird. Sie ist wie 'n Trip.«

Obwohl er mich ganz fest in seinem Arm hielt, fühlte ich mich plötzlich vollkommen allein. Und ich beschloss, ihn am nächsten Morgen zu bitten, den ganzen Krempel selbst zurück zum Kostümverleih zu bringen, weil ich es jetzt kaum mehr abwarten konnte, diese Stadt, das Land, den Kontinent zu verlassen.

SAMIR

4

Katzenhai in Chilisauce
auf Dal Makhani (Butterlinsen)

Der Katzenhai hat keinen besonders intensiven Geschmack; er erinnert eher an Kalbfleisch. Aber die Chilisauce mit sieben verschiedenen Gewürzen macht daraus eine Delikatesse. Vielleicht ist es etwas zu reichhaltig für einen Zwischengang. Möglicherweise liegen uns auch die Butterlinsen schwer im Magen. Die Leber des Katzenhais ist übrigens giftig, aber das weißt du, Samir, oder? Keine Sorge, ich habe nicht vor, dich zu vergiften. Du kannst deinen Teller gern mit Gemma tauschen, falls du das befürchtest. Oder mit Leo, der ja eigentlich schuld daran ist, dass wir uns überhaupt kennengelernt haben.

New York wird für mich immer dieses erste Haifischsteak mit dir sein. An den Geschmack erinnere ich mich nicht, denn ich hatte nur Augen für dich. Und wenn ich dich heute ansehe, muss ich sagen: Du bist ein schöner Mann, ein Prinz geradezu. Und du bist einer der wenigen Männer, die nackt noch attraktiver sind als angezogen. Selbst Hilde könnte dir verfallen, so wie du den Wein nachschenkst und ihr dabei tief in die Augen siehst. Aber bei Hilde, Samir, ist dein Charme vergebens. Du brauchst dich nicht um sie zu bemühen, denn ihr beide seid längst ein Paar. Du hast sie schon einmal getroffen, nur weißt du das nicht. Und ohne dass sie es wüsste, hat sie dir geholfen, als du dich an mir rächen wolltest.

Schmeckst du die Chilis auf der Zunge? Brennen sie nicht wie Feuer? Zündeln sie nicht deinen Rachen hinunter? Kommen dir da nicht die Tränen? Wenigstens jetzt, da du mich wiedersiehst und spüren musst, dass alles heute ein Ende haben wird, würde ich Tränen von dir erwarten, wenigstens ein Schimmern. Aber ein Prinz weint ja nicht. Also nimm noch Linsen und einen Löffel Joghurt mit Cumin und Garam Masala. Das kühlt die Hitze in deinem Mund etwas ab, denn noch ist der Abend nicht vorbei. Niemand wird diese Tafel hungrig verlassen. Jeder bekommt, was ihm zusteht. Schließ den Mund beim Kauen, Samir, sei so gut.

*   *   *

Auch im Flugzeug gab es ein Dal, eine braune, schleimige, penetrant nach Curry riechende Linsenpampe mit einem undefinierbaren größeren Etwas darin, das in einem früheren Leben vielleicht mal ein Gemüsestrunk gewesen war oder der Daumen des Hilfskochs.

Ich hätte mich immer noch ärgern können, dass die erste Klasse ausgebucht war, aber so überstürzt, wie ich abgereist war, musste ich die Legebatterie wohl in Kauf nehmen. Immer, wenn ich mit Leuten eingeschlossen bin, sei es in einem Flugzeug oder auch nur in einem Fahrstuhl, kommt mir sofort der Gedanke, wer im Falle einer Katastrophe wohl wen essen würde. Ich sah mich um und entschied, dass ich mir keinen davon als Barbecue vorstellen wollte. Schon gar nicht die spätpubertären Testosteronschleudern, die um mich herum saßen, und die jetzt »Delilah« anstimmten. Junge, protzige Typen, für die ein Red Bull wahrscheinlich der einzig mögliche Höhenflug war. Sie lachten wie ein Rudel Hush Puppies mit Raucherhusten und fingen schließlich sogar an zu singen: »Das war der Zipfelbub, das war der Zipfelbub.« Einige griffen sich demonstrativ in den Schritt.

Der arme Zipfelbub, ein Schüchterner mit Strubbelfrisur und Moppelbauch, versank in seinem Sitz und lief knallrot an. Leider schämten sich seine zahlreichen Pickel nicht mit ihm und blieben käseweiß, sodass er jetzt wie das Wunschsams aussah. Die anderen Passagiere, meist Geschäftsleute, räusperten sich missbilligend und raschelten mit ihren Zeitungen oder setzten Kopfhörer auf.

»In diesem Urlaub passiert es!«, rief ein Hochaufgeschossener mit Passauer Filzhut. »Unser Zipfelbub wird ein Mann.«

Der zog den Kopf noch mehr ein, aber es nützte nichts, die Gesänge setzten wieder ein, bis eine strenge Stewardess mit dem Charme einer Herbergsmutter für Ordnung sorgte. Kaum sah sie einmal nicht hin, versuchte Filzhut, Zipfelbub ein zwischen den Händen aufgespanntes Kondom über den Kopf zu ziehen, während die anderen leise »Spermaschlabber im Hot Rubber« skandierten. Er befreite sich und stürmte zur Toilette; sein Gesicht war mittlerweile dunkelviolett angelaufen. Was soll ich sagen? Ich hatte Mitleid.

Ich ging hinterher, und als die Stewardess mit den Resten der Dal-Pampe beschäftigt war, schob ich den verdutzten Zipfelbub in die enge Toilettenkabine zurück, die er gerade verlassen wollte. Die Gruppe verstummte augenblicklich.

Drinnen presste ich mich an ihn, um die Tür hinter mir schließen zu können, und zog mein T-Shirt hoch, wobei ich mir den Ellenbogen am Spiegel stieß. Als wollte ich sie zum Nachtisch servieren, zeigte ich ihm meine Brüste und fragte ihn sehr freundlich: »Und? Ist es das?« Er nickte sprachlos. Ich ließ mein T-Shirt hochgeschoben und machte mich an seiner Hose zu schaffen. Die Toilette war so eng, dass man sich kaum bewegen konnte. Ich zerrte mir die Jeans über den Hintern und rieb die Beine aneinander, um die Hose weiter nach unten zu befördern, während Zipfelbub sich die Boxershorts über den Zipfel streifte, der gar nicht so zipfelig aussah. Ich lehnte mich mit dem Hintern gegen das Waschbecken und stellte einen Fuß auf die Klobrille.

»Immer dran denken!«, dozierte ich, während ich ihm ein Kondom vor die Nase hielt. »Nur ein safer Fick ist ein guter Fick!« Er nickte artig.

Ich rollte es ihm über, fühlte bei mir, ob ich feucht genug war, half mit ein bisschen Spucke nach und führte mir den Zipfelbubenschwanz ein. Mir war klar, dass es schnell gehen musste; ich hatte keine Lust, von einem Skymarshall verhaftet zu werden. »Jetzt stoßen«, wies ich ihn an, was er mit einem »Ja ja, weiß ich, weiß ich« quittierte. Oha, wohl doch keine Jungfrau mehr.

Seine Bemühungen waren eher grobmotorisch gesteuert, hatten in ihrer Kraft und Gier aber auch etwas

Geiles. Ich überließ ihn sich selbst, verlagerte mein Gewicht so lange, bis ich einen guten Winkel zu seinem Kolben erwischte, nahm ihn wie eine Art lebenden Vibrator und konzentrierte mich ganz auf mich. Ich rieb meine Klit, schloss die Augen und stellte mir vor, wie ich jetzt das gesamte Rudel seiner Freunde durchziehen würde; einen nach dem anderen würde ich ficken; einer von vorn, der nächste von hinten. Der Rest würde ungeduldig in der Schlange stehen, sich die Schwänze hart reiben und darauf warten, dass sie endlich an die Reihe kamen, oder es sich gegenseitig machen. Ich fühlte es kommen, als ich vor meinem inneren Auge sah, wie der Platzhirsch synchron mit mir gefickt wurde, und gab mir keine Mühe, es hinauszuzögern. Zipfelbub stöhnte laut und hätte vielleicht sogar geschrien, hätte ich ihm nicht in letzter Sekunde den Mund zugehalten. Mit hastigen Verrenkungen zogen wir unsere Sachen wieder hoch, was länger dauerte als der Quickfick, den ich ihm gerade spendiert hatte. Nach ein paar Minuten verließ ich mit ausladendem Hüftschwung und verwuscheltem Haar die Toilette, hauchte dem Rudelanführer noch »Tja, Jungs, willkommen im 1000-Meilen-Club, und für diese Show lasst ihr mich jetzt gefälligst in Ruhe schlafen!« ins Ohr und setzte mich wieder. Dann kam auch Zipfelbub zurück. Immer noch rot im Gesicht, ein bisschen verschwitzt und den Reißverschluss nur halb zugezogen. Die Jungs murmelten anerkennend, aber der Platzhirsch brachte sie schnell zum Schweigen – und es war endlich Ruhe. Zipfelbub warf mir noch einen dankbaren Blick zu. Ich zuckte mit den Schultern. Man muss auch einfach mal gönnen können.

Ich war froh, als ich mich nach neun beengten Stunden endlich wieder ausstrecken durfte und auch die Einreiseformalitäten hinter mir hatte. Auf die Frage, was ich in den Vereinigten Staaten wolle, sagte ich schnell »Pleasure« und wagte es nicht, den jungen Mann am Schalter anzusehen. Er stempelte meine Karten ab, auf denen ich geschworen hatte, dass ich zu keiner terroristischen Gruppe gehörte und auch keine Krankheiten, Schnecken oder Erde einschleppen wollte. Meine Schatulle mit der dreckverkrusteten kleinen Schippe hatte ich bei Leo untergestellt und ihm das Versprechen abgenommen, sie niemandem zu zeigen und auf sie aufzupassen. Er kannte mich mittlerweile gut genug, um nicht weiter nachzufragen.

Ich nahm ein Taxi von Newark ins Village, wo meine Freundin Madita wohnte. Der Fahrer war ein mürrischer alter Mann mit einem orangenen Turban auf dem Kopf, der hin und wieder etwas über die Schulter zu mir nach hinten bellte, das ich nicht verstand, und dabei die ganze Zeit laut schmatzend Kaugummi kaute. Dann tauchte auf der rechten Seite die Skyline auf; hell glänzend türmte sie sich auf wie riesige Münzen und Silberbarren, ein blinkender Schatz, eine riesige geöffnete Schmuckschatulle. Ich rutschte unruhig auf der Rückbank hin und her und dachte: »Egal, was du suchst, da gibt es alles.«

Ich konnte mich gar nicht sattsehen an den wolkenhohen Versprechen aus Glas und Stahl, an der überbordenden Fülle, am Überfluss. New York war eine ungeschürfte Diamantenmine. Noch bevor wir in Greenwich Village ankamen, hatte ich schon das Gefühl, kaum mehr etwas aufnehmen zu können an Eindrücken, Geräuschen, Gerüchen und Bildern. Das Taxi fuhr einen Schlenker durch die Christopher Street, in der fette Angorakatzen unter Regenbogenfahnen dösten und die Schaufenster voll waren mit Platten, Sexspielzeug, Pornovideos und Touristenkram. Schließlich bogen wir in die Bleecker Street ein, in der meine Freundin wohnte.

Der pakistanische Doorman gab mir einen Umschlag mit dem Schlüssel und drückte im Fahrstuhl auf den Knopf zur siebten Etage. Oben im Apartment fand ich ein Kärtchen, auf dem nur stand:

Du Liebe!
musste ganz plötzlich zu einer Konferenz (Vertretung für kranke Kollegin), fühl dich wie zu Hause!
Gruß und Kuss, M.

PS: Was im Flur so müffelt, ist die Müllkammer neben dem Lift.

Sie hatte Recht, es roch ähnlich wie der Linsenmatsch im Flugzeug. Vielleicht würde es besser werden, wenn es draußen langsam kälter wurde. Wonach es aber nicht aussah. Obwohl schon Herbst war, lag draußen eine brütende Hitze wie ein nasses Handtuch auf der Stadt. Ich freute mich darüber, denn mir ist immer kalt, und um mich bis in die Knochen aufzuwärmen, brauche ich schon mehr als nur einen Sonnenstrahl. Ich ließ meinen Koffer unausgepackt, wanderte durch das Apartment, was schnell erledigt war, da es außer dem großen Wohnraum nur noch eine kleine Schlafkammer gab, zog mich nackt aus, wickelte mich in meine Decke aus dem Flugzeug, fiel aufs Bett und schlief sofort ein.

Der Lärm drang bis in meine Träume. Ein gigantischer Bienenkorb summte vor den Fenstern. Die Geräusche in dieser Stadt waren dicht wie Smog. Zum Summen und Brummen gesellte sich das Heulen des Windes, der um den 30-stöckigen Turm pfiff und mit seinem Dr.-Schiwago-Sound eher nach Wolfsrudel und Sibirien klang und so gar nicht zu den hochsommerlichen Temperaturen passte. Und über allem lag das Tuten, Hupen und Dröhnen einer riesigen Daddelmaschine: hysterische Sirenen, dampferähnliches Blöken, Klingeltöne der übelsten Sorte im XXL-Format. Ich merkte, wie ich noch im Halbschlaf den Widerstand aufgab, mich ganz weich machte wie ein löchriger Naturschwamm und den Lärm in mich hinein- und durch mich hindurchfließen ließ. Möglichst wenig Gegenwehr leisten, ihn einfach akzeptieren, nicht länger als Schmerz oder Belästigung wahrnehmen, sondern als Grundgeräusch, das einen trägt wie eine Welle. Es funktionierte. Ich entspannte mich endlich und sank sieben Etagen tiefer, bis in die Waschküche, die Kanalisation, den Fels, auf dem New York gebaut ist, und noch tiefer – und verschwand schließlich völlig.

Diese Art eines komaähnlichen Schlafs hat sich nie geändert, obwohl ich über drei Monate in New York war. Ich kann mich an kaum einen Traum in dieser Stadt erinnern. Mein Gehirn kam einfach nicht nach bei dieser Flut von Eindrücken, die es den ganzen Tag zu verarbeiten hatte. Abends, sobald ich die Augen schloss, gab es regelmäßig einen Festplattencrash; dann stand nur noch *Error* hinter meiner Stirn, und nichts bewegte sich mehr.

Mittags war ich gelandet, bis zum Abend des nächsten Tages brauchte ich, um wieder zu Bewusstsein zu kommen. Mein knurrender Magen weckte mich, ich duschte, zog mich an und machte mich auf den Weg nach unten ins Labyrinth von Babylon, in den Moloch, in den großen Flipperautomaten, der mich wie eine kleine Kugel blinkend und lautstark hin und her schubsen würde, bis ich angeschrammt und matt wieder ins Magazin rollte.

Ich lief die Bleecker Street entlang und kaufte in einem kleinen Coffeeshop Milchkaffee, dazu ein Sandwich und das obligatorische Muffin, setzte mich auf eine Bank vor dem Laden und schlang alle Köstlichkeiten in mich hinein. Ich beobachtete die vorbeihastenden New Yorkerinnen und wunderte mich, wie unglaublich dünn sie waren. Ich hatte mich noch nie ernsthaft um meine Figur gekümmert, weil ich fand, solange sich im Liegen der Stoff meines Slips über beiden Hüftknochen spannte wie ein Beduinenzelt, war alles in Ordnung. Aber was mir hier über den Weg lief, waren Laufstegmaße. Ich hatte selten zuvor dichteres Haar gesehen, ebenmäßigere Gesichter oder perfektere Proportionen. Nur die zahlreichen Joggerinnen trugen Freizeitkleidung, alle anderen staksten auf Stilettos und im Business-Outfit durch die sengende Hitze. Ich versteckte meine nackten Füße in den Flipflops unter der Bank und kaute schon mit mehr schlechtem Gewissen als Genuss an einem Brownie mit Erdnussbutterfüllung. Gerade schwebte eine Gruppe bildschöner Asiatinnen vorbei, als ich sie sah: zwei ältere Frauen in Saris.

Das schwarze Haar zu dicken Zöpfen geflochten und mit bunten Tüchern bedeckt, schleppten sie gemeinsam eine schwere Tasche mit Einkäufen. Natürlich gab es in New York Hunderttausende indische Familien, und es konnte gut sein, dass keine von ihnen Madhuri kannte, aber irgendwo musste ich schließlich anfangen. Also nahm ich die beiden als Schicksalsgöttinnnen, verpackte meine restlichen Kalorienbomben in der Papiertüte und folgte ihnen durch die brennende Sonne. Sie gingen leise schwatzend bis zum Broadway und bogen dann rechts ab.

Auf meinem Stadtplan sah ich, dass ich, wenn ich dieser Straße immer weiter folgte, nahe am Ground Zero vorbei bis zur Südspitze von Manhattan gelangen würde. Ich ließ etwas mehr Abstand zwischen uns, damit sie mich nicht bemerkten und sich womöglich verfolgt fühlten. So bummelte ich den Broadway entlang, vorbei am exklusiven Feinkostgeschäft Dean & Deluca, an Dutzenden von kleineren Boutiquen, Coffeeshops und Krimskramsläden.

Irgendwann zupften mich chinesische Frauen am Ärmel und hielten mir laminierte Fotos von Designerhandtaschen unter die Nase. Die Stände mit Billigparfüms und Elektroartikeln mehrten sich; wir hatten Chinatown erreicht. Meine beiden unfreiwilligen Stadtführerinnen bogen ab. Nach wenigen Metern war Amerika zu Ende, und ich stand in China.

Vor einer Art Garage, in der in gestoßenem Eis Krebse und anderes Getier um ihr Leben zappelten, blieben die beiden Frauen stehen. Nach einigem Hin und Her packte ihnen der Verkäufer einen großen, gepunkteten Fisch mit merkwürdig geschlitzten Pupillen in eine Tüte, verbeugte sich mehrfach und kümmerte sich dann um eine junge Chinesin, die sich für die zappelnden Aale interessierte. Als ich gerade weitergehen wollte, trat ich aus Versehen jemandem auf die Füße, der hinter mir gestanden hatte. Ich drehte mich um und sah in ein dunkles, wie geschnitztes Gesicht mit blendend weißen Zähnen und schwarzen wilden Locken.

Auf Englisch sagte er irgendetwas von »Hai« und nickte in Richtung der Inderinnen, die schon etwas entfernt ihre Einkäufe wegschleppten. Er hatte mich gleich als Ausländerin erkannt und sprach sehr langsam. Als ich ihn trotzdem nicht richtig verstand, zeigte er wieder auf die beiden Frauen und stellte pantomimisch eine schwere Einkaufstüte dar. Dann machte er mit der Hand eine Wellenbewegung, summte die ersten Takte der Filmmusik aus *Der weiße Hai*, fuhr sich schließlich mit der Hand hinter das Ohr und miaute.

Ich überlegte: Haikatze? Katzenhai? Der Mann strahlte, machte eine Geste, als würde er essen, rieb sich den Bauch und zeigte hinter uns zum Broadway, wo man das orangene Schild eines indischen Restaurants sah. Ich zuckte die Schultern und lächelte. Ich hatte zwar gerade erst die Leckereien aus dem Coffeeshop vertilgt, doch ich gehöre zu den Frauen, die immer und überall essen können. Außerdem war der Mann nicht nur ausgesprochen attraktiv, sondern offenbar auch Inder und als solcher genauso ein gutes Orakel wie die beiden älteren Frauen.

Wir setzten uns in eine Nische, und er bestellte für uns. Als er wieder anfing, mir mit Gesten etwas zu erklären, unterbrach ich ihn und sagte auf Englisch, ich könne ihn eigentlich schon verstehen, nur müsse er bitte weiter langsam sprechen. Er strahlte, und von da an verstanden wir uns gut.

»Samir. Schön, dich kennenzulernen.«

»Marei van den Brouck, hallo.«

»Niederländerin?«

»Zur Hälfte.«

Es war das erste Mal, dass ich Katzenhai aß – aber ich erinnere mich nur an Samirs schwarze glänzende Haarsträhne, die ihm immer wieder über die Augen fiel und die er dann mit seiner schlanken braunen Hand wegstrich. Sein wie mit schwarzem Kajal ummalter Blick war dabei konzentriert auf mich gerichtet, und wenn er lachte und seine unglaublich weißen Zähne zeigte, erschien an den Augenwinkeln ein Netz aus Lachfältchen. Ich erzählte ihm, dass ich nach einer Frau suchte, die wegen eines Filmangebots hier sei, und legte das Foto von Madhuri auf den Tisch.

Er sah sie lange an. Ich hoffte, er würde mir sagen, welche Filmstudios infrage kamen, wen ich in Little India löchern könnte, oder ob es sich lohnte, in einer so riesigen Stadt eine Anzeige in einer Zeitung aufzugeben. Aber Samir gab mir das Foto zurück, sagte nur: »Ich kenne diese Frau«, und legte mir die Hand auf den Arm.

Ich versuchte, den warmen Druck zu ignorieren und auch die kleinen Härchen auf meiner Haut, die sich aufstellten. Ich konnte es nicht fassen, das war doch die Stecknadel im Heuhaufen.

»Sie ist vor kurzem aus Deutschland hergekommen«, sagte er und ließ mich dabei die ganze Zeit nicht aus den Augen. »Sie hat etwas mit Film zu tun.« Und nach einer kleinen Pause: »Ich habe auch eine Rechnung mit ihr offen, wie du.«

Ich zog eine Augenbraue hoch, doch er ließ sich nicht weiter dazu aus. »Etwas sehr Persönliches, aber es hat nichts mit Liebe zu tun.« Ich beschloss, ihn nicht weiter auszufragen. Er würde es mir schon erzählen.

»Wo kann ich sie finden?«

Er machte eine weite Geste, die das ganze Lokal, die Straße, die Stadt zu umfassen schien. »Lass uns in den Tanzstudios anfangen«, sagte er. Draußen nahm er meine Hand, zog sie an seine Lippen, küsste sie allerdings nicht, sondern betrachtete sie nur aus der Nähe und hielt sie sich kurz an die Wange. »Was für eine helle Haut du hast, und so weich.« Ich lachte nervös und winkte ein Taxi heran.

Samir führte mich in ein Tanzstudio im Village, direkt neben einem Geschäft, das außer Straußeneiern, präparierten Schlangen und Schmetterlingen auch aufgespießte Spinnen und Knochen in jeder Größe verkaufte. Im Schaufenster stand ein bärengroßes Skelett, umgeben von kleinen Schädeln und merkwürdigen Tieren, ein Skorpion mit drei Schwänzen, das Skelett einer zweiköpfigen Katze, ein ausgestopfter Biber mit Entenfüßen; dazwischen Felle, Federn und das gedrechselte Horn eines Einhorns.

Im Studio bewegte sich ein Dutzend junger Frauen in bunten Gewändern zu einer schrillen, sehr rhythmischen Musik. Ich staunte wieder einmal, wie viele bildhübsche indische Frauen es gab, und bewunderte ihre Anmut. Jede von ihnen war aufwendig geschminkt und frisiert. Der Schmuck an Hand- und Fußgelenken, Hals und Ohren klimperte und schepperte im Takt der Musik. Die Trainerin begrüßte uns, indem sie ihre hennageschmückten Hände vor dem Gesicht aneinanderlegte. Während Samir mit ihr sprach und ihr das Foto zeigte, sah ich mir die Mädchen an. Madhuri war nicht dabei.

Auf der Treppe fragte ich ihn: »Wieso kennst du Madhuris Nachnamen eigentlich nicht?« Er erklärte mir, er habe ein furchtbar schlechtes Gedächtnis, und sie sei ja auch keine besonders interessante Frau.

Das fand ich merkwürdig, aber vielleicht war das ähnlich wie bei Leo, der gesagt hatte, Madhuri hinterlasse keine Spuren. Wir fuhren im Taxi den Broadway hinunter, und Samir führte mich in die Wartehalle zur Staten Island Ferry.

»Da finden wir sie zwar bestimmt nicht«, sagte er, »aber du warst nicht in New York, wenn du nicht auf der Fähre warst.«

Für eine Weile vergaß ich Madhuri und ließ mich wieder völlig gefangennehmen von der Skyline, die mit der Sonne auf dem Wasser um die Wette glitzerte. Wir standen an der Reling, ich weit vornübergebeugt vor Begeisterung und Gier, und Samir dicht hinter mir.

»Heute zeig ich dir erst mal die Stadt«, kündigte er an und legte von hinten die Arme um mich, was ich geschehen ließ. »Heute Abend telefoniere ich ein bisschen herum, und morgen können wir ganz gezielt nach unserer Madhuri suchen.«

Ich drehte mich zu ihm um und nickte. Wir sahen uns lange an, und ich überlegte, wie es wohl wäre, diesen Mann auf seine vollen weichen Lippen zu küssen. Doch er unternahm nichts, und so blieben wir eng aneinandergeschmiegt stehen, während wir in einiger Entfernung an der kleinen grünlichen Freiheitsstatue vorbeizogen, bis die Fähre anlegte und wir einmal durch das ganze Terminal laufen mussten, um dieselbe Fähre wieder zurück nach Manhattan zu nehmen. Den Rest des Tages sprachen wir nicht mehr über Madhuri, aber sie war bei uns wie ein Geist, und ich fragte mich, was Samir vor mir verbarg, denn dass er etwas verschwieg und dass es etwas mit Madhuri zu tun hatte, spürte ich.

Wir fuhren hinauf aufs Rockefeller Center, wo wir von den Sturmböen fast hinuntergeweht wurden und uns gegen die Glasscheiben pressten, während unter uns die große Filmkulisse lag, mit Straßenschluchten wie in einem Comic oder einer expressionistischen Zeichnung, eine grau-silbrige, dreidimensionale »Tetris«-Version, berstend vor Energie, Bewegung und Geräuschen. Wir aßen Cheesecake in einem kleinen Diner und später einen Brownie in einem zweiten, und ich versuchte, mich an das völlig überchlorte Trinkwasser und die dreckigen Toiletten zu gewöhnen.

Als Samir vorschlug, für den Abend einen Tisch in einem bekannten Fischrestaurant zu reservieren, streikte ich. »Ich kann unmöglich noch mehr essen.« Aber er ließ nicht locker.

»New York besichtigt man nicht, man isst es. Das ist wie mit den Ameisen in Brasilien. Entweder du isst dich durch die Stadt, oder die Stadt frisst dich. Paris muss man riechen, London muss man erlaufen und Berlin lesen, aber New York musst du essen. So ist das.«

Damit ich wieder Appetit bekam, scheuchte er mich den Broadway entlang an den großen Musicalreklamen vorbei, zeigte mir den Spielzeugladen mit dem Riesenrad darin und einen anderen, der von oben bis unten mit Schokodrops vollgestopft war. Erschöpft schlief ich ein, sobald wir im Bus saßen. Mein Kopf sackte auf Samirs Schulter, und er legte ritterlich den Arm um mich und ließ mich schlafen, bis wir das Village erreicht hatten. Er sah ein, dass das alles zu viel für mich war, brachte mich nach Hause und ... küsste mich *nicht.*

Wir standen in dem miefigen Flur, er hielt meine Hand, ich bedankte mich für den schönen Tag und sagte ihm, ich sei froh, nicht allein herumirren zu müssen, und dass ich es sehr genossen habe. Ich bemerkte, wie sein Blick mehrfach über mein dünnes Hemd und vor allem meinen tiefen Ausschnitt glitt. Ich war mir sicher, ich würde seine Erregung spüren, wenn ich mich jetzt fest an ihn presste, aber seine stolze, fast königliche Haltung hielt mich davon ab, den ersten Schritt zu machen. Ich fand diese ungewohnte Passivität interessant und aufregend. Sein Daumen strich leicht über meine Hand, und sein Blick war in meinen versunken. Jetzt würde er sich vorbeugen, mich in seine Arme ziehen und küssen. Doch er trat ganz plötzlich einen Schritt zurück, verbeugte sich fast formell, legte die Hände vor der Stirn zusammen, wünschte mir eine gute Nacht und ging. Seine Stimme war tief und rau.

Ich zog mich aus und schlüpfte, umheult von den Wölfen vor den Fenstern des siebten Stocks, in mein Bett und dachte an seine breite Brust und die gepflegten Hände, die er beim Reden rhythmisch bewegte, als würde er tanzen.

»Wir haben den ganzen Tag für uns«, begrüßte mich Samir am nächsten Morgen.

Es war noch reichlich früh. Ich nahm mir verschlafen einen Bagel aus der Papiertüte, die er mitgebracht hatte, bestrich ihn mit Erdnussbutter und schüttete zwei Esslöffel Zucker in meinen Kaffee. Er habe, so erzählte er mir, einen Freund, der von einem Filmprojekt wisse, das halb in New York und halb in Indien gedreht werde. Zurzeit sei die Crew hier und treffe sich heute Abend im *Bombay*, einer Diskothek in Queens.

»Vor Mitternacht ist da nichts los, also kann ich dir ganz in Ruhe die Stadt zeigen.«

Sein Sightseeingprogramm begann am Strand von Coney Island, wo uns der Wind um die Nase pfiff und mir zum ersten Mal klar wurde, dass all diese Kirmesmonstren aus Stahl und Glas wirklich am Meer lagen. Neben der Promenade befand sich ein kleiner, heruntergekommener Vergnügungspark. Abblätternde Farbe, rostige Stangen, abgetakelte Fahrgeschäfte warteten auf bessere Zeiten, wie die, von denen die zahlreichen Fotos und Informationstafeln überall erzählten, auf denen man Menschenmassen in knielangen gestreiften Badeanzügen sah, Charleston tanzende Bubikopfmädchen und zugeknöpfte Damen mit Sonnenschirmen. Ich habe diesen morbiden Charme von verlassenen Seebädern immer geliebt, genau wie Geisterbahnen, in denen plötzlich das Licht angeht, oder den Blick aus den Kulissen auf eine unbespielte Bühne. Meistens finde ich die Wirklichkeit poetischer und geheimnisvoller als die Illusion. Wir spazierten durch den Sand und später, als die Hochhäuser nahe Little Odessa den Vergnügungspark ablösten, auf der Promenade. Einige Holzplanken waren herausgebrochen und gaben den Blick frei auf den düsteren, müll-

und schuttübersäten Raum zwischen Steg und Boden, in dem Möwen herumpickten und wahrscheinlich auch Ratten zu finden waren. Samir hatte versprochen, mich heute in drei fremde Welten zu entführen.

Little Odessa, das russische Viertel, sollte die erste sein – und ich war begeistert. Unter der Hochbahn erstreckten sich kleine Läden mit einem üppigen Angebot an Wodka, Kaviar, bunten Süßigkeiten oder Stickwaren. Matroschkas in Wollröcken verkauften klebriges Gebäck auf der Straße, und während Samir und ich Blinis probierten, hörten wir der russischen Musik zu, die aus dem Radio eines alten Mannes schallte.

Direkt danach fuhr er mit mir in die New Utrecht Avenue, damit ich das orthodoxe jüdische Viertel kennenlernte. Auch hier konnte ich mich kaum sattsehen an den merkwürdigen Schläfenlocken der Männer und der altmodischen, hochgeschlossenen Eleganz der Frauen, die Kappen, Hüte oder Perücken trugen, um ihr Haar nicht zu zeigen. Vor einem Schaufenster mit spitzenbesetzten Brautkleidern wie aus einer anderen Zeit blieben wir lange stehen. Wir wollten gerade wieder zur Subway gehen, um – sehr newyorkerisch – bei *Zabar's* koscher zu essen, als Samirs Handy klingelte. Er hielt es mit etwas Abstand ans Ohr, und ich hörte die aufgeregte Stimme eines Mannes schimpfen. Samir sagte nichts, brummte nur ab und zu, wandte sich mit einem Seitenblick auf mich ab und sagte dann leise und scharf einige Sätze.

»Ärger?«

Ich wurde den Eindruck nicht los, dass es dabei um mich ging. Samir zuckte mit den Schultern.

»Mein Vater regt sich gern auf.« Nachdem wir zügig zur nächsten Subwaytreppe gegangen waren, fügte er hinzu: »Aber vielleicht ist es ganz gut, wenn wir heute Abend vor dem *Bombay* kurz zu meiner Familie fahren.«

Mir kam das komisch vor, wieso interessierte sich seine Familie für mich? Samir bemerkte meine Unsicherheit, zog seinen Führerschein aus der Tasche und schob ihn mir in die Tasche.

»Hier, hinterleg ihn irgendwo, wenn du fürchtest, verschleppt zu werden.«

Ich lachte und hakte mich bei ihm ein. Obwohl wir nachmittags noch mit der Seilbahn von Roosevelt Island fuhren und in einem hübschen kleinen Park picknickten, war seine Stimmung gedämpfter als vor dem Anruf. Und als wir abends bei seiner Familie in Brooklyn ankamen, wurde mir auch langsam klar, warum. Seine Mutter öffnete uns die Tür und musterte mich misstrauisch. Sie setzte mich im Wohnzimmer in einen Sessel, ohne mich weiter zu beachten, und begann ihn zusammen mit Samirs Vater, einem kleinen, schon gebückt gehenden Mann, dem man die schwere Arbeit ansah, ins Gebet zu nehmen.

Niemand sprach Englisch, aber an ihren Gesten, dem Tonfall und den gelegentlichen Blicken in meine Richtung merkte ich, dass ich das Thema sein musste. Erst als Samir mit seinem Vater in die Küche ging und seine Mutter sich zu mir setzte, wurde die Situation erträglicher. Sie verglich meine Haut bewundernd mit Milch und gab mir für den Club, in den wir gehen wollten, einen langen, violett schimmernden Schal mit goldenen

Fransen. Leise bat ich sie, mir einen Hinweis zu geben, worum es hier eigentlich ging.

»Es ist wegen seiner Hochzeit.«

Ich wollte schon nachhaken, aber Samirs Mutter bedeutete mir, dass es besser sei zu schweigen, und so wartete ich, bis ich wieder mit ihm allein war. Wir nahmen ein Taxi zum Club. Er hielt meine Hand und sah unglücklich aus. Ich drehte mich zu ihm.

»Was ist los mit deiner Familie? Was ist das für eine Hochzeit?«

Er brummte unwillig. »Es gibt keine Hochzeit. Nächste Woche kommt die Tochter eines Freundes meines Vaters aus New Delhi, die soll ich kennenlernen. Mehr gibt's da nicht zu erzählen.« Ich nickte.

»Aber deine Eltern finden das offenbar sehr wichtig!?«

Er zuckte mit den Schultern. »Sie ist reich, und mein Vater hat früher für diesen Freund gearbeitet. Es wäre also ein Aufstieg.«

Das genügte mir nicht, ich bohrte nach. »Aber du kennst dieses Mädchen doch gar nicht?«

Samir nahm fest meine Hand und strich darüber. »Ich kenne sie kaum, und ich entscheide, was ich tue oder lasse. Niemand kann mich zwingen zu heiraten. Und jetzt reden wir bitte von etwas anderem.«

Ich lehnte mich an ihn und zog das Foto von Madhuri heraus, um es mir noch einmal anzusehen. Er tippte darauf.

»Du triffst sie heute. Bist du nervös?«

Ich schluckte. Plötzlich war ich mir gar nicht mehr so sicher, dass ich ihr begegnen wollte. Aber ich hatte es Leo versprochen, und vielleicht war es auch für mich gut, sie zu sehen.

Der Club war brechend voll, als wir ankamen. Ich wusste nicht, ob ich zuerst auf die bonbonfarbenen Saris, den funkelnden Goldschmuck, die dunkel geschminkten riesigen Augen oder die oft hüftlangen Haare der Frauen sehen sollte. Viele trugen Hennamalereien auf ihren Händen, dem Hals oder Rücken und drehten die Hände kunstvoll beim Tanzen, während sich ihre Hüften so schnell bewegten, dass die Kettchen und Gürtel klirrten. Ich knotete den Schal um meine Taille und ließ mich von Samir durch die Menge ziehen. Auf großen Leinwänden wurden Ausschnitte aus Filmen gezeigt, meistens Tanz- oder Kussszenen, und immer wenn ein bestimmter Mann oder eine bestimmte Schönheit auf der Leinwand erschien, klatschten entweder die Männer oder die Frauen.

»Das sind Shah Rukh Khan und Aishwarya«, erklärte Samir. »Die besten Schauspieler, die wir haben.« Dann zeigte er auf eine Nische: »Da sitzen schon Leute vom Film. Magst du tanzen? Dann kannst du sie im Auge behalten und bist gleich da, wenn Madhuri auftaucht.«

Etwas unsicher gesellte ich mich zu ihm auf die Tanzfläche. Aber in dem Gedränge verlor ich bald alle Hemmungen und konzentrierte mich ganz auf die fremde Musik mit ihren oft schrillen Tönen, den Zimbeln und Trommeln. Samir lachte mich an. Er war ein guter Tänzer und zog mich, wann immer der Rhythmus langsamer wurde, in seine Arme. Schließlich interessierte uns die Musik nicht mehr; wir ließen uns an den Rand treiben und blieben eng umschlungen stehen. Es war heiß und stickig und so laut, dass man sich kaum unterhalten konnte, vor allem auch, weil alle anderen lautstark mitsangen. Und endlich küsste er mich. Am Abend zuvor an der Wohnungstür hatte ich darauf gewartet, aber jetzt überraschte er mich völlig damit.

Ich hatte meine Stirn für einen Moment an seinen Hals gelegt und die Augen geschlossen. Er beugte sich zu mir, zog mich noch fester an sich und küsste mich erst auf die Stirn zwischen die Augen, dann den Nasenrücken, beide Wangen und schließlich den Mund. Sein Kuss hatte etwas Ausschließliches und war so leidenschaftlich, dass mir fast die Luft wegblieb. Ich wusste im selben Moment: Sofort, augenblicklich, dringend, unbedingt wollte ich mit ihm schlafen. Die bunten Farben, die den ganzen Abend um mich herumgewirbelt waren, drehten sich jetzt in meinem Kopf, und Samirs Zunge beherrschte mich völlig, drang sanft und gleichzeitig entschieden, sehr wissend und auch vorsichtig in jeden Winkel meines Mundes vor. Ich überließ mich ihm völlig. Als wir uns voneinander lösten, sah ich, dass seine Augen feucht schimmerten.

»Als du mir begegnet bist«, fing er an, und ich nickte, doch er redete nicht weiter, sondern küsste mich wieder. Ich presste mich an ihn und spürte, wie erregt er war. Ich konnte es kaum abwarten, ihn nackt zu sehen und überall anzufassen. Keinen Zentimeter wollte ich auslassen, wollte ihn vom Haar bis zu den Füßen von allen Seiten streicheln, küssen und lecken. Er machte mit dem Kopf eine Bewegung in Richtung der Nische, wo die Filmleute saßen.

»Willst du sie noch fragen, ob Madhuri heute kommt?«

Ich ging mit dem Foto in der Hand zu ihnen, zeigte es herum, aber sie verstanden mich nicht, oder ich verstand sie nicht, jedenfalls schüttelten alle den Kopf. Ich ließ es bleiben, kämpfte mich zum Ausgang vor, wo Samir auf mich wartete und schon ein Taxi herangewinkt hatte.

Seine Wohnung lag im East Village, der »letzten wilden Gegend in Manhattan«, wie er sagte, aber ich fand es nicht wilder als Kreuzberg. Auf irgendeinem Fenstersims sangen durchdringend zwei Katzen. Vielleicht begatteten sie gemeinsam einen mit Baldrian getränkten Lappen. Jedenfalls klang es entfernt nach der Titelmelodie von *Raumschiff Enterprise*.

Sein Bett war mit dunkelroter Wäsche bezogen und mit orangenen Kissen überladen. Ansonsten wirkte die winzige Wohnung eher spartanisch. Ein Regal aus Apfelsinenkisten, eine elefantenköpfige Ganesha-Statue in einer Ecke, vor der ein Schälchen Milch stand; es gab Räucherstäbchen auf den Fensterbrettern und einen einsamen Stuhl in einer anderen Ecke. Kein Tisch, keine Schränke.

Samir stand hinter mir und küsste meinen Nacken, während er meine Brüste umfasste und sie streichelte. Seine Hände glitten unter mein Oberteil und fuhren meinen Oberkörper hinauf, während ich seinen Atem im Nacken fühlte. Er zwirbelte meine Brustwarzen zwischen den Fingern, presste meine Brüste und schmiegte sich enger an mich, bevor er mir das Oberteil auszog, dann den BH. Als wäre es ein Tanz, führte er meine Arme nach oben, bis ich dastand wie eine Statue und er ausgiebig meinen Nacken und die Achselhöhlen lecken konnte. Ich wünschte mir seine Hand zwischen den Beinen oder wenigstens ein Knie, an dem ich mich reiben konnte, aber er war nach wie vor hinter mir und machte keine Anstalten, mich zu sich zu drehen. Er löste den Schal von meinen Hüften und schälte mich aus dem engen langen Rock. Auch den Slip zog er mir aus. Er ging um mich herum, während ich völlig passiv in der Mitte des Zimmers stand und wartete. Vor mir ging er in die Knie, legte mir die Hände auf die Hüften, ließ sie bis über die Pobacken gleiten, knetete sie und zog sie leicht auseinander. Dabei küsste er meinen Bauchnabel.

»Du bist so schön«, murmelte er, »du bist eine Göttin.«

Ich lächelte, schloss die Augen und gab mich dem Gefühl hin, das seine Zunge auf meiner Haut verursachte, genau an der Stelle, wo meine Schamhaare anfingen.

Ich versuchte unauffällig, meine Füße etwas weiter auseinanderzustellen, damit er vielleicht auf die Idee kam, mich noch enger zu umfassen und mit den Fingerspitzen über meine Poritze bis zu meiner nassen Möse zu rutschen, die, das wusste ich, in dem Moment, wenn seine Finger sie berührten, glühen würde vor Lust. Langsam stand Samir auf, küsste meinen Bauch bis zu den Brüsten und lutschte an den Nippeln. Er saugte sie fest ein und fuhr in schnellen Bewegungen mit der Zunge über die Spitzen, und bevor er wieder losließ, nahm er ganz vorsichtig die Zähne dazu. Ich malte mir aus, wie ich morgen ein hennaähnliches Muster aus Bissspuren um die Brustwarzen tragen würde.

Er trat einen Schritt von mir weg, ließ mich aber nicht aus den Augen und begann sich zu entkleiden. Auf seiner dunklen Haut lag ein goldener Schimmer von der spärlichen Beleuchtung am Bett, seine haarlose Brust war muskulös, und er hatte schmale Hüften wie ein Junge. Ich sah mir neugierig seinen aufgerichteten Penis an. Samir stand einfach da, fing dann an zu lachen, beschloss, es sei jetzt genug, und küsste mich lange.

»Du bist die Frau meines Lebens«, hauchte er, »ich liebe alles an dir, ich bin dir völlig verfallen.«

Noch nie hatte mich ein Mann zum Bett getragen, doch von Samir ließ ich mir das gern gefallen. Mühelos hob er mich hoch.

Ich war darauf gefasst gewesen, dass er mich lange streicheln und vielleicht lecken würde; ich hätte mich gern über ihn gekniet und seinen Schwanz in den Mund genommen und gelutscht, damit er dabei seine Finger in meine Möse stecken oder mich mit der Zunge verwöhnen könnte, aber das tat er nicht. Er legte mich seitlich auf die rote Decke, rutschte hinter mich, streifte ein Kondom über, hob mein Bein an und drang direkt in mich ein, in voller Länge und mit einem Ruck, als müsste er mich entjungfern. Ich stöhnte auf. Er blieb ganz ruhig liegen, sein Schwanz bis zur Wurzel in mir. Ich lag wie festgenagelt auf eins der orangen Kissen gestützt.

»Wir sind füreinander bestimmt«, hörte ich ihn sagen, »du bist die Frau meines Lebens.«

Daraufhin legte er mir die Hand über die Möse und bewegte die Finger, als würde er auf meinem Venushügel Klavier spielen, schlüpfte zwischen die Schamlippen, fand den Kitzler und rieb ihn vorsichtig. Gelegentlich biss er mich in den Nacken, ganz zart oder auch so, dass ich scharf die Luft einzog. Sein Mittelfinger auf meiner Klit vibrierte jetzt so schnell, dass ich jeden Moment kommen würde, noch bevor er mich einen einzigen Stoß lang gefickt hatte. Ich versuchte es hinauszuzögern, doch es gelang mir nicht, und ich kam mit einem leisen Schrei. Genau in dem Moment bewegte er sein Becken, ließ seinen Schwanz aus mir herausgleiten und stieß ihn wieder in mich, fest und ohne einen Moment des Abwartens. Er kam schnell, zog sich aber nicht aus mir zurück, und wenig später, nachdem er meine Ohrmuschel und wieder meine Achselhöhle geleckt hatte, fühlte ich ihn erneut steif werden.

Diesmal drehte er mich ganz auf den Bauch und schob seine Hand unter meine Möse, sodass ich bei jedem Stoß auf seinen Fingern herumrutschte und die Beine spreizte, so weit ich nur konnte, weil ich ihn möglichst tief in mir haben wollte. Wir kamen kurz nacheinander und lagen eine Weile einfach so da. Ich hatte Lust, seinen Körper jetzt, nachdem die erste Gier vorbei war, ganz in Ruhe kennenzulernen. Ich rollte unter ihm weg und schwang mich rittlings auf seine Oberschenkel. Dann leckte ich seine Wirbelsäule entlang, hielt seine Hinterbacken auseinander und leckte ihn auch da, um sein haarloses Arschloch herum, massierte es mit einem feuchten Daumen, tauchte tiefer bis zum Damm und leckte über seine Oberschenkel bis zu den Kniekehlen.

»Du kannst nicht genug kriegen, was?«, hörte ich ihn murmeln und musste lachen. Er drehte sich unter mir um und zog mich höher hinauf, bis zu seinem Gesicht, teilte meine Schamlippen und leckte mir die Ritze. Ich wurde wieder so geil, dass ich ihn unbedingt noch einmal ficken wollte, bevor die Nacht endete, denn draußen wurde es schon hell, und wir waren völlig übermüdet. Er rutschte unter mir weg, tastete nach einem neuen Kondom, bog mir die Beine nach hinten, sodass ich mich kaum rühren konnte, klapste mir auf den Po, bis er brannte, biss mich in den Oberschenkel, leckte dazwischen immer wieder über meine Schamlippen und hauchte mir »Ich würde alles für dich tun, ich lebe erst, seit ich dich kenne« auf die Haut. Ich fing laut an zu stöhnen, als er mir erst einen Finger in die Möse und dann einen zweiten in den Arsch steckte und mich mit beiden fickte.

Endlich drang wieder sein Schwanz in mich ein; er hielt meine Beine nicht länger fest, sodass ich sie ihm auf die Schultern legen konnte. Schaukelnd fickten wir langsam ein letztes Mal und schliefen danach sofort ein.

Erst dachte ich, es seien wieder diese *Partypeople*, die noch bis in die frühen Morgenstunden auf den Treppen vor Samirs Wohnungstür herumgelaufen waren und gefeiert hatten, aber schnell merkte ich, dass wirklich jemand in unserem Zimmer war. Blitzartig drehte ich mich aus Samirs Arm, raffte das Laken um mich und stieß ihn an. In der Tür standen seine Eltern, klein und gebückt der Vater, pummelig und würdevoll die Mutter.

Samir kam langsam zu sich und wurde dann umso schneller wütend. Er wickelte sich in eine Decke, die neben das Bett gerutscht war, und ging heftig gestikulierend auf seinen Vater zu, der ihn ins Badezimmer zog und dort laut auf ihn einzureden begann. Ich verstand nicht, was los war. Seine Mutter setzte sich zu mir ans Bett.

»Eigentlich wollten wir mit ihm reden. Es ist wichtig, dass Eltern und Kinder sich verstehen«, sagte sie. »Und jetzt bist du hier.«

Ich sah sie nur an und wartete. Dabei stellte ich mir einen Moment vor, wie es wäre, wenn sie uns alle in Hildes Therapiegruppe aufstellen würde, und was Hilde zu uns sagen würde. Eher würde ich in diesem Bett festwachsen, als mich dafür zu entschuldigen, dass es mich gab.

»Es ist wegen seiner Heirat, weißt du.«

Ich stieg gereizt aus dem Bett und zog mich an. »Er kennt diese Frau doch überhaupt nicht.«

Sie schlug die Beine übereinander und berührte mich leicht mit der Hand.

»Doch. Und er mag sie auch sehr. Das ist nichts, zu dem wir ihn zwingen. Samir hat uns gebeten, diese Ehe zu arrangieren, und das war nicht einfach. Er hat hart dafür gearbeitet. Die Familie kommt aus einer ganz anderen Schicht; es ist seine große Chance. Er kann all seine Pläne vergessen, wenn er die Hochzeit jetzt absagt. Wenn unsere Familien sich verbinden, dann ist das nicht nur gut für ihn, es ist gut für viele Menschen.«

Sie seufzte.

»Wenn er sich wirklich gegen eine Heirat entscheidet, würden wir ihn lassen. Wenn du seine große Liebe bist und ihm all das bieten kannst, ein gemeinsames Leben, Wohlstand, Kinder. Kannst du das? Wir sind alle sicher, dass dieses Mädchen richtig für Samir ist. Und auch er war sich sicher. Er hat es vorgeschlagen und seinen Vater gedrängt, die Eltern zu fragen, obwohl wir eigentlich zu arm sind. Bis ihn vor einer oder zwei Wochen die Angst gepackt hat. Er wirft jetzt alles weg, seine Zukunft, unsere Ehre, nur wegen einer Affäre. Denn das bist du doch, oder?«

Sie strich mir fast liebevoll über den Arm und sah mich herzlich an. »Du bist bestimmt ein sehr gutes Mädchen. Aber bist du auch seine Frau? Für ein Leben? Und liebt er dich wirklich, oder hat er nur Angst vor der Verantwortung?«

Mir kam eine Idee, und ich zeigte ihr das Foto von Madhuri, um das zu hören, was ich eigentlich schon wusste.

Sie drehte das Foto zum Licht. »Wer ist das?«

Ich sagte ihr den Namen, dass ich auf der Suche nach ihr sei und Samir mir helfen wollte.

»Liebes, weißt du, wie viele indische Mädchen es in New York gibt? Weißt du, wie groß New York ist?«

Ich nickte.

Die Badezimmertür ging auf, und seine Eltern verließen die Wohnung.

Samir sah grimmig aus, wie ein General, der eine Schlacht verloren hat, aber wild entschlossen ist, die Stellung zu halten. Ich strich ihm über die Wange und schmiegte mich an ihn.

»Es wird Zeit, dass ich gehe«, sagte ich. Er stand wie versteinert da, immer noch in die Decke gewickelt. »Du kennst Madhuri gar nicht, richtig?«

Er drehte sich weg. Ich war eher traurig als wütend und versuchte nicht an die vergangene Nacht zu denken. Er fasste mich hart an den Schultern.

»Wieso vergisst du dieses Mädchen nicht einfach, und ich vergesse diese Hochzeit? Wir könnten zusammen weggehen.«

Ich schüttelte den Kopf. Dann räusperte ich mich und sagte ruppiger als eigentlich beabsichtigt, um uns beiden die Sache nicht noch schwerer zu machen: »Komm schon, Samir, das war doch nicht dein erster One-Night-Stand. Der Fick war großartig, wir hatten Spaß. Du hast dich noch mal ausgetobt. Die letzten Tage waren toll, wir waren im Urlaub, aber jetzt ist das vorbei, und wir gehen wieder dahin zurück, wo wir hingehören.«

Ich küsste ihn auf die Wange und vermied es, ihn anzusehen, auch wenn es mich innerlich fast zerriss. »Mach's gut, Samir. Und alles Gute für die Hochzeit.«

Dann lief ich aus der Wohnung, runter auf die Straße, die im Hellen wie eine Kulisse der Sesamstraße aussah, mit den Backsteingebäuden und den breiten Treppen davor. Vorbei an einer Markise, auf der ein riesiger Plastikhund hockte, an Plattengeschäften und Ramschbuden, an halb abgerissenen Sushiläden und Coffeeshops, über eine große Avenue, bis ich sicher war, dass er mir nicht mehr hinterherlief.

Gegen Weinen hilft bei mir meistens Essen, also zog ich an einem Automatenimbiss für ein paar Münzen fetttriefende halb warme Knishes, die ich nach einem Bissen wieder wegwarf. Erst als ich mir den fettigen Mund abwischte, merkte ich, dass ich vergessen hatte, den violetten Schal aus den Gürtelschlaufen meines Rocks zu ziehen. Ich war froh, dass ich wenigstens etwas aus dieser Zeit behalten konnte, und vergrub für einen Moment mein Gesicht in dem weichen, glänzenden Stoff.

Ich atmete tief durch, suchte mir einen Telefonladen, beschloss, das jetzt durchzuziehen, und wählte in einer stickigen Kabine mit Fingern wie Blei eine Nummer, die ich auswendig kannte. Meine eigene.

Die Stimme meines Mannes klang gequält, und er zögerte, bevor er mir Madhuris Adresse nannte, aber verweigern durfte er mir nichts, also gab er nach.

Wenige Minuten später stand ich wieder im Tageslicht, pfiff ein Taxi heran und gab dem Fahrer eine Adresse, die ich auf ein Kaugummipapier gekritzelt hatte.

»Das ist in der Bronx«, nuschelte er hörbar vorwurfsvoll.

Ich gab ihm fünf Dollar, damit er überhaupt losfuhr. Das Gebäude, vor dem wir hielten, war heruntergekommen und mit Graffitis beschmiert. Ich bat den Fahrer zu warten, aber er stieg umgehend aufs Gaspedal und bog schnell um die nächste Ecke. Ich stieg durch einen undefinierbaren Geruch in den dritten Stock und klingelte. Eine dicke Frau mit Zigarette im Mundwinkel, durch die ihr Englisch mit spanischem Akzent noch schlechter zu verstehen war, öffnete mir. Ich zeigte ihr das Foto, versuchte, sie so überzeugend wie möglich anzustrahlen, und plapperte irgendetwas, damit sie mich für eine Freundin der Gesuchten hielt. Als sie begriff, dass ich nach Madhuri fragte, schrieb sie mir schließlich die Adresse eines Hähnchengrills auf die Rückseite des Fotos, erklärte mir gestenreich, es sei nur einen Block entfernt, und fing an zu erzählen. Sie war gar nicht mehr zu stoppen. Und was sie berichtete, klang nicht gerade nach glamouröser Filmbranche.

Während ich an den überquellenden Mülltonnen vorbeiging, wuchs meine Wut. Was machte ich eigentlich hier? Ich stellte mir vor, wie ich dieses Mädchen schütteln und ihm all das, was ich von ihm hielt, entgegenbrüllen würde.

Und dann sah ich sie.

Sie war wirklich wunderschön. Selbst mit der albernen Papierkappe auf dem Kopf, dem verschwitzten Gesicht und dem blau-weiß gestreiften Kittel. Sie wrang gerade einen großen Mopp über einem Eimer aus. Neben ihr stand ein Mann mit der gleichen Kappe, der aber statt eines Kittels eine Weste mit Abzeichen trug und auf sie einschimpfte. Sie nickte und machte einen Scherz, als sie sich aufrichtete, blinzelte ihm kokett zu; er lachte, tätschelte ihre Hüfte und starrte ihr, als sie wegging, noch lange auf den Hintern. Ich drehte mich um.

Ich sprach nicht mit ihr, schüttelte sie nicht, fragte sie nichts. Ich ging einfach. Drei oder vier Blocks weiter hielt ich ein Taxi an und ließ mich zurückfahren in die Bleecker Street, wo ich Leo anrief und ihm eine Weile zuhörte, wie er weinte und schimpfte. Dann fiel ich aufs Bett und schlief in meinen Kleidern ein.

Ich traf Samir noch einmal, Wochen später. Wahrscheinlich hatte er bei dem ersten Bagelfrühstück in meinem Apartment das Ticket gesehen und am Flughafen auf mich gewartet. Ich hatte mir inzwischen in einer kleinen Praxis in Chinatown das Juno-Tattoo über meiner Brust weglasern lassen; daran glaubte ich nicht mehr. Die restlichen Wochen bis zum Abflug hatte ich mir mit den Museen der Stadt versüßt, war ganze Tage herumgelaufen, hatte jüdisch, koreanisch und afrikanisch gegessen, Cookies in allen Farben, Formen und Geschmacksrichtungen probiert, bei einer Bootstour Manhattan umrundet, war mit einem Mietwagen durch New Jersey gefahren und hatte viele Abende mit der inzwischen heimgekehrten Madita verbracht. Aber so viel Spaß wie in den Tagen mit Samir hatte ich nicht mehr gehabt. Deshalb freute ich mich, als jemand meinen Namen rief, nachdem ich schon durch die Sicherheitskontrolle gegangen war. Ich erkannte Samir auf der anderen Seite.

Wir konnten uns nur auf Zuruf verständigen, was die Sicherheitsbeamten zwischen uns missbilligend zur Kenntnis nahmen. Ich dachte, er sei gekommen, um mich zu verabschieden, damit wir nicht im Streit auseinandergingen, aber sein Gesicht war wutverzerrt.

»Warum hast du das gemacht?«, schrie er, und seine Gesten waren dabei noch ausladender als sonst. Ich sah ihn fragend an. Ich wollte gerade anfangen, ihm noch einmal zu erklären, dass er wegen einer gerade erst geschlossenen Bekanntschaft, so romantisch sie auch gewesen sei, doch nicht seine ganze Zukunft aufs Spiel setzen könne. Außerdem wollte ich ihm sagen, er habe mich schließlich von Anfang an angelogen, aber er ließ mich nicht zu Wort kommen.

»Du musstest dich unbedingt rächen, ja?«

Jetzt verstand ich gar nichts mehr.

»Nur weil ich mit Madhuri geschwindelt habe? Meine Güte, ich wollte dich halt kennenlernen, das ist doch kein Verbrechen. Ich hätte dir schon noch gesagt, dass ich sie nicht kenne. Aber du«, er zeigte mit dem ausgestreckten Finger so anklagend auf mich, dass sich einige Reisende umdrehten und mich anstarrten, »du musstest ja unbedingt mein Leben zerstören.«

Ich stand fassungslos da und ließ seinen Wortschwall über mich ergehen wie eine plötzlich kalt gewordene Dusche.

»Wieso hast du der Familie meiner Braut erzählt, dass wir etwas miteinander haben, wenn es für dich eh nur ein Spaß war? Was soll das? Alles war vorbereitet, ich hatte mich damit abgefunden. Und jetzt ist die ganze Sache geplatzt.«

Ich rief ihm zu, ich hätte nichts getan, ich würde diese Familie doch gar nicht kennen. Ich wollte noch sagen, dass uns in dem Club vielleicht jemand gesehen habe, der ihn kannte, aber er brüllte: »Was hast du denen erzählt? Das wirst du mir büßen, büßen wirst du mir das, du wirst schon sehen.« Er brüllte immer weiter und ließ mich nicht zu Wort kommen, bis zwei übel gelaunte Sicherheitsbeamte ihn in die Mitte nahmen und wegzogen. Ich stand noch eine Weile wie angewurzelt da und schlich dann wie ein geprügelter Hund zu meinem Gate.

* * *

Suchst du einen Aschenbecher, Samir? Du bist doch sonst nicht so rücksichtsvoll und aschst einfach da hin, wo du gerade stehst. Aber bei meiner Dinnerparty wird nicht geraucht, tut mir leid. Also, lehn dich zurück und trink noch einen Schluck. Brennen die Chilis in deiner Speiseröhre? Agni, der indische Gott des Feuers, findet sich ja auch als Verdauungsfeuer im Körper wieder. Jataragni heißt er dann; ich habe extra noch einmal in einem

Lexikon nachgeschlagen, bevor der Caterer kam. Agni bringt als Opferbote alles Geopferte zu den Göttern. Und sieh mal hinter dich, auf der Kommode, da habe ich extra ein Bild aus einem indischen Geschäft aufgestellt: Agni, zwei Gesichter, drei Beine, sieben Arme. Die strahlenförmigen Zungen, die Axt, das Brennholz und der Widder als Reittier, alles da. Ich habe leider nicht herausgefunden, was passiert, wenn man das Tabu bricht und mit den Füßen in die Nähe des Feuers kommt. Zum Beispiel, wenn man eine Zigarette austritt. Das müsstest du mir doch sagen können, Samir. Droht einem dann das Höllenfeuer?

GEMMA 5

Chateaubriand saignant
mit frisch gebackenem Brot

»Woher kennt ihr euch eigentlich?«, fragt Hilde und zeigt zwischen Gemma und mir hin und her. Ich weiß genau, dass die Frage in Wirklichkeit lautet: »Woher kenne ich sie?« Das ganze Essen über konnte ich sehen, wie es in Hilde arbeitete, aber sie kam nicht drauf. Und auch jetzt, während Gemma ihr Fleisch in das heiße Blut auf dem Teller tunkt, kaut und schluckt und die Reste mit dem Brot aufwischt, fällt es ihr nicht ein. Dabei hat sie schon einmal gesehen, wie Gemma das Blut vom Kinn tropfte. Und sie fand es genauso abstoßend wie heute.

* * *

Es war nach Hildes Sexualaufstellungskurs. Sie kümmerte sich noch um ihre Teilnehmer, ich wollte draußen auf sie warten. Ich stand vor einer dieser typischen Eckkneipen, bei denen man sich immer fragt, wer freiwillig seine kostbare Freizeit zwischen verwesenden Soleiern, Erdnüssen aus dem Führerbunker, einer kaputten

Dartscheibe und kastratisch jodelnden Daddelautomaten verbringt. Zwei oder drei Mal war ich in solchen Etablissements gewesen, *Zum Anker*, *Zur gemütlichen Wirtin*, *Zum lachenden Horst*, oder wie auch immer die hießen, nur weil es draußen in Strömen gegossen oder sich mein Mann verspätet hatte und ich bei einem Kaffee auf ihn warten wollte. Und immer waren bei meinem Eintritt alle Gespräche schlagartig verstummt; selbst das rasselnde Atmen der Kettenraucher. Ihr Husten und Räuspern hatte ausgesetzt, und alle Gäste starrten mich an, bis ich irgendwo Platz genommen hatte.

Während ich mich daran erinnerte, wie peinlich mir das alles gewesen war, stieß jemand die kleine, mit Spitzendeckchen verhangene Tür auf. Eine bildschöne Vampirfrau sprang heraus auf den Bürgersteig und ergriff meine Hand. Ich schrie kurz und schrill – und wurde in die Kneipe gezogen.

Drinnen schlug mir dichter Nebel entgegen, der mit dem üblichen Zigarettenqualm nichts zu tun hatte. »Ist das toll, dass du hier vorbeischaust, wunderbar, komm rein, rein, rein«, rief eine tiefe, warme Frauenstimme.

Ich wedelte mit der Hand vor meinen Augen, tappte vorwärts und betrachtete die Vampirfrau genauer: Sie war schwarz gewandet und trug lange rote Kunsthaare. Eine enge Corsage schnürte die Taille auf Scarlett-O'Hara-Maße. Ihr wallender Rock aus schuppenartig übereinandergenähter schwarzer Plastikfolie lief in eine lange Schleppe aus. Die nackten Spitzen ihrer kleinen Brüste, die gerade eben über den Rand der Corsage lugten, waren mit blutroten Federn beklebt. Auch von ihren Mundwinkeln lief ein dünner Faden Blut, und als sie mich herzlich anlachte und mir die Hände entgegenstreckte, bemerkte ich ihre spitzen Eckzähne.

»Na«, sagte sie aufmunternd, »ich bin Gemma, kennst du mich nicht? Du musst dir das Draculinenzeugs wegdenken. Hast du mich nie in eurem Haus gesehen? Du wohnst doch bei dem Mädchen, das immer so altmodisch angezogen ist!? Mir gehört die Wohnung über euch. Für Gäste, als Abstellraum, zum Ausweichen, na ja, eigentlich für die Steuer, aber was soll's. Ich bin Gemma, Gemma Manussen. Und dich schickt der Himmel. Wir brauchen einen schönen Hals für unsere Aufnahmen. Das machst du, ja? Sag ja!«

Sie zog mich zu einem kleinen Podest, das in rötliches Licht getaucht war. Die Fotografin kam hinter einem Schirm hervor, sagte »Lekker Meisje« zu mir, knöpfte mir die Bluse ein Stück weiter auf und positionierte mich auf dem Podest an eine altertümliche Truhe gelehnt. Sie gab mir eine Anweisung, von der ich nur »Klaar komen« verstand.

»Sie sagt, du sollst den Körper so anspannen, als hättest du gerade einen Orgasmus«, murmelte Gemma, »aber dein Gesicht wird man nicht sehen, keine Sorge.«

Dann beugte sie sich auch schon mit gefletschten Zähnen über mich, und ich hörte den Auslöser klicken. Wir wiederholten die Szene Dutzende Male. Gemma kontrollierte am Laptop jede Kleinigkeit, veränderte hier eine Kerze, da einen Schatten. Sie überließ nichts dem Zufall. Zwischendurch erzählte sie mir, dass sie ein Erotikstudio habe; keinen simplen S/M-Folterkeller, sondern eine Agentur für erotische Inszenierungen ganz nach den Wünschen des Kunden.

»Egal, wie aufwendig auch immer seine Fantasie ist, wir erfüllen sie«, sagte sie und lachte. »Powered by devotion.«

Gemma verlangte mehr Kunstblut und machte sich wieder an meinem Hals zu schaffen. In dem Moment sah ich Hilde draußen vorbeigehen. Ich sprang zur Tür und rief sie in die Kneipe.

Sie sah angeekelt auf die rote Flüssigkeit, die über mein Dekolleté lief, und rieb sofort mit einem Taschentuch daran herum. »Das gibt doch Flecken«, schimpfte sie, »deine Bluse ist aus ungekämmter Rohseide, die kannst du nicht mal reinigen lassen, das kriegst du nie wieder raus.«

Ich zwinkerte Gemma zu und ließ mich von Hilde aus dem kleinen Lokal führen.

* * *

»Gemma war die Vampirfrau in der verrauchten Kneipe, mit der ich die Fotos gemacht habe, während ich nach deinem Kurs auf dich gewartet habe«, sage ich zu Hilde. Ich kann ihr ansehen, dass sie sich erinnert. »Sie hat eine Wohnung über dir und eine über ihrem Studio, und ich hab mich bei ihr versteckt, als ...«

»... als du vor mir flüchten musstest«, beendet Hilde meinen Satz und versucht, ironisch zu klingen, aber das ist nicht ihre Stärke.

»Ein paar Monate später warst du wieder auf der Flucht«, sagt Gemma, »diesmal vor dir selbst.« Sie nimmt noch eine Brotscheibe und atmet tief das Aroma ein, bevor sie sie zerpflückt und sich ein Stück in den Mund schiebt.

»Oder vielleicht besser: vor den Männern, der Leidenschaft, der Liebe.«

Gemma kann so etwas sagen, ohne dass es auch nur ein bisschen pathetisch klingt.

Ich lehne mich zurück.

Von meinem Chateaubriand habe ich nur die Kruste gegessen. Durch das viele Erzählen ist der Rest des Fleisches kalt, und kaltes Blut mag ich nicht essen. Ich lasse Jannik noch etwas Wein nachschenken und halte mich wie Gemma ans Brot. »Ich war eher auf der Flucht – vor Drama, Hysterie und Machismo«, sage ich und lehne mich in meinem Stuhl zurück.

* * *

Samirs Auftritt am Flughafen hatte mir den Rest gegeben. Den ganzen Flug über zurück ins winterliche Deutschland saß ich wie paralysiert auf meinem Sitz und wagte kaum, mich zu bewegen. Ich hörte über Kopfhörer K.D. Lang, tauchte ganz ein in ihre weiche Stimme und wünschte mir, ich könnte genauso zwischen den Geschlechtern hin- und herswitchen wie sie auf dem berühmten Foto, auf dem sie in Männerkleidung und mit eingeschäumtem Gesicht auf einem Sessel sitzt und sich von Cindy Crawford rasieren lässt. Ich war den weiblichen Part der ganzen Geschichte einfach leid. Das Ertragen und Dulden, sich Fügen und Warten. Von wegen Romantikerin. Eine nett gemeinte Umschreibung für Idiotin. »Ich bin so dämlich«, dachte ich, »demnächst benennen sie auf MTV eine Sitcom nach mir. *Marei – No brain, but pain.*« Der arme Mann neben mir musste meine schlechte Laune ausbaden. Er hatte so tiefe Aknenarben, als hätte jemand sein Gesicht mit einer Nagelfeile bearbeitet. Er sah, dass ich nichts von den Nahrungsmittelimitaten auf meinem Tablett angerührt hatte, und bot mir lächelnd einen eingeschweißten Muffin an, aber ich grunzte nur abweisend und zog mir meine Schlafmaske übers Gesicht.

Es waren weniger Samirs Drohungen gewesen, eher der Hass in seiner Stimme, der mich fertigmachte. Mir wurde einfach alles zu viel: der Verrat meines Mannes, Hildes Flirt mit dem Selbstmord, Madhuris Gesicht, die grenzenlose Leidenschaft, die Samir mir versprochen hatte, und dann sein Zorn, der über mich gekommen war wie der berühmte New Yorker Platzregen, der in Minuten ganze Straßenzüge überschwemmen kann. Ich hatte das Gefühl, dass mir alles entglitt. Ich sehnte mich nach jemandem, der die Fäden in der Hand hielt, der wusste, wie diese irren Dinge zwischen zwei Menschen funktionieren, und auch, wie man sie beherrschen kann. Und so landete ich wieder bei Gemma. Sie hatte mir in der Nacht, als ich mich bei ihr vor Hilde versteckt hatte, ihre Karte mit der Adresse gegeben, und da ich Hilde nicht begegnen wollte, versuchte ich es zuerst da.

Es schneite in dicken Flocken; ein Taxi fuhr vorbei, aus dem Fetzen von »Jingle Bells« wehten. Das Klingelschild war mit Pulverschnee überzuckert, und ich stellte mir vor, dass ich mich, falls sie nicht zu Hause sein sollte, einfach auf die Stufen setzen und friedlich erfrieren wollte. Gemma öffnete. Ihr Gesicht war ungeschminkt. Die Piercings in Lippe, Nasenflügel und Augenbraue glänzten. Über ihren kahl rasierten Kopf hatte sie eine Wollmütze gezogen. Auch ihre Arme steckten in dicken Wollstulpen, und darüber hing, schlaff wie ein dicker Schal, eine Ragdoll-Katze mit hellem Fell und schwarzem Clownsgesicht. Sie führte mich wortlos durch ihr Studio, das eine ganze Etage einnahm, über eine Stiege hinauf in eine kleine Mansardenwohnung. Dort sah sie mich lange an. »So schlimm?«, fragte sie mich. Ich nickte und begann augenblicklich zu schluchzen.

Sie wickelte mich auf dem Bett, das fast den ganzen Raum einnahm, in einen dicken Quilt aus lauter gestrickten Flicken und schob mir eine Wärmflasche unter die Füße. Dann setzte sie sich neben mich, legte mir eine Hand auf den Bauch und schaute mich nur an, bis ich mich wieder beruhigt hatte. Die Katze sprang zwischen uns, drehte sich auf den Rücken, vollführte sämtliche Babyposen und sah so lange niedlich aus, bis Gemma endlich anfing, ihre Ohren zu kraulen.

»Ich hab die Männer so satt«, jammerte ich, »ich hab das Leiden satt und das Warten, die ganze Hoffnung und alles, was man ständig investieren muss. Ich kann das nicht mehr. Und ich will es auch nicht mehr. Ich fühl mich völlig auf links gekrempelt. Die Ansprüche, die Erwartungen und Enttäuschungen, der ganze Stress. Ich bin es leid, die Liebe und den ganzen Scheiß.«

Ich erzählte ihr von Samir und Madhuri, von meinem Mann und dem Pakt und wieder von Samir. Gemmas Mikrowelle piepte. Sie stand auf und holte einen glänzenden Käsekuchen heraus, den sie mir mit einer Geste präsentierte, als wären wir in einem Märchenmusical.

»Die Lösung vieler Probleme«, sagte sie mit dieser Märchenfeestimme, »liegt sehr oft auf dem Grund eines halb aufgetauten Käsekuchens.«

Ich schniefte. »Über oder unter der Bröselbodenschicht?«

»Genau das«, sie hob streng den Zeigefinger, »ist eines der Geheimnisse im Leben, die es zu ergründen gilt.«

Sie reichte mir eine Gabel, schlüpfte zu mir unter die Decke und schaltete den Fernseher an. Auf dem Bildschirm flackerte der Körper eines gestählten jungen Matrosen, der von einem grantig aussehenden Captain Hook über die Reling gebeugt gefickt wurde. Eine Weile kauten wir schweigend und arbeiteten uns wie die Maulwürfe durch den sahnigen Teig, der oben warm und ab der Mitte von Eiskristallen durchsetzt war.

Als ich in den Boden biss, der mit Mandeln überzogen war, ging es mir tatsächlich ein bisschen besser. Der Matrose fickte nun seinerseits den Smutje, vielleicht als Strafe, weil der der Mannschaft wiederholt Affenragout mit Smutjepipi serviert hatte.

»Wie hast du halb aufgetauten Käsekuchen und Schwulenpornos als Wundermittel gegen Depressionen entdeckt?«, fragte ich und kuschelte mich enger an Gemma. Die Katze miaute einige Male, hoch und jubilierend.

»Erfahrung«, sagte sie. »Wenn ich eins in meinem Job gelernt habe, dann, dass ungewöhnliche Probleme ungewöhnliche Lösungen erfordern. Mittlerweile bin ich Spezialistin auf dem Gebiet.« Sie küsste meine Schläfe, und im Halbschlaf hörte ich sie noch sagen: »Morgen kannst du mein Studio besichtigen, vielleicht gibt es da etwas, das für dich passt.«

Erst einmal wollte ich ihre Wohnung besichtigen. Draußen war es noch dunkel. Gemma seufzte im Schlaf, und ich setzte mich auf. Die Bettfedern knirschten und knarzten. Der schwere Wollquilt rutschte mir über die Brust, und ich sah mich um. An der kleinen Fensterscheibe glänzten Eiskristalle mit einem Kranz aus silbergoldenem Lametta um die Wette. Erst dachte ich, die Wände seien mit einer gemusterten Tapete beklebt, aber dann schälte sich aus dem Geflimmer von Farben und Glitzer ein Herz heraus, danach ein Kinderpärchen, das sich küsste, schließlich ein Hase, der einen Karren zog, und zwei verliebte Pinguine auf einer Eisscholle. Die Wände waren über und über mit kleinen glitzernden Poesiealbumsbildchen bedeckt. Es mussten mehrere Tausend sein, ein riesiges, organisch gewachsenes Kitschmosaik. Ich fühlte mich, als wäre ich in einem Schrein aufgewacht.

Gemma schmatzte und streckte sich neben mir. »Bist du schon wach genug, um Frühstück zu machen?«, nuschelte sie in ihr Kopfkissen. »Ich komm morgens so schwer in die Gänge.«

Ich legte ihr die Decke über, stand auf und machte mich in Unterwäsche in der kleinen Küche zu schaffen. Den leeren Käsekuchenteller ignorierte ich. Zu dem Zeitpunkt war mir schon klar, dass Gemma genau wie ich eine der Frauen sein musste, die immer und überall Hunger haben. Ich briet ein paar Eier, und als ich eher nebenher das Waffeleisen entdeckte, beschloss ich, auch noch Kakaowaffeln zu backen. Gemma war mittlerweile ganz wach, saß aufrecht im Bett und strickte. Ihre dicken Nadeln klapperten. Auch der Fernseher lief wieder, aber statt der Schwulenpornos vom Vorabend hatte sie einen Verkaufskanal eingeschaltet und sah so gespannt zu, als verfolgte sie einen Krimi. Ich schaufelte Eier, Toast und Waffeln auf große Teller und setzte mich zu ihr. Sie nahm das Telefon vom Nachttisch, klemmte sich den Hörer zwischen Kinn und Schulter und bestellte die angepriesenen Klebebildchen mit tanzenden Elfen und schließlich noch einen Bogen mit Einhörnern. Dann gingen die Moderatoren zu Perlenbastelsets über, und Gemma schaltete den Ton ab.

»Das hier hat ein paar Jahre gedauert«, sagte ich, als wäre es eine Frage, und zeigte mit der Gabel rundum an die Wände. Sie nickte.

»Die Narbe da über der Brust und die am Oberarm, sind das Überbleibsel einer Inszenierung?«

Ich schüttelte den Kopf. Sie kaute ein großes Stück Waffel. »Kannst du ruhig sagen, ich hab schon alles gesehen. Zigarettenverbrennungen, Messerspiele, Nadelrituale, Selbstamputationen, erotisches Branding, Vernähungen und Implantate ...«

»Ist ja gut«, unterbrach ich sie, »es war nur ein Tattoo, und das andere war eine Art Unfall.« Damit gab sie sich zufrieden.

»Was ist dein aktuelles Projekt?«, fragte ich stattdessen. »Irgendwas mit Keile und Haue? Planst du einen S/M-Club Geißelpeter, in dem alle Damen Dirndl tragen? Was machst du eigentlich genau?«

Gemma überlegte.

»Das Aufwendigste war eine Inszenierung, die ich vor einem Jahr für einen Kunden entworfen habe. Normalerweise inszeniere ich lebende Videoclips, damit du dir die

Größenordnung vorstellen kannst, aber das war geradezu eine Oper. Er hat ein Faible für sehr junge, sehr weißhäutige rothaarige Mädchen, echte Rothaarige. Helle Wimpern, helle Brauen, ganz wichtig. Ich musste ein halbes Dutzend auftreiben, die extrem kindlich aussehen sollten. Dann haben wir zusammen mit ihren jeweiligen Gynäkologinnen ihren Zyklus koordiniert, sodass alle sechs ihre Periode gleichzeitig hatten. Zweimal musste ich ihm wieder absagen und die Sache verschieben, weil eins der Mädchen außerhalb der Reihe blutete. Diese Mädels habe ich in einem komplett weißen Raum hindrapiert; den zeig ich dir nachher, es ist der größte, den ich hier im Studio habe. Der Raum war mit weißer Seide ausgeschlagen, auch weiße Stoffbahnen hingen von der Decke; es war alles sehr Alanis Morissette. Ein Mädchen saß auf einem Thron aus weißem Satin, eins auf einer Glasplatte, die Hübscheste schaukelte auf einer Stoffbahnenschlaufe, und eine andere lag in einer gläsernen Wanne, die ich mit Wasser und Milch gefüllt hatte. Gott, diese Wanne habe ich in Brüssel bei einem Glaser bestellen müssen, Spezialanfertigung, na ja, egal. Da saßen die Mädels nun, spazierten im Raum herum, wechselten auch mal die Positionen und menstruierten so vor sich hin. Als man überall die roten Blutspuren sah, führte ich den Kunden hinein, der sich nackt in die Mitte des Raums setzte und stundenlang an sich rumrubbelte, ohne dass die Mädchen Notiz von ihm nehmen durften. Irgendwann ist er eingeschlafen und später dann gegangen.«

Ich staunte. »Dass dem dabei einer abgeht ...«

»Dem ist dabei keiner abgegangen. Aber nachts im Bett, eingezwängt in einen viel zu kleinen bunten Frotteeschlafanzug, da ist es ihm dann gekommen, im Traum. Es ging überhaupt nicht um den Raum und darum, was ich da gezaubert hatte, es ging um die Träume danach.«

Ich dachte an meine eigenen Träume und dass ich Gemmas Dienste gern in Anspruch nehmen würde, wenn sich dadurch die Spannung in meinen frigiden Träumen lösen würde.

»Findest du so etwas nicht abartig?« Meine Stimme war ein wenig piepsig, als ich sie das fragte, aber Gemma kaute gut gelaunt an der letzten Waffel und schüttelte energisch den Kopf.

»Sex ist das einzig wirklich Demokratische. So hässlich oder pervers kann man gar nicht sein, dass man in der weiten Welt keinen zum Ficken findet. Und Sex ist so viel mehr als nur Ficken und Bummsfallera. Eins der Mädels verkauft ihm heute noch monatlich ihr Menstruationsblut und verdient sich damit was dazu. Okay ist es, wenn beide etwas davon haben, und das muss nicht immer sexuelle Befriedigung oder kosmische Selbstverwirklichung sein.« Sie strich mir über die Wange. »Auch nicht immer Liebe, Leidenschaft oder das große Drama.«

»Das ist ab heute vorbei«, verkündete ich. »Bis auf Weiteres werde ich mich jetzt Dingen widmen, die ich noch nie gemacht habe. Die große Liebesdienerin hat mal Pause. Ich bin es leid, mich immer zu fragen, wie es anderen wohl mit meiner Liebe geht. Vielleicht gibt es da viel mehr als das traute Glück zu zweit.«

Gemma grinste, nickte und deutete mit der Gabel auf die Treppe, die hinunter zu ihrem Studio führte.

Ein Sklave öffnete uns die Tür und verbeugte sich tief vor Gemma. Er trug einen Anzug aus schwarzem Gummi, der bis über den Kopf reichte und nur die Augen freiließ. Seinen Mund versteckte ein zugezippter Reißverschluss. Nur seine Füße waren nackt und, wie ich mich gleich überzeugte, sauber manikürt und ausgesprochen gepflegt. Gemma schickte ihn mit knappen Anweisungen ins Büro, um den Generalschlüssel und eine Liste zu holen. Er verbeugte sich kurz und ging rückwärts bis zur nächsten Tür.

»Auf der Liste sind alle Termine des Tages und der Woche vermerkt«, erklärte sie mir. »Das können Kundenbesuche sein oder Treffen mit Handwerkern, Ärzten oder freien Mitarbeiterinnen.«

Ich ging hinter den beiden einen langen Korridor entlang, der nichts von einem S/M-Studio hatte, sondern eher wie der Bühnengang eines Theaters aussah.

Im Vorbeigehen knipste Gemma das Licht in den Räumen links und rechts an und ließ mich in Werkstätten sehen, in die Kleiderkammer, den Requisitenfundus, ein weiteres Büro, in dem eine Mitarbeiterin telefonierte und uns zuwinkte, und diverse große und kleinere Zimmer. In einigen sah es aus wie bei einem Umzug, in anderen arbeiteten Schreiner und Elektriker zwischen Kisten und Apparaten. Ein Zimmer war weihnachtlich dekoriert.

»Engel gehen sehr gut zurzeit«, sagte Gemma. »Das Androgyne zieht die Leute an. Wir machen das häufiger in Kombination mit japanischen Bondage-Inszenierungen, hängen den Kunden unter die Decke oder lassen ihn schwingen. Gleich zwei haben mich dieses Jahr nach dem *lebenden Weihnachtsbaum* gefragt.« Sie schnaubte. »Heißes Kerzenwachs, Christbaumkugeln, die mit langen Nadeln an der Haut befestigt werden, klebriges Harz, Knöchelschrauben in einer Art Baumständer, das Übliche halt. Ich muss wirklich mal googeln, wo die das herhaben. Vielleicht gab es irgendwas im Fernsehen oder in einem Pornomagazin, jedenfalls ist es ungewöhnlich, dass solch eine Fantasie gleich zweimal angefragt wird.«

Während wir den Korridor hinuntergingen, wies sie den Sklaven an, in dem einen Raum etwas zu ordnen oder zu lüften, in einem anderen Glühbirnen zu erneuern oder Requisiten für einen Kunden zusammenzusuchen.

Als er hinter einem Berg Kartons verschwand, um für sie ein Kabel herauszusuchen, stieß ich sie mit dem Ellenbogen an. »Wo hast du den denn her?«

Sie zuckte mit den Schultern: »Zugelaufen. Eines Tages stand er in dieser Aufmachung vor meiner Tür. Erst wollte ich ihn nicht, aber dann hat er mich überzeugt, dass wir beide etwas davon haben, wenn er bei mir arbeitet. Ich kann gute Mitarbeiter brauchen, und er, ja«, sie zögerte, »er sucht irgendwas, ich hab noch nicht so richtig raus, was. Vielleicht weiß er es selbst nicht. Ich habe sein Gesicht noch nie gesehen; er trägt immer dieses Ganzkörperkondom. Trotzdem bin ich mir ziemlich sicher, dass er kein Fetischist und auch nicht wirklich devot ist. Er kommt jetzt schon mehrere Monate her, ohne jemals eine Session in Anspruch zu nehmen.«

Der Sklave erschien mit dem Kabel. Gemma schloss eine letzte Tür auf, und wir standen in einer Bar, die aussah wie ein Etablissement der Zwanzigerjahre. Schwere

Stoffe, geschwungene Möbel, deckenhohe Farne und glitzernde Kristallleuchter. Ich pfiff anerkennend.

Gemma nickte. »Sophia hat das eingerichtet. Kennst du sie? Die mit dem Harem. Wir sind befreundet. Manchmal hilft mir einer ihrer Jungs, wenn es irgendwie brenzlig wird. Und sie nutzt meine Räume gern für Partys. Ist es dir eigentlich ernst damit, dass du eine neue Art von Sex kennenlernen willst?«

Ihre Frage kam so unvermittelt, dass sie mich für einen Moment aus dem Konzept brachte. Aber schließlich nickte ich und hoffte, entschlossener auszusehen, als ich tatsächlich war.

Gemma winkte den Sklaven heran. »Such ihr aus dem Fundus so einen Anzug wie deinen aus, und dann treffen wir uns in einer halben Stunde in der Giger-Maschine.«

Ich kannte Gigers futuristische Cyborg-Sexmaschinen von Postkarten und aus Kunstkatalogen, und natürlich hatte ich die *Alien*-Filme gesehen. Aber ich konnte mir trotzdem nicht vorstellen, was mich erwartete. Der Sklave brachte mich in die Umkleide und gab mir einen Anzug. Er drehte sich um, während ich mich auszog und einpuderte, damit das Gummi nicht so stark haftete. Er sprach kein Wort mit mir. Aber als ich ihn antippte und ihn bat, den Reißverschluss auf dem Rücken hochzuziehen, hielt er fürsorglich meine Haare und steckte sie mit ein paar Klemmen hoch, damit wir auch die Maske befestigen konnten.

Obwohl ich komplett bedeckt war, fühlte ich mich merkwürdig nackt in dem Anzug. Die nackten Füße machten mich nur noch schutzloser. Bald fing ich an, unter dem Gummi zu schwitzen, und es kam mir vor, als verwischten sich meine Körpergrenzen. Ich verschmolz mit dem Schweißfilm und dem Gummi und fühlte mich beschützt und entblößt zugleich.

Ich stand da wie ein riesiger schwarzer Radiergummi, und die Geräusche, die mein Outfit erzeugte, sobald ich mich bewegte, fand ich so komisch, dass ich lachen musste. Ich zippte meinen Reißverschluss über dem Mund auf und schnappte nach Luft: »Oje, was findest du nur daran?« Der Sklave legte einen Zeigefinger an den Mund und zog mit der anderen Hand ganz vorsichtig meinen Reißverschluss wieder zu. Die Metallzähne knirschten beim Ineinandergreifen. Er bedeutete mir, ihm zu folgen, und führte mich durch die Garderobe.

Dahinter befand sich eine Art Requisitenkammer, vollgestopft wie ein Trödelladen. Eine einzelne Glühbirne hing von der Decke. Der Sklave kramte in den Sachen und förderte schließlich einen hautfarbenen Kegel vom Umfang eines halben Medizinballs zutage, stellte ihn vor mich hin und kniete sich auf den Boden. Er drückte einen kleinen Knopf, und der Kegel begann, bis in die Spitze zu surren. Ich überlegte noch, wofür das Ding gut sein könnte, da fühlte ich die Finger des Sklaven meine Beine hochstreichen. Ich stellte sie instinktiv etwas weiter auseinander; er fasste zwischen ihnen hindurch, fand, was er suchte, in Höhe meines Damms, und dann nach einem fast unhörbar leisen Ratschen fühlte ich, wie meine Möse feucht und schwitzig aus dem Latexanzug quoll. Jetzt verstand ich, dass zwischen meinen Beinen genau über der Muschi ebenfalls ein Reißverschluss saß. Es fühlte sich merkwürdig an, als meine unbekleidete

Möse so frei dalag. Hier konzentrierten sich jetzt alle Empfindungen. Der Sklave drückte ein Gel über den vibrierenden Kegel und lud mich mit einer Geste ein, darauf Platz zu nehmen. Ich kniete mich hin, senkte den Hintern und stülpte meine Schamlippen über die Spitze. Die Rotation war zu stark, ich ruckelte ein bisschen hin und her, bis die Spitze genau in meinem Möseneingang war und ich meinen Kitzler gegen das weiche, vibrierende Gummi pressen konnte, wenn ich mich vorbeugte. Es fühlte sich komisch an. Und geil. Es wäre perfekt gewesen, wenn die Spitze tiefer in meine Möse hineingereicht hätte. Aber vielleicht war es gerade die ungewohnte Konzentration auf den Scheideneingang, was das Ganze so heiß machte. Ich sog scharf die Luft durch die Nasenlöcher ein und wackelte ein wenig mit dem Hintern, schließlich hatte ich die beste Position gefunden. Und weil es schwierig war, so das Gleichgewicht zu halten, reichte mir der Sklave die Hand und stützte mich, während ich das Gerät ritt und mir in Windeseile einen durch und durch gehenden Orgasmus verpassen ließ.

Anschließend stellte ich mich schwankend auf die Füße und wartete einen Moment, bis der Schwindel nachließ. Der Sklave hielt immer noch meine Hand. Als er merkte, dass ich wieder bei mir war, küsste er sie formvollendet, zippte ganz vorsichtig meinen Mösenschlitz zu, wobei er behutsam meine Schamlippen nach oben drückte, damit er sie nicht einklemmte, und bückte sich, um den Kegel abzuschalten. Ich berührte ihn leicht an der Schulter und zeigte darauf, aber er schüttelte den Kopf, wischte das Gel auf dem Kegel ab und verstaute ihn wieder.

Gemma rief nach uns.

Wir gingen in das Zimmer, das ich bei Gemmas Führung nicht hatte sehen können, weil die Lampe kaputt gewesen war. Dort entdeckte ich die große, fast raumfüllende Giger-Maschine aus Rohren, Schläuchen, trüben Tanks und stampfenden Kolben. Gemma kontrollierte gerade eine Schalttafel und zeigte dann in die Mitte, in der eine Art großer Melkapparat mit einem Streckbett verbunden war.

»Da schnallen wir den Kunden gleich an. Die Füße kommen in diese Steigbügel, sein Penis in diesen Schlauch. Der dünnere Schlauch wird ihm rektal eingeführt, da pumpen wir später eine Mischung aus warmem Wasser und Öl rein. Die Kabel werden mit Klemmen an seinen Brustwarzen befestigt, und mit dieser Saugglocke können wir seine Atmung kontrollieren.«

»Sieht nicht ungefährlich aus, das Ganze«, warf ich ein.

Gemma nickte. »Eine Ärztin kommt dazu, aber die darf er nicht sehen. Eure Aufgabe ist es, die Maschine zu beschäftigen. Der Kunde will davon völlig verschluckt werden, ähnlich wie in *Metropolis* oder *Moderne Zeiten*. Da hinten an dem Kessel könnt ihr Dampf produzieren. Oben gibt es ein Rohr, das tutet. Den Keilriemen kann man mit der Kurbel auf der Rückseite bewegen.«

Es klingelte. Ein Gong ging durch die ganze Etage, und ich hörte, wie überall Türen geschlossen wurden.

»Es geht los«, sagte Gemma.

Abends war ich völlig erledigt, aber auch aufgekratzt. So ähnlich hatte ich mich als Teenager gefühlt, nachdem

ich das Fenster eines Lehrers mit einem Stein einge-
schmissen hatte. Sobald ich die Augen schloss, sah ich
die Giger-Maschine vor mir. Als würde man von Aliens
vergewaltigt. Das Ganze war roh gewesen, schmutzig.
Der Kunde hatte auch geschrien, aber am Ende lag er lächelnd wie ein sattes Baby da und schien völlig losgelöst
von der Welt.

Ich lag auf Gemmas Bett und hielt eine heiße Wärmflasche in den Händen. Das Geschirr unseres Abend-
essens stapelte sich daneben. Gemma zappte durch die
Kanäle, fand eine ihrer geliebten Verkaufssendungen,
strickte und kommentierte abfällig die Sammlerpuppen,
Bequemschuhe und Sportlerpillen. Erst als wieder Bas-
telbilder angeboten wurden, legte sie das Strickzeug weg,
rief an und fragte nach Regenbogenmotiven oder Tieren.
Es gab beides. Gemma bestellte fleißig und bekam dabei
ganz rote Bäckchen. Sie hielt mir die Fernbedienung hin,
und ohne lange darüber nachzudenken, schaltete ich die
DVD mit dem Schwulenporno an.

»Du hast einiges zu verdauen, was?«, sagte Gemma. »Aber
war es nicht auch aufregend und befreiend für dich?«

Ich nickte und wunderte mich im gleichen Moment
über mich selbst. Die Matrosen spuckten sich auf die Ro-
setten und fickten sich stampfend im Kreis, wie in einer
Musicalnummer. In einer Großaufnahme sah man ein
Hinterteil, das schon ziemlich malträtiert wirkte. Ich
musste wieder an den Kunden in der Giger-Maschine
denken, der am Ende nach einem besonders dicken Anal-
plug verlangt hatte.

»Stehst du auf Analsex?«, fragte Gemma. »Wenn man
sich meine Kundenkartei so ansieht, könnte man mei-

nen, das sei der Heilige Gral und Muschisex nur ein Trostpreis.«

Ich nickte. »Ich stehe mehr auf Po-Petting. Aber nur die Bambi-Variante. Ich mag es, wenn ich auf allen vieren knie und in die Muschi gefickt werde und mir dabei ein Finger in den Hintern geschoben wird. Auch beim Lecken natürlich. Gut nass muss er sein und nicht gleich der Daumen. Und auf jeden Fall muss man ihn rausziehen, wenn ich gekommen bin, danach stört es nur. Was mich aber nervt, ist dieser Leistungskrampf. Eigentlich hat mich jeder Mann, mit dem ich gevögelt habe, sehr schnell gefragt, ob ich ihn an meinen Arsch ranlasse. Und wenn ich dann Nein sage, komme ich mir vor wie 'ne prüde Jungfer. Als wäre das Sex für Fortgeschrittene. Als müsste man es zwingend tun, wenn man heiß und modern sein will.«

»Müssen muss man überhaupt nix«, knurrte Gemma. »Es ist ein reines Machtspiel. Lässt du mich die Kontrolle übernehmen oder nicht? Hast du noch Tabus oder nicht? Wenn mich einer fragt, ob er mich anal ficken darf, sag ich immer, klar – wenn ich das bei dir auch darf. Und dann zeige ich ihm einen Godemiché zum Umschnallen und eine Tube Gleitcreme. Bis auf einen haben alle einen Rückzieher gemacht.« Wir lachten.

»Kommen eigentlich auch Paare zu dir?«, fragte ich. »Bei denen es im Bett vielleicht nicht mehr so richtig läuft?«

Gemma räusperte sich, ihre Stricknadeln klapperten. »Eher selten. Das ist eigentlich nicht mein Geschäft, und ich mache es auch nicht gern. Bei mir geht es darum, etwas über sich selbst zu erfahren. Sex zu zweit ist eine ganz andere Kiste. Ein Hetero-Mann aus meinem Bekanntenkreis erzählte mir neulich, dass er bei einem Essen mit Freunden eingewilligt habe, sich von einem Mann einen blasen zu lassen, während seine eigene Frau zusah. Er meinte, es sei eigentlich *meine* Schuld gewesen, weil ich immer sage, ich verstehe nicht, wieso so wenige Männer bisexuell sind. Es muss doch großartig sein, von jemandem gelutscht zu werden, der genau weiß, worauf es ankommt. Das Ende vom Lied war: Ich behielt zwar Recht, er fand es großartig, aber seine Frau nicht. Jetzt weiß er etwas Neues über sich, dafür ist seine Beziehung hinüber. Paare sind mir zu kompliziert. Ich habe mit den Abgründen einer Person schon genug zu tun.«

Ich seufzte. Dann erzählte ich ihr von meinen wilden Träumen, in denen ich es mit einer ganzen Horde Menschen trieb, mich zur Schau stellte und rasend vor Geilheit keine Befriedigung finden konnte. Ich schilderte ihr plastisch eine Szene, die ich in New York einige Male geträumt hatte: Mitten in einem feinen Restaurant auf einem runden Captainstisch hatte ich es mir selbst besorgt, mit weit gespreizten Beinen. Die umsitzenden Gäste traten alle ganz nah heran und verschmierten Sauce und Lebensmittel über meiner Möse, um sie anschließend wieder sauber zu lecken. Während ich noch erzählte, war Gemma ganz eng neben mich gerutscht, hatte mir den Slip ausgezogen und meine geschlossenen Beine über ihre rechte Schulter gelegt, sodass unsere Gesichter sich berührten und sie mich hinter dem Sichtschutz meiner Oberschenkel und Knie befingern konnte.

Sie masturbierte mich nicht und drang auch nicht in mich ein, sie betastete mich nur, den Flaum meines nachwachsenden Schamhaars, die Klit, den Möseneingang, das Poloch, die runden Backen. Während ich erzählte und auf ihre Fragen antwortete, ging mein Atem stoßweise, denn mein Oberkörper war ziemlich eingequetscht, und ich bekam nur schwer Luft, aber ich wollte die ungewohnte Haltung nicht ändern, denn sie ließ mich vollkommen passiv sein. Ihre weichen Fingerkuppen strichen über die Wölbungen und Furchen und zeichneten die Konturen nach, verteilten die Feuchtigkeit um meine Möse herum, bis ich das Gefühl hatte, mein Geschlecht sei so geschwollen wie das eines Pavianweibchens. Ich stellte mir die ganze Zeit ihre langen weißen Finger auf meiner Möse vor, als wäre es eines dieser verwackelten Privatfilmchen auf YouPorn. Ich wusste nicht, was mich heißer machte, die Bilder in meinem Kopf oder das Gefühl, das ihre tastenden Finger in meiner Muschi verursachten. Ich liebe diese Fingerfuck-Einstellungen; ich kann mich gar nicht sattsehen an weit geöffneten Schenkeln, zwischen denen Finger streichelnd Schamlippen spreizen und Kitzler bearbeiten. Ich sehe gern das rhythmische Vor und Zurück der Hand, wenn ein oder zwei Finger in eine Fotze stoßen, oder auch wenn ein surrender Dildo darin herumfuhrwerkt.

Gemma merkte, dass ich schneller atmete, und ließ meine Beine von ihren Schultern rutschen. Sie positionierte einen meiner Oberschenkel so über sich, dass ich mit weit gespreizten Beinen dalag, und flüsterte mir ganz ruhig ins Ohr: »Schließ die Augen.« Ich flüsterte zurück, ob ich es mir selbst machen sollte, und sie antwortete: »Wenn du möchtest.«

Meine Hand glitt zwischen meine Beine. Gemmas Druck auf meinem Bein war so intensiv, als läge sie nackt über mir. Mein Finger glitt in meine Möse, und nach wenigen kreisenden Bewegungen des Handballens kam ich ganz sanft mit einem leisen Fiepen.

»Ich habe über deine frigiden Träume nachgedacht, ganz professionell«, fing sie am nächsten Morgen an. »Und wenn du meine fachliche Meinung hören willst: Ich kann mir vorstellen, dass dir eine andere Sorte Sex tatsächlich guttun würde. Es muss ja nicht für immer sein, aber im Augenblick wäre es vielleicht das Beste, das Erotische einmal komplett vom Gefühl abzukoppeln, um die Grundsituation zu ändern.«

Sie räumte unser Frühstücksgeschirr in die Spüle. »Bei der Giger-Maschine hattest du mit dem Kunden kaum was zu tun, vielleicht wärst du gern näher am Geschehen?«

Ich sah sie fragend an.

Gemma rasierte gerade ihren Kopf in einem kleinen Spiegel, der über der Kaffeemaschine hing, und setzte sich eine silbrigblonde Perücke auf, die adrett zu einem Knoten frisiert war. Dann eine Brille. »Heute kommt ein sehr netter Kunde. Eine Art Haustier. Er ist eine Ratte, um es genau zu sagen.«

Ich prustete los. »Und du hast ihm einen Käfig gebaut?«

»Nein«, Gemma schminkte ihre Lippen dezent rot und griff nach einem weißen Kittel, den ich für einen Bademantel gehalten hatte, »ein ganzes Labor.«

Das Zimmer war weiß gekachelt und mit Tischen, Computern und Zwingern zugestellt. Sogar der typische Geruchmix aus Tiermist, Futter und Krankenhaus waberte in der Luft.

»Die Konsole da«, Gemma zeigte auf eine blinkende Schalttafel, in der ich ein Teil der Giger-Maschine wiedererkannte, »haben wir mal für eine *Star-Trek*-Session bauen lassen. Das ist aber überhaupt nicht mehr hip. Schade. Ich war immer gern die Klingonin mit dem Bat'leth.«

Ich ging um ein großes Laufrad herum, das in einer Ecke stand und offenbar aus einem Rhönrad gefertigt worden war. Dann besah ich mir die Käfige genauer. Ein normaler Mensch würde zusammengekauert gerade eben so hineinpassen. Kabel mit Elektroden hingen in einem, Nadeln in einem anderen. Ein Glastank ließ sich komplett mit Wasser fluten. Es gab Zahnarztbohrer, diverse Messer und Klemmen sowie Vorrichtungen, um jemanden an der Wand festzuschnallen, »kopfüber, mit ausgekugeltem Schultergelenk an einem Arm oder an den Handgelenken«, wie Gemma mir erklärte.

Der Sklave brachte mir meine Verkleidung. Er näherte sich bis auf einen Meter, kniete sich dann vor mich und hielt mir mit gesenktem Kopf einen weißen Kittel entgegen. Ich nahm ihn, ohne etwas zu sagen, weil ich nicht wusste, ob man sich bei einem Sklaven bedanken durfte, schlüpfte in den Kittel, befestigte das kleine Schild mit »Assistentin« am Revers und nickte der jungen Ärztin zu, die ich schon vom Tag zuvor kannte. Auch sie trug einen Kittel, dazu einen Stapel Klemmbretter, und würde sich in einer Nische mit Aktenschränken beschäftigen, damit ihre Anwesenheit nicht so auffiel.

Meine Hände waren feucht, und mein Puls raste. Mir wurde schwindlig. Ich war unendlich erleichtert, dass es jetzt nicht um mich ging, und gleichzeitig war ich neugierig, was der Kunde wünschen würde und wie Gemma es herausfinden würde, ohne ihre Rolle als Teamleaderin eines Tierversuchslabors aufzugeben.

Es scharrte an der Tür. Ich öffnete. Vor mir kauerte ein dünner nackter kleiner Mann mit Plüschohren, langem weißen Schwanz, aufgeklebten Schnurrbarthaaren und angeklebten Nagezähnen, die bis weit über die Unterlippe reichten. Unser Kunde war da.

»Du bist nicht zart besaitet, das war wirklich eine harte Nummer«, sagte Gemma abends zu mir. Meinen blutbesprenkelten Kittel hatte ich im Labor gelassen, zusammen mit meiner Bluse. Ich musste mich einmal übergeben, was den Kunden seltsamerweise nicht wirklich irritiert hatte.

»Was war mit seinem Gesicht los?«, fragte ich, um nicht mehr an meinen kleinen Ausrutscher denken zu müssen. »Die Schnurrbarthaare sind implantiert«, erklärte Gemma, »das heißt, die Löcher dafür sind gepierct. Im Alltag hat er kleine Brillantenstecker im Gesicht. Wenn er zu mir kommt, nimmt er sie raus und schraubt die Schnurrbarthaare rein.« Sie strich mir mütterlich über die Wange. »Hast du jetzt genug?«

Merkwürdigerweise hatte ich das nicht. »Ich will auf die andere Seite. Weg von der Beobachterin. Ich bin nicht scharf auf Schmerzen oder Demütigung, aber ich möchte ein Mal diese Grenze spüren, vielleicht gar nicht überschreiten, nur wissen, wo sie liegt.«

In der Liebe wusste ich das offenbar nicht. Die war für mich grenzenlos. Möglicherweise hatte ich aber von meinem Mann zu viel gefordert. Vielleicht hatte ich einfach kein Gespür dafür, wie viel ich geben konnte, und dadurch nicht bemerkt, dass es ihm zu viel wurde. Auch meine Affären mit Hilde und Samir waren mir entglitten. Es erschien mir vollkommen logisch, auf Gemmas überwachter und durchdachter Spielwiese auszuprobieren, wer ich eigentlich war. Im Guten wie im Schlechten.

Gemma sah mich lange an. Ihre Augen waren groß und dunkel wie die einer Eule; überhaupt hatte sie heute Abend etwas Vogelartiges, halb Raubvogel, halb Glucke. Sie ging zu einer kleinen Nische, kramte darin herum und schob mir eine Mappe über den Tisch. Es war wie in einem Fernsehkrimi, wenn die Kommissarin fragt: »Erkennen Sie diesen Mann?«

Aber Gemma sagte erst einmal gar nichts. Ich öffnete die Mappe und sah Fotos von einem ganz und gar unscheinbaren Mann. Mittelgroß, mittelblond, mittelschlank. Er wäre mir in einer Menschenmenge nie aufgefallen. Manche Fotos waren unten im Club aufgenommen worden, andere offenbar heimlich mit Teleobjektiv. Dahinter steckten eng beschriebene Seiten, angeheftete Briefe, kleine Zettelchen, sogar ein vollgekritzelter Bierdeckel.

»Das ist jemand, den ich bisher als Kunden immer abgelehnt habe.« Gemmas Stimme klang dunkel und ernst, und zum ersten Mal sah man ihr an, dass sie mindestens Mitte vierzig sein musste.

»Ganz am Anfang, als ich mein Studio eröffnet habe, lief es sehr schlecht, die Leute waren noch nicht so weit, sich für ihre geheimsten Fantasien zu interessieren. Die erwarteten gespreizte Schenkel und Lederpeitschen. Ich hatte private Probleme, und bei einer Razzia bin ich mit Koks und Heroin erwischt worden. Gekokst habe ich selbst, den anderen Stoff habe ich unten in der Bar vertickt. Er hier«, sie tippte auf das Foto, »hat damals den Einsatz geleitet.«

»Aber er hat dich nicht verhaftet?«

Sie schüttelte den Kopf.

Stattdessen hatte er sie erpresst. Er gab ihr das Geld, mit dem sie die ersten Inszenierungen für seine Freunde verwirklichen konnte. Das machte in den entsprechenden Kreisen die Runde, und ihr Geschäft lief. Seitdem kassierte er monatlich mit und fragte auch regelmäßig an, wann er endlich an der Reihe sei.

Ich überlegte, was er verlangen könnte, das Gemma nicht anbot. Kinder? Snuff? Kannibalismus?

Gemma zuckte mit den Schultern. »Ich weiß es nicht genau«, sagte sie. »Eine Freundin bietet in Amsterdam ähnliche Dienstleistungen an wie ich. Eine andere in London hat ein relativ konventionelles S/M-Studio, in dem aber auch Sonderwünsche erfüllt werden. Das war neulich in den Schlagzeilen wegen so einer Nazinummer und irgendeinem Formel-1-Promi, vielleicht hast du das mitbekommen. Wir tauschen uns regelmäßig aus und erzählen uns, was wir so an Gerüchten hören. Niemand weiß Genaues, nur dass der hier so pervers sein muss, dass er in sämtlichen Clubs, die wir drei kennen, Lokalverbot hat. Meine englische Freundin hat erzählt, dass er auf betäubte Frauen steht, deren Körpertemperatur heruntergekühlt werden muss. Dann ist wieder von Vergewaltigungen die Rede. In Amsterdam läuft dieses

Vampirdings gut. Du hast diese Freundin übrigens kennengelernt; sie hat die Vampirfotos von uns beiden geschossen. Es geht das Gerücht, dass er es bei einer Session übertrieben hat. Das Mädchen wusste nicht genau, worauf sie sich einließ, und ist später mit einem Blutverlust, der nicht mehr lustig war, ins Krankenhaus gekommen. Ein paar Wochen später habe ich einen anonymen Zettel bekommen, auf dem stand, er habe versucht, ein anderes Mädchen zu pfählen. Ob das stimmt, weiß ich nicht, aber es hat in dieser Zeit Angriffe und auch zwei tote Mädchen gegeben, im Gothic-Milieu in Amsterdam und Maastricht.«

Ich schluckte. Kein Wunder, dass sie ihn loswerden wollte.

»Die einzige Möglichkeit, damit er endlich verschwindet, ist eine Session. Er hat gesagt, wenn ich seinen Geschmack treffe, würde er mich in Ruhe lassen.«

Wir saßen lange schweigend am Küchentisch. Dann nahm ich Gemmas Hand und sagte: »Ich vertraue dir. Denk dir was für ihn aus. Ich mache mit.«

Das, was Gemma sich ausdachte, war eine Kiste. Massives Kirschholz, mannshoch, sehr eng, mit einer funzeligen Beleuchtung. Sie wurde aufrecht stehend hinten verschlossen und hatte an der Rückwand einen Eisenring. In der Mitte war sie durch ein dickes Drahtgeflecht geteilt. Gemma führte mir die Kiste vor, als ihre Mitarbeiter gegangen waren.

»Er wird hier drin stehen, mit dem Gesicht zum Draht. Seine Hände sind hinter dem Rücken gefesselt und mit einer Eisenkette am Ring befestigt. Dann wird die Kiste geschlossen. Sie steht in einer Art leerem Bassin. Du wartest schon darin, nackt, mit einer Augenbinde und Wachspfropfen in den Ohren. Deine Hände werden auf dem Rücken gefesselt sein. Es ist niemand sonst im Raum. Du bist ganz allein mit ihm. Er kann dich sehen und riechen, und, das ist das Entscheidende – er wird dich mit der Zungenspitze berühren können.«

Ich zuckte zusammen.

»Seine Hände sind gefesselt, und er kann dich nicht beißen, dazu ist das Drahtgeflecht zu engmaschig. Und glaub mir, das hat seinen Sinn, denn er würde genau das tun, wenn er könnte. Ihr steht dicht zusammen. Das Bassin wird mit Erde gefüllt. Oben ist eine Vorrichtung, damit ihr Luft bekommt, aber im Prinzip begraben wir euch gemeinsam. Es wird für dich ein klaustrophobischer Alptraum, fünf Minuten lang, sobald wir die Kiste ganz mit Erde zugeschüttet haben. Das klingt kurz, ist aber das Limit für solch einen Kontrollverlust. Wenn alles gutgeht, hat er danach seinen Spaß gehabt – und wir sind ihn los.«

Ich zitterte und schwitzte. Meine Haut fühlte sich kalt an, und im Mund hatte ich einen galligen Geschmack. Ich fühlte, wie sich Panik in mir breitmachte, und griff nach Gemmas Hand. Sie erklärte mir alles noch einmal: die Kiste, den Ring, das Drahtgeflecht, die Erde, Augen zu, Ohren zu, fünf Minuten, sein Atem, seine Zunge. Ich krallte meine Fingernägel so fest in Gemmas Hand, dass es ihr wehtun musste. Dann nickte ich.

»Please could you stay a while to share my grief / For it's such a lovely day / To have to always feel this way / And the time that I will suffer less / Is when I never have to wake.«

»Wandering Stars« von Portishead lief im Radio mit dieser sexy selbstmörderischen Melodie, als Gemma mir die Ohren mit einer Art Knetgummi verschloss. Ich hatte nicht damit gerechnet, dass es so ein Schock sein würde, wenn die Geräusche plötzlich wie abgeschnitten schienen. Man kennt das Gefühl unter Wasser oder bei einer Mittelohrentzündung, aber so komplett von der Außenwelt abgeschnitten zu sein, von einem Moment auf den anderen, ist etwas ganz anderes.

Ich zog mich aus und betrat mit Gemma den Raum, in dem das Becken mit der Kiste stand. Sie ging mit mir näher ran und hielt dabei die ganze Zeit Körperkontakt. Sie stand immer so, dass wir uns ansehen konnten. Dann fragte sie mich mit den vereinbarten Handzeichen ein letztes Mal, ob ich es wirklich tun wollte. Ich gab mein Okay. Sie fesselte mir die Hände auf dem Rücken und verknotete die Augenbinde hinter dem Kopf. Eine Weile stand sie hinter mir, hielt mich fest umschlungen, und ich konnte ihren Atem auf meinem Rücken fühlen, warm und gleichmäßig. Ich versuchte, mich dem ruhigen Rhythmus anzupassen, und als mein Zittern nachließ, führte sie mich zwei Schritte vorwärts. Ich spürte den Boden der Kiste unter meinen Füßen. Auch der Moment, als die Tür hinter mir geschlossen wurde, erzeugte ein merkwürdiges Gefühl von Übersensibilität, nachdem Seh- und Gehörsinn quasi ausfielen.

Ich wippte leicht zu allen Seiten und berührte die Holzwände, um mich zu orientieren. Dann wartete ich. Die Panik war nicht da wie ein Schmerz, sie kam in Wellen. Es ähnelte diesem Moment, wenn man plötzlich in der eigenen Wohnung eine große behaarte Spinne entdeckt und für den Bruchteil einer Sekunde glaubt, die Wahl zu haben zwischen Hysterie und Gelassenheit. Aber genau in dem Moment, in dem man meint, das Ganze bewältigt zu haben, überfällt sie einen, die Panik. Die Körpertemperatur sinkt schlagartig, man beginnt zu schwitzen, die Atmung stockt, der Puls rast, eine Gänsehaut überzieht Nacken und Arme. Und man hat keine Wahl mehr, keine Alternative mehr zur Angst.

Ich versuchte, mich an alles zu erinnern, was Gemma mir erklärt und erzählt hatte. Über den Luftschacht, die Konstruktion der Kiste, den Zimmermann, der sie angefertigt hatte, die Scharniere, das Becken, das Unternehmen, das die Erde angeliefert hatte, die Kette, mit der der Perverse an seiner Rückenwand der Kiste gefesselt sein würde. Und vor allem: Er kam nicht an mich heran, Gemma hatte alles genau abgemessen, höchstens seine Zungenspitze konnte mich erreichen. Die Kiste war so eng, dass meine Nase, mein Kinn, meine Brustwarzen, der Bauch und die Oberschenkel das Gitter berührten. »Es geht ihm um den Thrill, es ist eine Fantasie«, betete ich mir immer wieder vor. »Es passiert nichts. Gemma würde mich nie in Gefahr bringen. Er kann seine Hände nicht lösen. Er kann nicht durch das Gitter.«

Erst spürte ich einen Luftzug. Und dann seine Anwesenheit. Ich hatte auf einer Esoterikmesse einmal Aufnahmen einer Spektralkamera gesehen, die den Astralleib, die Aura eines Körpers abbildete. Aber ich hatte es für Humbug gehalten, für ein rein physikalisches Wärmefeld – bis zu diesem Augenblick. Ich spürte ihn. Und ich wusste sofort, dass er gefährlich war, kalt, hinterhältig, bösartig. Ich spürte das, bevor ich ihn atmen fühlte und ihn roch.

Kein Parfüm, nur ganz leichter Seifengeruch drang zu mir herüber und der Hauch einer Zigarette. Kein Atem, sondern der Rauch, der in der Kleidung steckte. Ich presste meine Kiefer aufeinander, er sollte nicht hören, dass meine Zähne vor Angst klapperten.

Von oben kam ein Rumms, die erste Schaufel Erde. Gemma hatte Hilfskräfte dafür engagiert; sie selbst würde die Lüftung kontrollieren und versuchen, durch den Schacht zu hören, was unten passierte. Meine Haut war so von Gänsehaut überzogen, so gespannt, dass sie wie ein zu großer Neoprenanzug auf mir saß.

Ich hatte mit einem Mal das Gefühl, wir hätten etwas übersehen, Gemma und ich. Und mit jeder Schaufel Erde, die auf uns prasselte und deren Erschütterung ich in der Kiste spüren konnte, verstärkte sich die Gewissheit, dass etwas schiefgehen würde, dass es für mich richtig gefährlich werden konnte. Mir wurde übel, die Knie gaben leicht nach. Einen absurden kurzen Moment lang hatte ich den Wunsch, einfach einzuschlafen, so wie man in Alpträumen manchmal mitten in der größten Anspannung wie von einer Regisseurstimme gefragt wird, ob man aufwachen möchte. Aber immer, wenn ich dachte, ich hätte mich jetzt unter Kontrolle und würde die fünf Minuten ab dem vereinbarten Klopfen auf dem Deckel schon überstehen, steigerte sich die Angst noch einmal. Ich war jetzt aufmerksam wie ein Raubtier oder vielleicht eher wie eine Beute. Ich konnte ihn atmen fühlen. Es waren ganz gleichmäßige, tiefe Züge, was in mir das Gefühl verstärkte, die Verliererin dieses Spiels zu sein. Er war nicht einmal aufgeregt. Er blieb ganz ruhig und wartete ab, wartete auf die letzte Schaufel und darauf, dass wir allein waren. Allein auf der Welt, allein in seiner perversen Fantasie, in der er über mich herrschen konnte.

»Wandering stars, for whom it is reserved / The blackness of darkness forever.« Ich wusste jetzt, dass es ein Fehler gewesen war, mich darauf einzulassen, und wollte nur noch, dass es schnell vorbei war. Was immer passieren sollte, es sollte jetzt anfangen. Und das tat es.

Ich fühlte seine Zungenspitze am Kinn. Wie eine Nacktschnecke kroch sie auf mir herum. Ich fühlte den Speichel, erst warm, dann kalt, dann klebrig trocknend. Er beleckte mich. Die Einsamkeit und das Unausweichliche der Situation waren erschlagend. Ich hatte mich noch nie so ausgeliefert gefühlt. Und obwohl ich es in dem Moment nicht formulieren konnte, wusste ich, dass ich das nie wieder erleben wollte, dass es mir keinen Weg aufschließen, mich nicht bereichern oder stärken würde, dass hier eine Grenze überschritten wurde, die mich zu reinem Fleisch machte, und dass ich nie wieder etwas Ähnliches zulassen durfte.

Ich versuchte, abzuschätzen, wie lange wir schon vergraben waren; vielleicht hatte ich die Hälfte der Zeit geschafft, vielleicht auch erst eine Minute. Immer noch saß mir das Gefühl im Nacken, dass er Gemma einen Schritt voraus war.

Es fühlte sich im ersten Moment wie ein Kratzen an, wie ein Drähtchen, das über mein Kinn gezogen wurde. Ich versuchte, es einzuordnen und zu verstehen, was gerade passierte. Ob ich es mir in der Panik vielleicht einbildete? Aber dann wiederholte sich das Kratzen auf der anderen Seite meines Kinns.

Ich weiß bis heute nicht, wieso es mir plötzlich klar wurde, als hätte mir jemand die Augenbinde abgenommen und das Licht eingeschaltet. »Those who have seen the needles eye, now tread / Like a husk, from which all that was, now has fled / And the masks, that the monsters wear / To feed, upon their prey.« Etwas kratzte wieder durch mein Gesicht. Ich sah es ganz deutlich vor mir: seinen gegen das Drahtgeflecht gepressten Körper, die herausgestreckte Zunge und an deren Spitze etwas Blinkendes.

Ein Piercing.

Gemma hatte vergessen, seine Zunge noch einmal zu kontrollieren. Ich hatte mich nie für Piercings interessiert, ich wusste nicht, wie sie gestochen oder befestigt wurden, aber ich sah eine rote Zungenspitze mit einer Rasierklinge daran.

Er zerschnitt mir das Gesicht. Ich war vergraben mit jemandem, der mir das Gesicht zerschnitt.

Ich begann zu schreien und drehte den Kopf weg, glaubte aber weiterhin, das Kratzen überall auf der Haut zu spüren. Ich fühlte kaum Schmerz, es war ein hauchdünnes, kaum spürbares Gefühl, nicht vergleichbar mit dem, was man unter einer Tätowiernadel oder einem Messer erleben kann. Aber die Vorstellung, wie er mich zurichtete, war reine Folter. Ich konnte nicht abschätzen, wie tief die Schnitte waren. Ich malte mir mein Gesicht blutüberströmt und entstellt aus und konnte mein Schreien nicht mehr kontrollieren. Augenblicklich fing die Kiste an zu ruckeln. Gemma ließ sie aus der Erde ziehen. Ich fühlte es schwanken, fühlte, wie die Tür geöffnet wurde. Ich fiel zurück, in ihre Arme, schnappte nach Luft, weinte, wimmerte. Jemand warf eine Decke über mich und trug mich weg.

Halb ohnmächtig fand ich mich auf einem Sofa liegend wieder. Gemma nahm mir die Augenbinde ab und entfernte die Ohrstöpsel.

»Es ist alles in Ordnung, es ist vorbei«, sagte sie immer wieder und rieb meine eiskalte Haut. Ich fasste mir ins Gesicht, das feucht war, und sah auf meine blutigen Hände. Bevor ich wieder anfangen konnte zu schreien, sagte Gemma auch schon: »Es ist alles in Ordnung. Es sind drei oder vier kleine Schnitte, aber sie sind ganz oberflächlich, da bleiben keine Narben, hörst du, keine Narben.«

Ich wollte nur noch schlafen. Es kam mir so vor, als hätte ich mich schon seit Ewigkeiten gegen die Müdigkeit gewehrt. Ich hörte in meinem Kopf wieder die Stimme von Beth Gibbons. »Wandering stars, for whom it is reserved / The blackness of darkness forever.« Ich schloss die Augen, Gemma glitt neben mich auf die schmale Couch, und da lagen wir, bis es draußen hell wurde und sie mich in ihr Zimmer unterm Dach brachte.

Aber es war nicht vorbei.

Die Schnitte an meinem Kinn verheilten schnell. Nur der Perverse hielt sich nicht an die Abmachung, die er mit Gemma gemacht hatte.

»Er hat Blut geleckt«, sagte sie, »im wahrsten Sinn des Wortes.«

Er gab ihr die sichergestellten Drogenpäckchen nicht zurück, und er verschwand auch nicht aus ihrem Leben. Er stellte eine letzte Forderung: eine Sklavia. Mich. Keine Fesseln, keine Überwachung, keine Tabus, keine Regeln. Wir wussten beide, was das hieß.

Gemmas Freundinnen aus Amsterdam und England reisten an. Ich sah ihren Stab erstmals vollzählig versammelt und auch eine Reihe von Frauen und Männern, die ich nicht kannte. Sie siezten Gemma und sprachen sie mit »Frau Manussen« an, was ich befremdlich fand. Sophia war mit ihrem Harem gekommen. Sie küsste mich herzlich auf beide Wangen, begutachtete meine fast verblassten Kratzer und stellte mir ihre Männer vor. Gemmas Freundinnen hatten dicke Mappen dabei, und bald waren alle im Club damit beschäftigt, zu telefonieren oder an Laptops zu arbeiten.

Gemma hatte die Tische so aufgeteilt, dass sich eine Gruppe ums Juristische, eine um die Finanzen, eine um die Party und ihr eigener Kreis um Helsing kümmerte, denn so hatten wir den Kunden inzwischen getauft, nach dem Vampirjäger in *Dracula*. Ich ging zwischen ihnen hin und her, kopierte dies und jenes im Büro, kochte frischen Kaffee, brachte eine Mappe von einem Tisch zum nächsten und fühlte mich ziemlich nutzlos. Stillsitzen fiel mir schwer. Normalerweise hätte mich das alles interessiert, denn ich hatte schon immer ein Faible für logistische Herausforderungen gehabt, aber diesmal war ich zu nervös, und schließlich schickte Gemma mich nach oben.

Kaum war ich allein, hielt ich es fast nicht mehr aus. Ich wollte meinen Mann anrufen, Gemma hatte eben mit ihm telefoniert, um ihm von unserem Plan und seiner Rolle darin zu erzählen. Sie hatte mich dazugeschaltet, und nachdem ich seine Stimme gehört hatte, vermisste ich ihn wieder. Und ich war auch wütend, weil es im Grunde, wenn man ganz weit in der Geschichte zurückging, seine Schuld war, dass ich jetzt hier saß und mich gedanklich auf meine eigene Versteigerung vorbereitete.

Zum ersten Mal formulierte ich es so explizit in meinem Kopf: Ich hatte eingewilligt, mich bei der Silvesterparty von Gemmas Studio versteigern zu lassen.

Gemma wusste, dass diese Situation Helsing noch zusätzlich anstacheln würde. Bei dem Gedanken, wieder in einem Raum mit ihm zu sein, wurde mir regelmäßig schlecht. Ich tat das alles nicht nur wegen Gemma, obwohl ich ihr gern helfen wollte, ihn loszuwerden. Vor allem war ich um meinetwegen einverstanden gewesen. Ich wollte es ihm heimzahlen.

Der Wunsch, mit meinem Mann zu sprechen, war genauso schnell vorbei, wie er gekommen war. Es würde schwierig genug für mich werden, ihn bei der Versteigerung wiederzutreffen. Und sollte mir etwas zustoßen, wäre er daran nicht unschuldig. Er sollte ruhig sehen, was passieren kann, wenn man Vereinbarungen bricht und eine Verbindung auflöst, die jedem Beteiligten Glück und Sicherheit geboten hat.

Aber mit irgendjemandem musste ich reden. Mit einem Freund, der mich zum Lachen bringen konnte. Ich wählte Leos Nummer.

Nach dem ersten Klingelton hob er ab; wie üblich verbrachte er wohl die Nacht in der Dunkelkammer.

»Hey! Da ist ja der Star aus *Pipi Langbums*!«

»Selber hey.«

»Komisch, dass du gerade heute anrufst. Ich hab eben noch an unseren Kanal gedacht. Kennst du den grünen Hulk? Wär es nicht lustig, wenn wir einen Film machten mit einem kleinen schmächtigen Typen, der einen winzigkleinen Schwanz hat, und immer wenn er sich ärgert, wird der grün, schwillt zur Riesenmaschine an und sprengt seine Shorts? *Der grüne Hulk und die Monstermuschi.*«

Ich entspannte mich langsam.

»Ich glaube nicht, dass wir mit grünen Schwänzen wirklich groß rauskommen. Aber es ist schön, mit dir über Sex zu reden.«

Leos Schreibtischstuhl quietschte. »Aha, über Sex reden würdest du gern. Was hast du denn gerade an?«

»Unterwäsche. Und einen riesigen Quilt.«

»Vergessen wir den Quilt. Und am besten auch die Unterwäsche. Leg den Hörer weg, und wer am schnellsten nackt ist, hat gewonnen.«

Er war schneller. Ich vermutete, er hatte ohnehin nicht viel an. In seiner Dunkelkammer war es immer brütend heiß.

»Wo hast du deine Hand, die nicht den Hörer hält?«

»Auf dem Bauch.«

»Schieb sie tiefer. Ich will, dass du dir die Schamlippen streichelst.«

Ich fing an und stöhnte bald leise.

»Mach sie auseinander. Rein in die Pussy. Geh dir über die Klit. Die würde ich dir jetzt gern lecken. Ich hab seit Ewigkeiten keine Muschi mehr gelutscht.«

»Dabei konntest du das immer besonders gut.«

Gemmas Katze saß am Fußende des Bettes und beobachtete mich. Ihre blauen Augen starrten interessiert aus ihrer Zorro-Maske genau zwischen meine Beine. Ich versuchte, sie zu ignorieren, aber sie verfolgte die Finger über meiner Möse wie ein neues Spielzeug. »Ja, guck nur«, zischte ich und hielt den Hörer mit der Hand zu, »du bist nicht die einzige Muschi hier im Bett.«

»Steckst du dir schon einen Finger rein?«

»Ja, den Mittelfinger, dann hab ich den Daumen für den Kitzler frei.«

»Dein Fötzchen ist bestimmt schon ganz feucht.«

»Ich laufe über. Ich bin pitschnass. Du könntest deinen Schwanz direkt in mich reinschieben.«

Jetzt stöhnte er. Ich hörte wieder seinen Schreibtischstuhl quietschen.

»Oder vielleicht lieber erst mal die Eichel ein Stückchen anbumsen. Und dann immer tiefer und ficken. Hast du Vaseline da?«

Er grunzte.

»Dann schmier dir die jetzt um deinen Schwanz und wichs dich. Mach die Augen zu. Kannst du fühlen, wie du in meiner Möse bist?«

»Sag Fotze.«

»Wie du in meiner Fotze bist? Vielleicht steige ich einfach über dich und reite dich auf deinem Chefsessel in der Dunkelkammer.«

»Dann kann ich deine Arschbacken dabei anfassen.«

»Und du kannst meine Titten sehen.«

»Ah, ficken mit dir ist immer schön.«

»Ins Fötzchen ficken, ja. Ich hab deinen Schwanz auch gern drin. Jetzt besorg's mir.«

Der Schreibtischstuhl quietschte heftiger. Leo stöhnte laut und kicherte heiser.

»Und jetzt du! Wie willst du es haben?«

»Leck mich! Leck mir das Fötzchen.«

»Dann setz dich auf den Schreibtisch und spreiz die Beine. Ich will mir deine geile Muschi genau ansehen. Du tropfst ja richtig. Ich schiebe zwei Finger in dich rein und mach die Zunge ganz weich und dann wieder hart, wenn ich dich damit ein Stückchen tiefer in der Ritze kitzle.«

Ich wimmerte leise.

»Ich fick dich mit den Fingern. Deine Fotze ist so glitschig und heiß, du kriegst gar nicht genug und machst die Beine immer breiter. Und ich fick dich und leck dir die Bumspussy ...«

Ich schrie kurz auf, dann musste auch ich lachen.

»Bumspussy?«

Eine Weile atmeten wir nur. Ab und zu räusperte sich einer von uns beiden. Seine Stimme klang sehr warm und sehr nah.

»Geht's dir gut?«

»Mmm, ich hab gerade ein bisschen Stress. Mein Abgang in New York war ja auch nicht so richtig toll.«

»Madhuri hat mich angerufen. Sie findet es schlimm in New York und will zurück. Übrigens auch zurück zu mir.«

»Und?«

»No way.«

»*Wir* bleiben aber weiter in Kontakt, auch wenn die Sache für dich endgültig vorbei ist, ja?«

»Klar.«

»Und wir sehen uns bald?«

»Ganz bald.«

Einige Tage vor Silvester war es so weit. Die Verhandlung mit Helsing stand an.

Ich war nackt und trug wieder die Augenbinde, was weniger ein Zugeständnis an seine Vorlieben war, sondern eher mein Gesicht vor ihm verbergen sollte, das er ja bisher noch nicht gesehen hatte. Ohrstöpsel kamen nicht infrage, das Treffen mit Helsing war für mich auch so schon alptraumartig genug.

Ich saß auf einem einfachen Holzstuhl in einer Zimmerecke. Gemmas Absätze klackten über den Boden, sie trat fest und hart auf, als wollte sie mit den hohen Hacken jemanden aufspießen. Helsings Schritte waren kaum zu hören. Wahrscheinlich trug er Turnschuhe. Den angebotenen Stuhl schob er nicht weg, sondern hob ihn an, sodass ich auch von der Art, wie er sich hinsetzte, kaum etwas hören konnte. Einmal räusperte er sich leise, ein anderes Mal klopfte er eine Zigarette auf und zündete sie mit einem Streichholz an. Gemma und Helsing schwiegen sich über den Verhandlungstisch hinweg an.

»Erstens«, sagte Gemma, »keine Tricks diesmal. Sie werden mir die Drogenpäckchen vorher aushändigen, sonst erhalten Sie keinen Zutritt zur Versteigerung. Und ich werde sie auch dann behalten, wenn die Kleine an einen anderen Bieter gehen sollte.«

Sie gab sich Mühe, möglichst geringschätzig zu klingen, als sei ich eine Ware für sie, die sie gerade bei eBay verticken wollte.

»Zweitens: Es ist eine reale Auktion. Bietet jemand mehr als Sie, geht der Zuschlag an den anderen.«

»Drittens«, unterbrach Helsing sie mit einer leisen und trotzdem überdeutlichen Stimme, die klang, als würde er ein Gedicht rezitieren, »werde ich nicht persönlich anwesend sein.« Er betonte jede Silbe, machte deutliche Pausen und sprach Buchstabe für Buchstabe aus, wie jemand, der sich selbst beim Sprechen genießt und bewundert. »Das werden Sie sicher verstehen. Nicht, dass Sie auf die Idee kommen, sich selbst anzuzeigen, um mich bei einer bestellten Razzia auffliegen zu lassen. Ich werde einen Mittelsmann schicken.«

Er trank einen Schluck, und ich zuckte zusammen, als er unvermittelt sagte: »Das Stück soll mal die Beinchen aufmachen, ich will sehen, was ich kaufe.« Gemma herrschte mich mit einem »Szybciej, dawaj!« an, und ich befolgte ihren Befehl.

Helsing lachte heiser. Über meinen Rücken zog sich eine dicke Gänsehaut, die mir die Nackenhaare aufrichtete. Aber diesmal fühlte ich mich ihm trotz meiner demütigenden Lage ebenbürtig, denn diesmal hasste ich ihn. Ich hasste ihn so sehr, dass mir kein Fehler mehr passieren würde.

Gemma und Helsing machten ein Anfangsgebot von zehntausend Euro aus. Der letztendliche Zuschlag würde sehr viel höher sein, und das, was er glaubte, dafür zu bekommen, unbezahlbar. Ich fragte mich, ob diese Situation eine Premiere für ihn war, weil er mir nervös vorkam. Er atmete manchmal ruckartig ein, als bliebe ihm die Luft weg, dann wieder musste er sich räuspern. Oder er saugte so gierig an seiner Zigarette, dass ich sie knistern hörte. Ich wollte mich aber nicht von seiner Unsicherheit einlullen lassen; ich wollte nicht unvorsichtig werden. Ich würde Gemma, Sophia und die beiden Freundinnen, die die Verhandlungen über einen Monitor verfolgten, später danach fragen.

Stühle wurden zurückgeschoben, Hände geschüttelt und eine Tür geöffnet. Man war sich handelseinig. Und die Silvesternacht schien allen der geeignete Termin zu sein.

Als ich die Tür zum Club öffnete, war das schnaufende Wimmern eines Akkordeons das Erste, was ich hörte. Erst dann kamen die Stimmen, das Gläserklirren und Lachen dazu. Eine Gitarre und eine Violine setzten ein, und die leicht schräge, melancholische Musik wurde lauter. »Malena«, argentinischer Tango. Das war Gemmas Geschenk für mich, denn ich liebe Tango. Es ist der ausdrucksstärkste Tanz, den ich kenne, ein Bordelltanz. Mit seiner Mischung aus Unterwerfung und Beherrschung passte er zum Anlass.

Der Sklave kam auf mich zu, wie immer komplett in seinem Lackoutfit verborgen. Einen Moment lang dachte ich, dass auch er Helsing sein könnte, dass er seit Wochen neben uns leben könnte, ohne dass wir es wüssten. Aber als er mir formvollendet die Hand reichte, schob ich den Gedanken beiseite.

Alle Männer in dem Raum waren in Frack oder Smoking gekleidet; die wenigen Frauen trugen Abendkleider. Nur das Personal steckte in Leder- oder Lackkostümen, und nur ich war nackt bis auf die hochhackigen Stiefel. Wir alle trugen Masken, die fast das ganze Gesicht bedeckten.

Die Musik wechselte zu »Mi Buenos Aires Querido«; ich summte leise mit. Der Sklave blieb an einer Stelle mitten im Raum stehen, wo wir ein bisschen Platz hatten, umfasste meinen Oberkörper, zog mich an sich und begann mit einer Sacada, einem leichten Druck auf meinen Oberschenkel. Mein Bein glitt wie von selbst zurück in den ersten langen Caminarschritt. Ich schloss die Augen und genoss seine Führung, ohne mich darüber zu wundern, dass ausgerechnet ein Sklave so dominant tanzte, denn beim Tango ist alles möglich. Als mehrere Paare dazukamen, hielt mich der Sklave noch enger. Er tanzte elegant und unaufdringlich. Fast hätte ich einen Moment vergessen, warum ich hier war.

Ich bewunderte zwei Frauen neben uns, die immer wieder in eine extreme Schräge tanzten und sich erst in letzter Minute mit Drehungen abfingen.

Der Sklave brachte mich zur Bar, wo Gemma mich küsste und mir ein Wodkaglas hinstellte, natürlich aus meiner speziellen Flasche, in der nur Wasser war – schließlich brauchte ich einen klaren Kopf.

Die Gäste feierten gut gelaunt. Ich erkannte den japanischen Freund von Sophia an seiner Frisur und auch Gemmas Freundinnen, die beim Kellnern aushalfen. Hinter Gemmas Bar stapelten sich die Champagner- und Wodkaflaschen. Luftschlangen und Glitzerkonfetti flogen durch den Raum. Mir war, als sei ich auf der falschen Veranstaltung, denn niemand verhielt sich so, als würde es bald eine Versteigerung geben.

Immer wieder forderte mich jemand zum Tanzen auf, und da ich nicht ablehnen durfte, fügte ich mich. Die meisten nutzten die enge Tanzhaltung, um mit ihrer

Hand auf meinem Rücken tiefer zu rutschen, bis sie einen Finger zwischen meine Pobacken schieben konnten. Ein kleiner, kahlköpfiger Mann saugte, während wir tanzten, an meiner Brust. Eine Frau rieb sich während eines Boléro an meinem Knie, sodass ich fühlen konnte, dass sie unter ihrem Kleid nackt und sehr feucht war. Zum Abschluss eines Lieds küssten mich die meisten auf den Mund, und wenn ich zu meinem Platz an der Bar zurückging, wurde ich befingert und gekniffen.

Ein Mann wollte unbedingt einen Vergleich zwischen der Möse seiner Frau und der meinen anstellen und steckte ihr seinen linken und mir seinen rechten Zeigefinger hinein. Was ihn offenbar erregte, denn er lief knallrot an und dicke Schweißperlen traten auf seine Stirn.

Dann läutete Gemma eine große Glocke. Es war Viertel vor zwölf, noch eine Viertelstunde bis Mitternacht.

Ich sah mich immer wieder um, ob ich jemanden erkannte, aber das Gewimmel der Menschen war so dicht, und die Masken verbargen die Gesichter. Ich stieg auf den Tresen und ging einige Male hin und her. Dann setzte ich mich auf die Kante und wartete Gemmas Instruktionen ab.

Schlagartig wurde es still im Raum.

»Dies ist, wie ich Ihnen schon angekündigt habe, eine besondere Versteigerung«, begann sie, »um Punkt zwölf erfolgt der Zuschlag. Der Meistbietende erhält diese entzückende Sklavia zur freien Verwendung. Es gibt keine Limits und keine Regeln. Das Anfangsgebot liegt bei zehntausend.«

Noch neun Minuten bis zum Zuschlag. Ich erlebte alles wie in Zeitlupe. Mir war kalt, aber ich zitterte nicht.

Ich fühlte mich wie ein Stück Wachs. Das erste Gebot kam. Dann noch eins. Es war klar, dass Helsing am Anfang nicht mitbieten würde, er würde sich erst durch das Verlangen der anderen anheizen lassen. Dann ging alles sehr schnell. Die Gebote schossen in schwindelerregende Höhen. Gemmas Stimme, die die Summen wiederholte, und das Geraune im Club vermischten sich in meinem Kopf zu einem Brummen wie in einem Bienenkorb. Fünf Minuten vor zwölf. Vier. Drei.

Ich suchte mit den Augen wieder die Reihen ab, und plötzlich war mir alles egal. Wenn es heute Nacht passieren sollte, wenn das hier das Letzte war, was ich tat, bitte. Ich klinkte mich aus und wurde sogar ein bisschen schläfrig. Noch dreißig Sekunden. Gemmas Stimme wurde höher, immer wieder kamen Gebote. Noch zehn Sekunden. Noch zwei, dann die letzte. Und mit ihr zusammen das letzte Gebot.

Ein Mann drängte sich vor zum Tresen, packte mich und zerrte mich aus dem Club. Hinter mir hörte ich Gemmas spitzen Schrei.

Ich fand mich auf der Rückbank einer Limousine wieder. Dicke Felldecken wurden bis zum Hals über mich gebreitet. Ich versuchte, gegen die Müdigkeit anzukämpfen und das stakkatoartige Hämmern, das Rauschen und Blubbern in meinen Ohren zu beruhigen. Langsam bekam ich wieder Luft.

Ich hielt die Augen geschlossen und sagte leise: »Ich möchte, dass wir anhalten.« Der Wagen hielt. »Steig bitte aus.« Meine Stimme klang ganz ruhig, aber sehr erschöpft, wie nach einer Krankheit. Er zögerte, aber dann öffnete sich die Tür. Kalte Luft, Feuerwerkslärm und

Glockengeläut drangen ins Auto. Ich atmete tief durch, nahm das Handy, das auf der Rückbank lag, und rief Gemma an.

Sie weinte. Zwischendurch lachte sie. »Ich dachte einen Moment, es wäre schiefgegangen«, japste sie. Ich schüttelte den Kopf, obwohl sie mich ja nicht sehen konnte.

»Auf meinen Mann kann man sich verlassen. Ich wusste, dass er das letzte Gebot abgeben würde. Auch wenn es knapp war. Da gab es einige, die nicht von uns waren, oder?«

Sophias Männer hatten mitgeboten. Aber dann wurde alles unübersichtlich.

Ich kuschelte mich tiefer in die Felldecken, froh, dass ich bei dem Chaos, das Gemma jetzt auszuhalten hatte, nicht dabei war, und ließ mich zu Sophias Stadtvilla fahren.

Am nächsten Morgen erzählte sie mir alles. Helsing war festgenommen worden aufgrund der Beweise, die Gemma und ihre Freundinnen in den letzten Tagen zusammengetragen hatten. Man hatte wohl wirklich einen Bezug herstellen können zwischen ihm und den getöteten Gothic-Mädchen in Amsterdam. Dort nannten ihn die Zeitungen den »Pfähler«. Vor Erschöpfung schlief ich fast zwei Tage durch.

Vom Möbelrücken und Packen im Harem bekam ich nicht viel mit. Manchmal wachte ich auf und hörte, wie große Kisten hin- und hergeschoben wurden, oder es klingelte ein Telefon. Der Harem plante eine Reise, wollte bald die Stadt verlassen und gab deshalb die Villa auf, die jetzt, Zimmer für Zimmer, verpackt und eingelagert wurde. Mit schmerzenden Knochen stieg ich schließlich in die luxuriöse Badewanne und kehrte zu den Lebenden zurück.

Gemmas Welt, die Abgründe, mit denen sie sich beschäftigte, das Bizarre und Exotische waren nichts für mich, das wusste ich jetzt. Aber ihre Freigeistigkeit und die unendlichen Möglichkeiten ihrer Welt zogen mich an. Und langsam formte sich in mir eine Idee.

Es musste auch anders gehen. Lust, Spaß, Ekstase, eine spiegelbildliche Alternative zu Gemmas Alptrauminszenierungen. Stück für Stück nahm meine Idee immer mehr Gestalt an, mein Projekt für das neue, gerade wenige Tage alte Jahr: ein Club.

Eine Mischung aus Swingerclub und Frauenbordell, in dem diese sicher und unkompliziert ihre Fantasien und Triebe ausleben konnten, ohne befürchten zu müssen, Spinnern und Perversen zu begegnen. Etwas für erst keimende und bereits wild wuchernde Erotik, wo man seinen Trieben nachgehen und treiben konnte, was man wollte: das Treibhaus. Discothek und Darkroom in einem; kuschlig, gemütlich, chic, spacy und spicy. Und ich wusste auch schon, wen ich als Partner an meiner Seite haben wollte.

MALTE

6

DESSERT:

*Flambierter Karamellflan
mit Calvadosäpfeln*

Malte balanciert einen der kleinen glänzenden Äpfel auf seinem Löffel und grinst.

»Wäre der Calvados einen Gang früher gekommen, hätten wir das normannische Loch machen können.« Er nimmt den Apfel in den Mund, schiebt ihn in eine Backentasche wie ein Nüsse sammelndes Eichhörnchen und ergänzt, immer noch grinsend: »Faisons le trou normand!«

Gemma prostet ihm mit einem durchdringenden Blick zu. Sie versucht mal wieder herauszukriegen, was sein erotisches Geheimnis ist, wieso sie bei ihm so gar kein Entgegenkommen spürt. Liebste Gemma, da ist alles Bemühen vergebens. Ich weiß das, wenn ich es auch nicht verstehe.

Leo rührt seinen Flan mit einer Kraft um, als wäre es Müsli. »Was ist das normannische Loch? Was Schwules?«

Wir lachen.

»Du solltest es in deinen Angebotskatalog aufnehmen«, schlage ich Gemma vor, die sich zu Leo lehnt und ihn fast mütterlich aufklärt.

»Es bedeutet lediglich, zwischen zwei Gängen einen Calvados zu trinken, um den Magen aufzuräumen.«

Aber die Vorstellung, dass Malte sich bei einem opulenten Dinner mit lauter blutjungen, muskulösen, wie von Jean Cocteau erdachten Matrosen homoerotischen Ekstasen hingeben könnte, gefällt mir. Ich sähe ihn gern einmal entfesselt, orgiastisch verzückt, berauscht von Lust oder einfach nur geil. Doch das wird wohl nicht passieren. Bei der ersten und einzigen Veranstaltung unseres gemeinsamen Clubs, dem Treibhaus, hat er sich jedenfalls nicht an der Orgie beteiligt.

Ich lutsche genüsslich den Flan, wobei ich den Löffel im Mund umdrehe und mit der Wölbung gegen den Gaumen drücke, wie es Kinder machen; das habe ich mir nie abgewöhnen können. »Wäre das was für dich?«, frage ich Malte. »Stehst du vielleicht auf Jungs?«

Malte streicht sich durch die Haare und reibt seinen grauen, stoppeligen Bart, als müsse er darüber nachdenken. Einer meiner dicken Kater springt ihm wie bestellt auf den Schoß und schnurrt. Die beiden haben einen ähnlich grantigen Gesichtsausdruck und könnten glatt als Bauchrednernummer durchgehen.

»Als ich ein paar Jahre verheiratet war«, sagt er, »hab ich mir auf einer Dienstreise in einer Nebenstraße in Tanger von einem Stricher einen blasen lassen, weil ich dachte, das müsste man doch mal probieren. Ich war ein bisschen bekifft, und es ging auch sehr schnell, aber es hat mich weder angemacht noch berührt. Auch nicht abgestoßen. Im Grunde fand ich Männer hinterher genauso uninteressant wie vorher.«

Er schiebt sich den zweiten kleinen Apfel in den Mund und verstaut ihn wieder in der Backentasche. Mit Schnurrbarthaaren sähe er fast aus wie Gemmas winselnder Kunde im Labor. Doch dieses Bild schiebe ich beiseite, das hat Malte nicht verdient.

»Aber ich hab's trotzdem noch mal probiert. Da war ich schon geschieden, und meine Tochter, meine Güte, die hat mich ununterbrochen gelöchert. Wieso, weshalb, warum ihre Mutter und ich uns getrennt haben. Irgendwann war ich völlig zermürbt, darauf gab's einfach keine Antwort, also verschwand ich in eine Bar und erlebte den Promilleabsturz. Ein paar Männer haben mich mitgenommen zu einer anderen Bar, da haben wir auch noch ordentlich gebechert. Und am Ende bin ich mit einem von den Typen in seiner Wohnung gelandet. Der erste Rimjob meines Lebens. Ich sag's euch, kitzlig war's und ein bisschen peinlich auch. Aber nicht unangenehm. Dann hat er gefragt, ob ich mich ficken lasse, und ich sagte, es sei mir egal.«

»Merkwürdige Antwort«, unterbricht ihn Gemma.

Malte nickt. »Aber wahr. Ihn hat's nicht weiter gestört. Also hat er mich gefickt, und ich hab ihn gefickt. Und am nächsten Morgen kriech ich mit der Erkenntnis aus seinem Bett, dass *das* bestimmt nicht der Scheidungsgrund war. Hab ich meiner Tochter natürlich nie erzählt. Und versucht hab ich es auch nicht wieder.«

»Mit Männern?«, hake ich nach. »Oder mit Sex?«

Malte kaut seinen Apfel und balanciert gleichzeitig einen Löffel Flan zum Mund. Er ist durch nichts aus der Ruhe zu bringen.

»Sex hatte ich schon noch. Eine Freundin war gerade mal so alt wie meine Tochter. Dann hatte ich One-Night-Stands, haufenweise. Einen Tantrakurs gab's auch mal. Und ich war mit einer dominanten Frau zusammen. Blöderweise hat die geschwäbelt, ihr wisst schon, ›das Mösle‹, ›das Dösle‹ und so weiter, unerträglich. Ich hab sie immer ›Schaffhausener Zunge‹ oder ›Stuttgarter Cremeschnittchen‹ genannt. Ich frage mich wirklich, wie Schwaben sich eigentlich vermehren. Das muss schweigend passieren. Aber die Wahrheit ist: Mich interessiert das alles einfach nicht mehr. Sex interessiert mich genau so viel wie ein Tier im Zoo. Eine Zeit lang ist es ganz nett, aber dann bin ich doch froh, dass es weggesperrt ist. Seit ich das so sage, ist es gut. Ich bin asexuell. Ich vermisse nichts. Ich springe nicht hinter irgendwelchen Hecken hervor. Ich habe ein gutes Leben, und Sex is' nich. So ist das eben. Da muss man kein Mitleid haben, und ich brauche auch keine Aktion Sorgenschwanz mit Lottolosen. Asexuell zu leben hat genauso seine Berechtigung wie lesbisch-devot-analstöpselfetischistisch zu sein. Und ich glaube auch nicht, dass es daran liegt, dass ich im Bett grottenschlecht gewesen wäre.«

Ich lächle ihm zu. Das kann ich mir nun auch nicht vorstellen. Malte ist bestimmt keiner von diesen Typen, die so mitleiderregend schlecht ficken, dass man am liebsten einen Charity-Marathon zu ihren Gunsten veranstalten würde. Oder die Olympiade der Fickbehinderten.

Hilde räuspert sich leise und schiebt nervös ihre Calvadosäpfel auf dem Teller hin und her. Für die anderen am Tisch muss es so aussehen, als wäre lesbisch-devot-analstöpselfetischistisch ihr Stichwort gewesen, aber ich weiß, dass sie angespannt ist, weil sie vermutet, dass ich gleich vom Treibhaus erzählen werde. Und weil das nicht gerade ein rühmliches Kapitel in ihrem Leben ist.

Samir hat sich besser unter Kontrolle. Er arbeitet sich mit militärischer Präzision durch seinen Flan und landet mit dem Löffel bei jedem seiner zackigen Spatenstiche auf dem Boden des Kristallschälchens. Die Äpfel hat er an den Tellerrand aussortiert. Wahrscheinlich hält er sie nach Maltes Ausführungen für schwules Obst, ansteckendes schwules Obst. Ich seufze. Homophob, hysterisch *und* dumm zu sein, ist eine blöde Mischung. Rosettenkneifer. Rüsselphobiker. Sackverschmäher.

Jedes Mal, wenn das leise Klirren seines Löffels erklingt, zucke ich innerlich zusammen. Bisher hat es mir auf eine etwas perverse Art Spaß gemacht, ihn zu beobachten wie eine Ratte im Käfig. Jetzt stört mich seine Anwesenheit nur noch, und ich kann es kaum erwarten, dass er uns verlässt.

Jannik hat mir, als er das Dessert servierte, ein Zeichen gegeben. Alles ist vorbereitet.

»Wie bist du auf die Idee mit dem Treibhaus gekommen?«, fragt Gemma. »Kam sie dir wirklich erst nach der Versteigerung?« Ich nicke. »Und was hatte Malte damit zu tun?«

*   *   *

Malte war aus zwei Gründen der perfekte Partner für mich.

Erstens hatten wir nie Sex miteinander und würden auch nie welchen haben. Das war mir nach meinen Erlebnissen im Studio sehr recht. Und zweitens brachte er das nötige Know-how mit für das, was ich vorhatte. Malte ist ein Technikgenie, eine Art Q ohne Bond, ohne Girls, ohne unsichtbares fliegendes Tauchauto und das ganze Zeugs.

Er hatte Leo und mir die Livecam eingerichtet. Während wir unsere Show abzogen und uns über den zweiten treuen User wunderten, war mir nie der Gedanke gekommen, dass sich neben meinem Mann, für den ich den Zauber veranstaltete, auch Malte eingeklickt haben könnte. Ich wusste damals nicht, dass unser Webmaster Malte hieß, er hatte sich mir nur mit seinem Nachnamen vorgestellt. Nachdem unser Live-Channel offline war, blieben wir in Kontakt und schickten uns lange Mails, in denen mir immer wieder seine Ausgeglichenheit und Zurückhaltung auffielen. Es war dann schnell klar, dass unser User und unser Webmaster ein und dieselbe Person waren. Und während der Zeit, die ich bei Gemma verbracht hatte, genoss ich es sehr, dass es da jemanden gab, der mit Abgründen, Sinnsuchen und Ekstasen nichts zu tun hatte. Mein Leben dagegen war für ihn wohl wirklich so etwas wie ein Zoo, ein schriller Papageienkäfig.

In Sophias Villa erzählte ich ihm von dem Treibhaus. »Das Wichtigste«, sagte ich an diesem Nachmittag bestimmt ein Dutzend Mal, »ist die Sicherheit.«

Denn das ist der Knackpunkt, warum Frauen nicht einfach mal entspannt zum Ficken ausgehen und es sich besorgen lassen. Dass Frauen nicht zwischen Liebe und Sex trennen können, ist Bullshit. Da kann ich nur lachen: erotisch angesiedelt zwischen Efeu und Emily Erdbeer, verletzlich und auf Zuwendung angewiesen wie ausgesetzte Welpen an Autobahnraststätten. Wer das glaubt, hat noch nie eine Frau gesehen, die sich gerade um den Verstand fickt. Auch das Argument, es sei natürlicher für Frauen, sich jemanden zum Sex zu suchen, den man kenne, weil man ihn schließlich in den eigenen Körper hineinlasse, ist Quark. Erstens hält das schwule Männer auch nicht von Darkroombesuchen ab, und die lassen da allerhand in ihren Körper. Zweitens: Penetration ist schließlich kein Gesetz beim Sex. Es wäre durchaus denkbar, sich mit dem Typen, der einem im Dämmerlicht des Darkrooms entgegenschleicht, auf Wichsen oder Lecken zu verständigen. Und drittens: Wie vertrauenswürdig ist bitte jemand, den ich in einer Disko aufreiße und dann mit zu mir nehme? Weiß ich denn, ob der zu Hause nicht doch die Kettensäge auspackt?

Ich glaube, das Einzige, was rattige Frauen mit juckenden Mösen davon abhält, es sich unkompliziert und anonym besorgen zu lassen, ist, dass es gefährlich sein kann. Gefährlich und praktisch unmöglich. Uns fehlt einfach die richtige Infrastruktur zum Ficken. Gay-Clubs sind uns da um Längen voraus. Clubs, Sexpartys und Prostitution scheinen ausschließlich für Männer entworfen worden zu sein. Oder wieso gibt es eigentlich keine Massagesalons, die neben Lomi Lomi und Hot Stone auch Klitoris-Shiatsu anbieten?

Meine Idee war diese: eine Diskothek mit guter Musik, ausgefallenen Cocktails und edlem Ambiente, und nebenan, diskret zu betreten, ein lauschiger Darkroom, in dem Frauen und Männer tun können, was schön und heiß ist, und wozu man sich nicht unbedingt gegenseitig die Lebensgeschichte erzählen muss. Scharfe Mitarbeiter tragen Schalen mit Kondomen und Gleitmittel, Dildos und sonstigem Spielzeug herum und sehen gleichzeitig ein bisschen nach dem Rechten. Und wenn man genug gefickt hat, zieht man das Höschen wieder hoch und trinkt noch einen Prosecco an der Bar, bestellt ein Tellerchen mit Pralinen oder Sushi, tanzt oder lässt sich zum Parkplatz geleiten.

Für mich klingt das nach einer Menge Spaß.

Malte konnte sich zwar nicht vorstellen, dass das Ganze ein Renner werden würde, aber die technische Herausforderung faszinierte ihn. Ich führte ihn durch Sophias Haus, ein Stadtpalais aus dem neunzehnten Jahrhundert. Die Tür zur oberen Etage würden wir abschließen, damit sich die Party ausschließlich im Hochparterre abspielte.

»Alles muss erst mal provisorisch sein«, erklärte ich. »Wir fangen mit einer einzelnen Party an. Keine Werbung, nichts Offizielles. Erst wenn ich sehe, dass ich mit der Idee nicht völlig danebenliege, melde ich ein Gewerbe an und ziehe das Ganze professionell auf. Zunächst ist es nur eine Party. Eine Karnevalsparty, da stehen sowieso alle neben sich, und die Hemmungen fallen schneller als die Ringelhemdchen. Außerdem kommt man sich nicht so blöd vor, wenn man maskiert ist.«

Sophias Villa eignete sich perfekt für meine Pläne. Sie war stilvoll, gut zu erreichen, und es gab keine unmittelbaren Nachbarn. Auch die Anordnung der Räume fand ich ideal. Der große Raum mit dem Kamin konnte Lounge und Empfang werden. Ein weiteres großes Zimmer wollte ich zum Tanzen nutzen und eine Flucht von drei kleineren Räumen als Darkroom.

Sophia würde ihre Möbel und Kisten in wenigen Wochen komplett eingelagert haben, genug Zeit für Malte und mich, die Technik zu installieren und die Räume zu dekorieren. In den zwei Monaten nach Sophias Auszug würde ich die Miete bezahlen und während dieser Zeit sehen, wie es lief. Lief es gut, würde sie die Villa offiziell an mich übergeben. Und wenn sie von ihrer Reise zurückkam, würden wir weitersehen. Aber sie hatte schon angedeutet, dass ihre Männer lieber einmal eine Weile außerhalb der Stadt wohnen wollten, da erwarteten mich also keine Probleme.

»Das wird nicht billig.« Malte zeichnete auf einem Block herum, rechnete, notierte und klopfte zwischendurch mit dem Radiergummi Stakkato auf dem Papier.

»Egal«, strahlte ich ihn an, »da gibt es jemanden, der hat noch eine Rechnung bei mir offen. Geld ist kein Thema.«

Ich hatte keinerlei Schuldgefühle, die Kreditkarte meines Mannes zu benutzen. Hätte er unsere perfekte kleine Welt nicht zerstört, wäre ich immer noch die liebende und treusorgende Gattin, die jede höhere Ausgabe mit ihm abspricht und kleine handschriftliche Vermerke auf den Kontoauszügen anbringt. Er war es gewesen, der auf die gegenseitige Fürsorge und Verantwortung verzichtet hatte. Wenn er sich nehmen konnte, worauf er Lust hatte, durfte ich das auch. Schwänze, Muschis, Geld – alles meins.

Ich nahm Malte den Bleistift aus der Hand und zeichnete ein, was ich mir vorstellte. Überwachungskameras, ein neues Sicherheitssystem für die Tür, Panikknöpfe unter der Bar und an verschiedenen versteckten Stellen in den anderen Zimmern, eine spezielle Beleuchtung im Darkroom, Parkett für den Tanzraum, eine Wohnlandschaft aus Kissen, Schaukeln, Liegewiesen, Gerätschaften und speziellen Vorrichtungen, die ich mir noch genau überlegen wollte, damit man es sich möglichst vielfältig und möglichst bequem besorgen lassen konnte.

Malte sah auf das vollgekritzelte Blatt. »Das sieht so aus, als seien die Frauen der ganzen Stadt sexuell völlig unterversorgt und würden dir die Bude einrennen.«

Ich zwinkerte ihm zu. »Glaub mir. Das werden sie.«

Und sie taten es auch.

Ich hatte mich für ein Engelskostüm entschieden. Lange weiche Flügel aus echten Federn bedeckten meinen Rücken. Über meinem Kopf schwebte, durch einen Draht in der Luft gehalten, ein goldener Heiligenschein, und über meine weißen Dessous hatte ich nur ein durchsichtiges weißes Hemdchen mit Federsaum gezogen. Die Augenmaske würde ich erst anlegen, wenn der erste Gast erschien.

Gemma half mir bei den letzten Vorbereitungen. Sie war als personifizierter Sündenfall unterwegs. Ihre Haut hatte sie von Kopf bis Fuß mit einem grün-violett-silbrigen Muster besprüht. Sie sah aus wie eine übergroße Boa Constrictor. Ihr einziges Kleidungsstück bestand aus einem selbstklebenden Feigenblatt über der sicher komplett rasierten Möse.

»Du siehst ganz schön giftig aus«, lachte ich.

»Ich glaube eher, ich bin eine Würgeschlange. Wenn es mir zu kalt wird, lege ich mich einfach unter diese roten Lampen.«

Später musste ich an diesen Satz denken, denn die Nacht wurde heißer, als wir uns gedacht und gewünscht hatten.

Es war alles rechtzeitig fertig geworden. Das Kaminzimmer sah aus wie ein Puff der Jahrhundertwende, das Licht im angrenzenden Tanzraum flackerte bunt, die kleinen Lounges waren mit gemütlichen Sesseln vollgestellt, an den Wänden hingen überall erotische Fotografien von Jan Saudek oder Sylvie Blum, dazu Collagen aus alten Buchillustrationen und Plakate von Pornofilmen wie *Sexual Sushi*, *Blonde Ambition* oder *Emmanuelle*. Im Kühlschrank lagerten Berge von belgischen Pralinen und Sushi. Die Champagnervorräte waren so überbordend, dass mir fast schwindlig wurde.

Gegen elf klingelten die ersten Gäste.

Eine Gruppe Frauen, alle als Miss Piggy verkleidet, kam herein und saß eine Weile ziemlich allein und verloren in der Lounge herum. Meine beiden Go-go-Tänzer gaben sich alle Mühe, auf ihren Podesten den Hintern zu schwenken, aber die Atmosphäre blieb steif.

»Den Nächsten, der hereinkommt, werfe ich gegen die Wand«, flüsterte ich Gemma zu.

Sie tätschelte meine Schulter: »Bloß nicht. Wenn es ein Frosch ist, sei nett zu ihm, dann haben unsere Piggys wenigstens einen Kermit und können einen Schweine-Gangbang veranstalten.«

»Immer schön spreizen, die Froschschenkel«, sagte ich.

Eine Junggesellengruppe traf ein, zwei Pärchen, ein allein reitender Cowboy – und dann riss es nicht mehr ab.

Burgfräuleins, Krankenschwestern, Kätzchen, gleich drei Janes, die einen einzelnen Tarzan untergehakt hatten, und die gesamte Besatzung von *Raumschiff Enterprise* in kurzen Kleidchen und engen Hosen. Einige Gäste musste unser Türsteher abweisen, weil sie betrunken oder stoned ankamen oder nicht verstanden hatten, um was für eine Art von Party es sich hier handelte. Ein älteres Paar beratschlagte sich eine Weile im Flur, und schließlich verlangte die Gattin energisch Einlass und zerrte ihren noch unentschlossenen Mann mit sich.

Ich schlenderte durch die Räume, freute mich, dass die Stimmung gut war, servierte Champagner und Pralinen oder lupfte das Hemd, wenn mir ein Grüppchen zu verkrampft vorkam.

Als ich hinter der Bar stand und mich um die Getränke kümmerte, schlängelte sich Gemma mit lasziven Bewegungen über die Theke. Ihr Feigenblatt hatte sie inzwischen abgelegt.

»Es ist schon halb eins«, flüsterte sie, »es muss mal was passieren, sonst kannst du demnächst Kindergeburtstage ausrichten.« Sie drehte sich auf der Theke um und fing an, mit einem langen, schlangenförmigen, surrenden Vibrator zu spielen, den ich erst jetzt bemerkte. Ein paar Gäste wurden aufmerksam und traten näher.

Ich gab den Go-go-Boys einen Wink, auch einen Zacken zuzulegen. Die Musik wechselte von Gute-Laune-Pop zu schnellerem Techno. Ein paar Pärchen fingen zögerlich an, in den großen Sesseln zu knutschen und wechselten nach einer Weile die Partnerinnen. Die Junggesellen griffen den ersten Schweinen an die Ringelschwänzchen. Die quietschten und kicherten. Das ältere

Paar sah entspannt Gemmas Auftritt zu. Langsam kam Schwung in die Bude.

Immer noch strömten Gäste herein. Alle Sessel waren von fummelnden Pärchen oder von einzelnen Gästen besetzt, die die fummelnden Pärchen beobachteten. Auch die Tanzfläche war jetzt brechend voll. Oberteile wurden aufgeknöpft, und endlich verschwand das erste Pärchen im Darkroom. Beim Ficken gibt es offenbar auch einen Lemmingeffekt. Tut es einer, tun es alle. Eine der Piggys war die Nächste und schleppte ihren Junggesellen ab. Insgesamt trauten sich mehr Männer als Frauen, aber das hatte ich nicht anders erwartet.

Ich schnappte mir einen Teller mit Kondomen und ging los, um nach dem Rechten sehen. Das Licht im Darkroom war blau. Wir hatten Rot probiert, aber das war zu hell gewesen. Es gab künstliche Nischen, die mit weichem Gummi ausgepolstert waren, Bettenlandschaften und weiche Böcke in unterschiedlichen Höhen, die man zum Anlehnen oder Draufsetzen nutzen konnte. Von der Decke hingen zwei Slings, und an den Wänden waren Fesselvorrichtungen oder Haltegriffe, Schlingen für Beine und in kurzen Abständen Notfallknöpfe auf verschiedenen Höhen befestigt. Ich drückte einen, und wenige Sekunden später tauchte einer meiner Mitarbeiter neben mir auf. Unser System funktionierte. Wir hatten auch Spiegel montiert, die sich teilweise gegenseitig reflektierten, sodass die schlauchförmige Zimmerflucht viel größer wirkte. Den Gästen gefiel es offensichtlich.

In der Mitte des letzten Raums stand eine Art Gynäkologenstuhl, in dem sich eine der Piggys räkelte. Ihre Beine hingen weit gespreizt in den dafür vorgesehenen

Stützen, und ihr Slip baumelte von einem Fuß. Das Kopfteil war abgesenkt, sodass sie nicht sehen konnte, was zwischen ihren Beinen passierte. Ein Mann kniete vor ihr auf dem Boden und lutschte ihr hingebungsvoll die Möse. Er hielt ihre Schamlippen mit den Fingern gespreizt und sah sich ihren prallen Kitzler immer wieder an, bevor er erneut daran herumzüngelte oder ihren Scheideneingang mit seiner Zungenspitze reizte. Mit der anderen Hand streichelte und kratzte er mit langsamen, festen Bewegungen ihre Oberschenkel. Sie wand sich stöhnend und rieb sich die Brustwarzen; ihre Füße in den Beinstützen zuckten. Rundherum standen einzelne Männer oder Paare und sahen den beiden zu. Einer wichste, bis ihn ein Pärchen zu sich herüberwinkte und beide Männer anfingen, die Frau zwischen sich zu streicheln.

In einer der Nischen lehnte eine Frau an der Wand, ihre Hände in zwei Schlaufen fixiert. Mit weit vorgeschobenem Hintern ließ sie sich von einem Mr. Spock ficken. Auf einer Polsterlandschaft in der Ecke lag ein Mädchen über dem Schoß ihres Freundes und küsste ihn, ohne auch nur einmal Luft zu holen, während seine Hand zwischen ihren Beinen herumrieb. Ein Mann ließ sich direkt neben dem Pärchen von einer Uhura einen blasen. Sie leckte mit breiter Zunge an seinem Schaft entlang. Ich reichte ihr diskret ein Kondom, welches sie ihm mit den Lippen überstülpte.

Ich ging in den nächsten Raum, in dem eine Frau leise stöhnend auf eine andere Piggy hinabsah, die ihre Muschi leckte. Ein Mann, der gerade seinen Schwanz in die Möse einer artistisch verbogenen Frau steckte, beobachtete die beiden. An einer Säule lehnte ein ziemlich junger Mann, der von einem Glatzköpfigen bedient wurde. Dessen Hände krallten sich in die Hinterbacken und zogen sie rhythmisch auseinander, während sein Kopf vor und zurück pumpte und den Schwanz des Jungen fast bis zur Wurzel verschlang.

Ich sammelte die herumliegenden Kondomverpackungen ein und warf sie weg. So langsam bevölkerte sich auch der erste Raum.

Eine Frau im Dirndl lag mit weit gespreizten Beinen auf einer Polsterlandschaft, rieb sich die Klitoris mit einem der Vibratoren, die wir an der Theke verkauften – natürlich keine dieser entsetzlichen pinkfarbenen oder türkisen Maulwurf-, Delfin- oder Würmchenvibratoren. Wenn ich mit Tieren ficken will, gehe ich in den Zoo, oder noch besser: Ich mache gleich eine Therapie.

Die Dirndlmaid vergewisserte sich immer wieder, dass sie Zuschauer hatte. Ich wollte gerade näher herantreten, als ich eine Hand auf meinem Hintern fühlte. Erst wollte ich mich umdrehen, um sicherzugehen, dass es sich nicht um den Zonk handelte. So dunkel war die Beleuchtung nämlich nicht, und bei aller Geilheit treibe ich es nicht gern mit Männern, die so hässlich sind, dass man sie mit Paral ansprühen möchte. Aber dann blieb ich stehen, wo ich war, warf nur einen schnellen Blick in einen der Spiegel, beschloss, dass der hinter mir durchaus fickbar war und wartete ab.

Sein Körper presste sich gegen meinen. Ich konnte die Erektion an meinem Rücken spüren. Die Hand wanderte weiter, zwischen meine Pobacken, fasste schließlich um mich herum und schob sich vorn in meinen

Slip. »Willst du ficken?«, hörte ich eine raue Stimme. »Bist du eine Fickmuschi?« Ich interpretierte das als rhetorische Frage, lehnte mich zurück und rieb meinen Hintern an ihm.

Die Dirndlfrau hatte sich den Vibrator mittlerweile in die Möse gesteckt und ließ sich von einem Piraten damit ficken.

Der Mann hinter mir zog meinen Slip runter. Ich drehte mich immer noch nicht um, legte aber ein Bein angewinkelt auf eines der Polster neben mir und reichte ihm ein Kondom aus dem Vorrat. Ich hörte es knistern, beobachtete weiter die Dirndlfrau und hoffte, sie würde die Beine weiter in meine Richtung öffnen, weil ich es geil fand zuzusehen, wie der Vibrator in ihrer Möse verschwand und wieder auftauchte und sie sich jedem Stoß entgegenstreckte.

Als der Mann, der mit dem Vibrator in sie stieß, kurz zu mir aufsah, machte ich ihm ein Zeichen, worauf er nickte, sich vorbeugte und sie etwas weiter zu mir drehte. Sein Daumen massierte leicht ihren Kitzler, und manchmal zog er den Vibrator ganz aus ihrer Möse und spielte nur mit der Spitze an ihren Schamlippen herum. Ich wurde immer feuchter. Der Mann hinter mir drückte meinen Oberkörper etwas nach vorne und presste mir seinen Schwanz rein. Dann hielt er mich wieder enger an sich gedrückt und rieb meinen Kitzler, während er mich mit ganz kleinen Stößen bearbeitete. Ich spielte an meinen Nippeln und hörte zufrieden das Keuchen, Stöhnen und Flüstern um uns herum. Der Mann hinter mir kam, und kurz darauf war ich auch so weit und genoss den ersten anonymen Orgasmus meines Lebens.

Ich machte mich los, hob meinen Slip vom Boden auf, zog ihn aber nicht mehr an, sondern wanderte ohne herum.

Ein Dreier im mittleren Raum interessierte mich besonders, weil das Trio in einer schlecht beleuchteten Nische stand. Es wirkte wie in einem Stummfilm. Eine sehr schlanke Frau, die bis auf eine Federmaske und lange, bis über die Knie reichende dunkle Strümpfe aus einem dickeren, altmodisch wirkenden Material völlig nackt war, erinnerte mich an die jungen, entblößten Mädchen auf Schiele-Gemälden. Die Nippel ihrer kleinen, festen Brüste waren schwarz bemalt, und sie trug eine Bubikopffrisur. Ich fand sie hinreißend. Eigentlich bin ich kein Fan von Reizwäsche, weil die meisten Leute darin aussehen, als hätten sie sich in eine zerfetzte Spitzentischdecke eingewickelt. Aber diese langen, leicht verrutschten wollenen Strümpfe – die hätte ich liebend gern angefasst, ganz oben, um den Kontrast zu der glatten weichen Haut zu fühlen. Der Mann hatte sich ein *Baywatch*-Outfit gegönnt und sah – Göttin sei Dank! – David Hasselhoff kein bisschen ähnlich. Die andere Frau schien mir älter zu sein, obwohl auch sie eine Maske trug. Ihr durchsichtiges schwarzes Gewand hätte draußen in der Lounge wahrscheinlich sehr nackt gewirkt, aber hier schien sie damit merkwürdigerweise bekleidet. Das Strumpfmädchen stand passiv wie eine Schaufensterpuppe zwischen den beiden anderen und ließ sich befingern, bis der Mann sich setzte, ein Kondom überstreifte, sie auf seinen Schoß zog und in sie eindrang. Er lehnte sich zurück, griff unter ihren Knien durch und hielt ihre Beine weit gespreizt, während er in ganz kleinen Bewegungen mit ihr vor-

und zurückschaukelte. Die ältere Frau trat dazu, nahm eine große schwarze Feder aus ihrem Haar und kitzelte das Mädchen damit an der Möse. Das wand sich, schwitzte stark und stöhnte, verzog aber kaum eine Miene. Als das Mädchen schließlich kam, drängte sich die ältere Frau sehr nah an sie heran. Der Mann griff ihr zwischen die Beine und wichste auch sie fertig.

Die Szene hatte mich wieder aufgeheizt. Ich sah mir die Männer und Frauen, die einzeln herumstanden und andere beobachteten, wichsten oder an sich herumspielten, genau an, bis ich einen gefunden hatte, der mir gefiel. Ich ging zu ihm, fasste ihm direkt an den Schwanz und flüsterte ihm ins Ohr, ob wir ein bisschen Spaß haben wollten. Er nickte, zog mich an sich, wir knutschten eine Weile und fingerten aneinander herum. Seine Finger streichelten meinen Kitzler, der immer noch – oder schon wieder – prall war.

»Du bist aber ganz schön nass«, sagte er.

»Geh mal tiefer, ja? Steck mir mal den Finger rein und fick mich ein bisschen. Ich bin so rattig heute. Wie findest du die Prinzessin Leia da drüben, die Nackte mit den Haarschnecken?«

»Heiß.«

»Wollen wir sie fragen, ob sie mit uns ficken will?«

Er nickte, zog seinen Finger aus mir, und wir gingen rüber und nahmen Leia in die Mitte.

»Wir beide würden gern was mit dir machen«, sagte er und legte ihr probehalber die Hand auf die Brust. Sie kicherte.

Ich legte ihr eine Hand auf die andere Brust. »Ich möchte dich lecken, während er mich leckt«, sagte ich,

»und anschließend könnte er uns beide ficken, oder wir blasen ihm zusammen einen. Wie wär's?«

Ich hätte nie gedacht, dass es so einfach sein würde. Wir gingen ein paar Schritte weiter zu einer breiten Couch und machten es uns bequem. Leia zierte sich erst ein bisschen, spreizte aber schließlich doch die Beine, und ich rutschte dazwischen und strich mit meiner Zungenspitze über ihr kleines, enges, niedliches Fötzchen. Die kurzen Schamhaare waren in Form eines Herzens rasiert und pink gefärbt. Ich konnte es kaum noch erwarten und zog ihr vorsichtig die Pfirsichlippen auseinander. Währenddessen hatte ich mich halb auf die Seite gelegt und ein Bein angehoben, sodass mein Lecker, der vor dem Sofa kniete, besser an meine Muschi herankam. Er war sehr gründlich, leckte mich vom äußeren Rand der Schamlippen bis zum Poloch, spielte mit der Zunge eine Weile daran herum, kehrte dann zwischen meine Mösenlippen zurück und züngelte in einem gleichmäßigen, leichten Stakkato.

Ich hatte Glück gehabt, er war weder ein Napfschlabberer, bei denen ich an durstige Bernhardiner denken muss, noch ein Küchenquirl, bei dem man immer Angst hat, er rotiert einem die Klitoris weg. Dieser hier schlappte sehr schön auf der Klit herum und steckte mir zum Höhepunkt je einen Finger in die Möse und in den Hintern, sodass ich scharf Luft holte.

Bei der Muschi vor mir konnte ich nicht so forsch vorgehen. Es gibt Mösen, die sind regelrecht schüchtern, und diese hier war von genau jener Sorte. Also leckte ich sachte über die violette Haut und berührte die Klitoris nur leicht. Als sie praller wurde, stülpte ich meine Lippen darüber und bewegte sie wie ein Fisch. Leia umfasste meinen Kopf und zog mich leise jaulend näher zu sich heran. Ich schmatzte schneller, bis sie mit einem lauten Schrei kurz nach mir kam.

Mein Lecker entschied, uns beide ficken zu wollen. Also rutschten wir mit dem Hintern bis zum Rand des Sofas. Er blieb auf den Knien, zog sich ein Gummi über, schob Leia den Schwanz ins frisch geleckte Fötzchen und spielte in meinem mit den Fingern. Nach einer Weile wechselte er, was ein bisschen umständlich war: rüberrutschen, neues Kondom, wieder ansetzen, reinschieben, Finger in Leias Muschi und losficken. Er kam nach wenigen Stößen. Wir verabschiedeten uns kurz und sahen uns an dem Abend nicht mehr.

Der Darkroom erfüllte meine rattigsten Erwartungen. Überall hörte man es flüstern. Vom höflichen »Möchtest du mich vielleicht ficken?« bis zum energischen »Leck mich« oder »Bück dich« gab es alles.

Gerade, als ich mich fast trunken vor Zufriedenheit in einen der Sessel fallen lassen wollte, um einem älteren lesbischen Pärchen zuzusehen, deren Intimpiercings mich interessierten, ging die Notbeleuchtung an, und die Musik brach ab.

Schlagartig war es aus mit der brodelnden Stimmung.

Ich stand auf, um Malte zu suchen, weil ich dachte, wir hätten ein technisches Problem, da hörte ich auch schon seine Stimme.

»Das ist kein Witz, bitte verlassen Sie das Haus.« Er kam in den Darkroom. »Es tut mir leid, bitte verlassen Sie auf der Stelle das Haus. Keine Panik, aber bitte gehen Sie umgehend zur Tür.«

Im Vorbeigehen flüsterte er mir zu: »Es brennt, keine Ahnung, wieso, aber im ersten Salon brennt es, der Rauch ist schon in der Lounge.«

Ich lief nach vorn, um auch die angetrunkenen und knutschenden Pärchen, die unbedingt weiterfeiern wollten, dazu zu bewegen, die Lokalität möglichst schnell zu verlassen. Der Rauch brannte mir in den Augen. Man schmeckte ihn beißend auf der Zunge, und ich überlegte, ob mir so heiß war, weil die Seidentapete Feuer gefangen und der Brand bereits auf die ersten Sofas übergegriffen hatte, oder weil Angst in mir aufstieg.

Ich scheuchte die Gäste nach draußen. Manche Knäuel aus Körpern waren schwer zu entwirren; einige Paare versuchten noch, schnell zum Ende zu kommen. Ein Mädchen suchte seinen Slip, und zwei Männer fluchten laut, als ich sie auseinanderdrängte. Im Flur, wo der Qualm besonders dicht war, kam es zu Rangeleien. Ich hörte das Feuer lodern und konnte kaum glauben, dass das wirklich passierte. Draußen jaulte schon eine Polizeisirene und wenig später die der Feuerwehr.

Die letzten Gäste drängten hustend ins Freie. Einige hatten unbedingt noch etwas zum Überziehen suchen wollen, sodass Malte und ich regelrecht rabiat werden mussten, um sie aus dem Haus zu treiben. Halbnackt und frierend standen sie auf der Straße; einige mussten sich übergeben. Eine Frau hatte eine Panikattacke, hyperventilierte und weinte.

Und plötzlich fiel mir siedend heiß ein, dass meine Schatulle noch in der Lounge stand. Meine ganze Zukunft lag darin. Malte knöpfte gerade sein Hemd auf, um einer Frau neben ihm etwas zum Anziehen zu geben. Ich nutzte seine Unaufmerksamkeit und lief zurück in die Villa.

Der Qualm war dicht wie eine Wand. Eine heiße Wand. Ich presste einen Pullover, den ich auf dem Boden fand, über Mund und Nase und rannte an dem brennenden ersten Raum vorbei in die Lounge. Hinter mir hörte ich Geschrei. Ich konnte mich kaum orientieren. Etwas zerplatzte, etwas fiel polternd um, und rundherum das Prasseln und Knacken des Feuers.

Endlich hatte ich den Kamin erreicht, griff nach der Kiste und der Geishamaske, die Sophia mir als Glücksbringer für das Treibhaus geschenkt hatte, presste sie an mich und stolperte über den Ständer mit dem Schürhaken. Mein ohnehin nur aus Gaze bestehendes Kleid zerriss. Die Maske fiel in den Kamin und flackerte sofort auf. Mit spitzen Fingern zog ich sie aus den Flammen und verbrannte mir dabei den Daumen. Ich rappelte mich auf. Die heiße Luft schien mir die Lungen zu versengen. Mir war kotzübel, am liebsten hätte ich mich übergeben. Mein Kopf platzte fast.

Ich hörte jemanden meinen Namen rufen und lief instinktiv darauf zu. Mein nackter Fuß trat in etwas sehr Heißes; es zischte. Ich spürte es nicht, wusste aber im gleichen Moment, dass es später richtig wehtun würde.

Blind vor Tränen, rußverschmiert, hustend und mit einer Kehle, die sich roh und blutig anfühlte, stolperte ich nach draußen, an den Feuerwehrleuten vorbei, die in Schutzanzügen mit den Löscharbeiten begannen. Malte umarmte mich fest, gab mir ein Paar Schuhe und eine Decke und sagte mir, er würde ein paar Leute ins Krankenhaus begleiten, schwer verletzt sei Gott sei Dank niemand. Ich lehnte mich kurz an ihn.

Ein Polizist redete eine Weile auf mich ein; ich nahm ihn kaum wahr, hörte nur Worte wie »Brandstiftung«, »Anzeige« und »Versicherungsbetrug«. Seine Fragen konnte ich nicht beantworten. Ich konnte überhaupt nichts tun. Ich stand nur da und versuchte zu atmen. Ein Sanitäter fragte mich, ob alles in Ordnung sei. Ich stammelte irgendwas. Hinter mir ging mein Traum von der ungezügelten, anonymen, sicheren und stilvollen Befriedigung in Flammen auf.

*   *   *

Über dem Tisch liegt Schweigen wie die Rauchwolken über Sophias Villa. Alle, die dabei waren, erinnern sich an die Nacht. Ich denke vor allem daran, wie schlimm es für mich war, als die Polizei noch während der Lösch-arbeiten die Vermutung äußerte, ich könnte den Brand selbst gelegt haben.

»Im Flur ist ein Brandsatz gefunden worden«, sagte der Beamte zu mir, »ein Kanister und zusammengeknotete Lappen. Es war Brandstiftung.«

Dass ich keinerlei Grund hatte, meine eigene Party ab-zufackeln oder das ohnehin nur geliehene Haus einer Freundin niederzubrennen, war ohne Belang für ihn. Mit meinem zerrissenen weißen Kleid, den angekokelten Flügeln und dem Heiligenschein, der mir schräg wie eine Baskenmütze in die Stirn gerutscht war, kam ich mir lä-cherlich und gedemütigt vor.

»Leute, die mit Feuer hantieren, sind immer Psychopathen«, sagte der Polizist. »Die brauchen keine Gründe. Außerdem kann es ja auch etwas Privates sein. Eifersucht zum Beispiel. In Ihren Kreisen« – er zeigte auf die nackten oder nur mit Decken verhüllten Menschen, die hustend und keuchend von den Sanitätern versorgt wurden – »liegt das ja nahe.«

»Was mich am meisten gewundert hat«, sage ich und sehe in die Runde, »war, dass die Polizei so schnell vor Ort war, schneller als die Feuerwehr oder die Krankenwagen. Das andere, was mir in den nächsten Tagen immer wieder durch den Kopf ging, war die Ankündigung des Polizisten, ich würde eine Anzeige wegen des Betreibens eines illegalen Swingerclubs bekommen. Ich meine, woher wusste er, dass ich noch keinen Gewerbeschein und das ganze Zeugs hatte?«

Alle bis auf die beiden links neben mir sehen mich erwartungsvoll an.

»Ich dachte schon, das würde eine X-Akte werden, aber dann hat mir jemand erzählt, dass er am Rand des kleinen Parks, schräg gegenüber von Sophias Villa, auf einer Bank gesessen hat. Ganz in seiner Nähe habe jemand mit dem Handy telefoniert, kurz bevor das ganze Drama losgegangen sei.«

Hilde steht so heftig auf, dass ihr Stuhl nach hinten umfällt. Sie ist kreidebleich, und ihre Hände zittern.

»Ich habe das Haus nicht angezündet«, empört sie sich. »Ich bin keine Brandstifterin.«

Ich tätschle ihr die Hand. »Nein, Hilde, du bist nur eine Petze. Du hast irgendwie vom Treibhaus gehört und mich bei der Polizei angeschwärzt, weil du sehr richtig vermutet hast, dass das Ganze illegal war. Vielleicht wolltest du auch nur ein bisschen Ärger machen und uns die Stimmung verderben, indem du uns die Polizei auf den Hals hetzt. Das nehme ich dir ja auch gar nicht übel.« Ich stehe jetzt auch auf, damit ich ihr auf Augenhöhe ins Gesicht sehen kann. Meine Stimme wird kühler. »*Was* ich dir aber übelnehme, ist Folgendes: Du hast genau gesehen, wer der Brandstifter war. Und obwohl du wusstest, dass ich es nicht sein konnte, hast du der Polizei nichts gesagt und sie in ihren Verdächtigungen sogar noch bestärkt. Es war nicht nett von mir, dass ich einfach von dir weggelaufen bin, und es tut mir auch leid, wie sich alles zwischen uns entwickelt hat, aber mit dieser Aktion, Hilde, sind wir quitt.« Ich wiederhole es noch mal ganz ruhig: »Wir sind quitt.«

Hilde atmet tief durch. Hinter dem Berg aus Scham, entlarvt worden zu sein, dem Ärger, dass ich sie bloßstelle, der Trauer des Verlassenwerdens und all den anderen widersprüchlichen Gefühlen scheint sie verstanden zu haben. Wir haben uns beide nichts mehr vorzuwerfen. Es ist vorbei. Sie nimmt ihre Handtasche und verlässt mein Haus.

Gemma applaudiert geziert, als wäre sie eine Rokokodame in der Opernloge. »Bravissimo«, sagt sie und fährt dann mit einer Art Miss-Marple-Stimme fort: »Bleibt die Frage, wer der Beobachter auf der Parkbank war? Was machte er zu nächtlicher Zeit dort, und vor allem: Wer hat das Treibhaus tatsächlich angezündet?«

»Leander«, sage ich, »Leander saß auf der Bank. Nur seinetwegen leben wir alle noch.«

LEANDER

KAFFEE:

Espresso con leche
mit Schokoladentrüffeln

Der Espresso ist durch die Milch hellbraun und schmeckt mild und irgendwie tröstlich. Die Trüffel sind die gleichen, die wir auch im Treibhaus serviert haben. Eine Chocolaterie in Brüssel macht sie exklusiv für uns. Es ist eine besonders dunkle Schokolade, mit einem Hauch von Chili. Leander hat mir mal gesagt, sie seien das Erotischste auf der ganzen Party gewesen, von mir natürlich abgesehen.

*   *   *

Das ganze Treiben hatte Leander nicht sonderlich angemacht, also verließ er die Party früh und saß noch eine Weile auf der Parkbank schräg gegenüber von Sophias Villa, wo ich ihn schließlich traf, als der Polizist mich endlich gehen ließ.

Hustend setzte ich mich neben ihn und beobachtete die Löscharbeiten. Ich hielt die Decke des Sanitäters auf den Knien und umklammerte die Holzschatulle, in die ich auch die Maske gepackt hatte. Meine Augen tränten, in meinem Kopf fühlte es sich an wie beim Schleudergang einer Waschmaschine, und ich hatte Brechreiz. Ich kniff die Augen zusammen, um besser sehen zu können, rutschte auf der Bank ein Stückchen tiefer und lehnte den Kopf an. Plötzlich musste ich würgen und erbrach mich krampfhaft. Danach saß ich keuchend und hustend da, bis die Feuerwehr abzog.

Die Fenster von Sophias Wohnung waren gesprungen und rundherum von Ruß eingerahmt, wie kajalverschmierte Augen in einer Häuserwand. Meine Haare hingen mir wirr ins Gesicht, die langen Strähnen vorn waren versengt. Jetzt erst merkte ich, dass ich meine Flügel immer noch trug. Ich schnallte sie ab und stopfte sie neben der Bank in einen Papierkorb. Das Schlimmste war der Gestank. Der beißende Brandgeruch hatte sich in der Kleidung, den Haaren und in meiner Haut festgesetzt.

Ich drehte mich zu dem Jungen um, der mich mitfühlend ansah und sich dabei die langen schwarzen Haare aus dem Gesicht strich. Er hatte seine Zorromaske noch nicht abgenommen, und ich stellte mir vor, wie absurd wir aussehen mussten. Ein Zorro und daneben ein verkokelter, kotzender Engel mit seinen Flügeln im Papierkorb. Ich fing an zu lachen. Der Junge lächelte.

»Wenigstens haben Sie Ihren Humor behalten«, sagte er und reichte mir eine Flasche Wasser.

Ich trank gierig, das Wasser lief mir übers Kinn.

»Ich sitze hier schon eine Weile. Deshalb hab ich auch gesehen, als es losging, und die Feuerwehr angerufen.«

Ich tätschelte seinen Arm und versuchte wieder, mich zu erinnern, woher ich ihn kannte. Sein Gesicht hatte ich noch nicht gesehen, weder mit noch ohne Maske, da war ich mir sicher, aber seine Bewegungen und seine Figur kamen mir vertraut vor. Er schob sich die Maske ins Haar und nestelte nervös an seinem Umhang.

Er konnte kaum zwanzig sein. Seine Augen waren schmal geschnitten, die Haut hatte einen leichten Curryton, und die Wangenknochen stachen deutlich hervor. Vermutlich war ein Elternteil asiatisch. In seinem schwarzen Haar hatte er weiße Strähnen, und seine schwarz lackierten Fingernägel und die vielen Ohrstecker hatten wahrscheinlich nichts mit seinem Kostüm zu tun, sondern gehörten zur Grundausstattung. Ich reichte ihm die Hand. »Marei. Und duz mich bitte.«

»Leander.«

»Danke fürs Wasser.«

Er nickte. Trotz der Rußspuren in seinem Gesicht konnte ich sehen, wie er rot wurde.

»Meine Güte«, dachte ich, »bist du schön.« Er war mir schon während der Party aufgefallen, weil er schüchtern durch die Räume wanderte, mit niemandem sprach und sich auch nicht an der Orgie beteiligte. Ein paar Mal hatte ich gesehen, wie ihn Frauen und auch Männer angesprochen hatten. Eine versuchte ihn zu küssen, und ein älterer Mann legte ihm die Hand auf den Oberschenkel, aber er hatte sich schnell aus dem Staub gemacht. Irgendwann, als ich im Darkroom war, musste er gegangen sein, und kurz danach brach das Chaos los.

Ich hustete wieder. Meine Narbe unter dem zerrissenen weißen Kleid juckte, und ich rieb vorsichtig darüber.

»Kriegsverletzung?«

»Sozusagen. Es war eine Tätowierung. Mein Mann hat das Gegenstück dazu, es sollte unsere ewige Liebe symbolisieren. Dann hat er mich betrogen, und ich hab's weglasern lassen.«

Leander schüttelte den Kopf. »Ich meine die andere, am Arm, die genäht ist.«

»So was Ähnliches. Kollateralschaden nach sieben Jahren Ehe.«

Leander stand auf, ging zu einem kleinen Kiosk hinter uns, der gerade öffnete, und kam mit zwei neuen Wasserflaschen zurück. Dankbar nahm ich eine entgegen und trank von neuem. Mein Hals war ein einziger Kratzschwamm.

»Das war eine heiße Party.« Auch seine Stimme klang unglaublich jung.

»Sehr amüsiert hast du dich aber nicht.«

»Es war nicht das, was ich gesucht habe.«

»Und was suchst du?«

»Keine Ahnung.«

Da waren wir schon zwei. Mein Traum war gerade in Flammen aufgegangen. Ich hatte zum ersten Mal seit langer Zeit keine Ahnung, was ich jetzt machen sollte. Leander war da viel praktischer.

»Wir sollten duschen.«

Ich zeigte zu Sophias Wohnung hinauf. »Mein Badezimmer wird gerade renoviert.«

Er stand auf und nahm meine Schatulle. Ich wickelte mich in die Decke und folgte ihm. Die versengten Flügel ließen wir im Papierkorb liegen. Flügel braucht kein Mensch; sie sind sperrig, man bleibt damit im Türrahmen hängen, und wenn man zufällig in einen Wohnungsbrand gerät, sieht man aus wie eine gerupfte Weihnachtsgans.

»Woher kenne ich dich bloß?«, fragte ich, als wir eine Weile schweigend durch den heller werdenden Park gegangen waren.

»Aus Gemmas Studio.« Er machte eine Geste wie jemand, der sich eine Badekappe überstülpt und einen Reißverschluss über dem Bauch hochzieht. Der Sklave. Jetzt erkannte ich seinen schmalen Körper wieder und auch die schwebende Art, mit der er sich bewegte.

»Na klasse.« Ich sah ihm skeptisch ins Gesicht. »Bist du überhaupt volljährig?«

Er schnaubte: »Gerade so eben.« Und nach einer Weile: »Ist auch egal, ich geh da nicht mehr hin. Ich hab genug von all diesem Zeug.«

Ich nahm seine Hand. Eigentlich war es mütterlich gemeint gewesen, weil er so traurig geklungen hatte. Sie war warm und stark, und ich merkte, dass ich diejenige war, die getröstet wurde.

Wir hätten ein Taxi nehmen können, doch wir gingen lieber zu Fuß. Es kam mir vor, als durchquerten wir die halbe Stadt. Ich war so müde und gleichzeitig so aufgedreht, dass ich es kaum merkte. Leander erzählte von sich. Von seiner Mutter, die in Kyoto lebte, und seinem Vater, der eine Freundin nach der anderen mit nach Hause brachte. Von seinem Studium an der Kunsthochschule. Wie er zufällig eine von Gemmas erotischen Inszenierungen in einem kleinen Theater miterlebt hatte und fasziniert war von ihrer Ausstattung, dem Perfektionismus und der Ästhetik des Ganzen.

»Ist dir mal aufgefallen, wie unglaublich gebildet Gemma ist?«, fragte er. »Sie hat in ihren Kulissen und Räumen überall versteckte Zitate. Sie kennt sich mit Antiquitäten aus, mit Literatur, Kunst, Mythologie, sogar mit Religion. Ihre Maschinen sind Meisterwerke. Im Grunde ist sie eine Künstlerin.«

»Dann war das der Grund, weswegen du bei ihr warst?«

»Dieser absurde Sex war es bestimmt nicht. So sollte Sex nicht sein, finde ich. Ich stelle mir das schöner vor, einfacher.«

Ich drückte seine Hand. »Du bist ein Romantiker.«

»Lachst du mich aus?«

»Nein, ich bin auch eine Romantikerin. Im Grunde möchte ich nur zwei nackte Menschen, die freundlich miteinander umgehen und sich im besten Fall sogar noch lieben. Leider klappt das gerade nicht so gut.«

Wir erreichten ein altes Mietshaus. Er zeigte mit der freien Hand unters Dach. »Da oben wohne ich.« Er öffnete die Tür, aber ich zögerte. Ich sah neue Verwicklungen auf mich zukommen, die ich wirklich nicht brauchen konnte. Ich hatte weder die Kraft noch die Nerven, um die Verantwortung für jemanden zu übernehmen, der so jung war und, wie mir schien, auch nicht sehr viel Erfahrung hatte.

Leander spürte meinen Widerstand und lehnte sich ruhig gegen den Hauseingang. Die Tür hielt er mit einem Fuß offen. Er umfasste meine Taille, und wir standen einfach da. Ich hatte laufend Filme im Kopf; hinter meiner Stirn änderten sich die Bilder sekundenschnell, als würde jemand mit einer Fernbedienung durch die Kanäle zappen. Ich sah mich ihn an den Schritt fassen und uns im Treppenhaus die Kleidung vom Leib reißen. Ich sah mich, wie ich ihm über die Wange strich und ging. Ich sah ihn als älteren Mann und mich als ganz junges Mädchen. Leander zog mich an sich, suchte meinen Blick und wartete, bis ich wieder ganz bei ihm war.

»Stehst du gut so?«, fragte er, und völlig überrascht nickte ich. »Okay, dann bleiben wir eine Weile stehen, bis du dich sortiert hast.«

Ich entspannte mich und schaltete die Diashow in meinem Kopf aus. Hier stand ich, nach Rauch und Qualm stinkend, an seinen schmalen Körper gelehnt. Seine Haut war feinporig und weich und ohne jeden Bartschatten. Seine Wimpern waren lang und schwarz und am Oberlid mit Kajal betont. In seinem Ohr glitzerten Stecker. Ich fühlte seinen Brustkorb, fühlte die Rippen, wenn er einatmete, die Schnalle seines Gürtels. Ich spürte auch, dass er eine Erektion hatte, und überlegte, wie ich darauf reagieren sollte, aber ich war es leid, mir selbst immer einen Schritt voraus zu sein, und konzentrierte mich auf das, was ich empfand.

Es fühlte sich gut an. Es war prickelnd und gleichzeitig vertraut, vielversprechend, doch nicht zwingend. Ich schmiegte mich fester an ihn, kam ihm entgegen, wurde weicher, nachgiebiger. Er atmete an meiner Schläfe. Ich schloss die Augen und blieb einfach so stehen, bis es gut war, bis ich die Intimität ertragen konnte.

Ficken ist einfach. Zum Ficken muss man nur den Hintern hinhalten und sich seinen Teil dazu denken. Was für ein Quatsch zu glauben, dass man beim Sex ganz bei sich ist; man schwebt eher in einem Paralleluniversum, man tauscht die Geilheit aus gegen seine wirkliche Persönlichkeit. Intimität auszuhalten, sich so nahe zu sein, ohne durchsichtig zu werden und zu verschwinden, darin besteht die Kunst. Und Leander war darin anscheinend besser als ich.

»Ich würde wirklich gern duschen«, sagte ich schließlich, und er stieß die Tür mit der Fußspitze auf.

Die Wände seiner Wohnung waren von oben bis unten mit Zeichnungen bedeckt.

Ich schlenderte daran vorbei wie in einem Museum, während ich mit einem Handtuchturban um den Kopf und eingewickelt in einen Bademantel darauf wartete, dass Leander aus der Dusche kam.

Großäugige Mädchen mit überdimensionalen Brüsten und winzigen Füßen staksten mit Laserpistolen, die *Zzzzschhhh* machten, durchs Bild. Planeten kreisten am Himmel, und merkwürdige Wesen hingen von Bäumen herunter. In einer zwiebeltürmigen Landschaft, die aus wabernden, amorphen Formen bestand, und in der gerade drei Sonnen auf- oder untergingen, fand ich schließlich – mich selbst. Mein Porträt war mit wenigen Strichen ziemlich gut getroffen und wie die anderen Mädchen ausgestattet mit tellergroßen Stauneaugen, einem Hemdchen, das von den riesigen Brüsten fast gesprengt wurde und unter dem ein winziger weißer Slip hervorlugte. Die Haare zu einer antiken Flechtfrisur aufgetürmt, stand ich mit Tränen in den Augen und gefesselten Händen vor einem riesigen Roboter, der mich mit einem menschlichen Gesicht verhöhnte und mit einer Art Schraubzwinge auf mich zielte. Wahrscheinlich war sie elektrisch aufgeladen, denn eine zackige Linie umgab sie und machte *Kssskssksss*.

»Das ist die Prinzessin«, sagte Leander, knotete seinen Kimono zu und warf sein Handtuch über einen Sessel. Er tippte auf mein Comic-Ich. »Sie wird gerade von ihrem Heimatplaneten verbannt und muss jetzt dem Schrecklichen Herrscher des Mondes das Feld überlassen und allein durch die Galaxie reisen.«

Im nächsten Bild sah man den Schrecklichen Herrscher des Mondes sehr schrecklich lachen. Seine Augen waren dunkel umschattet und sein Schnauzbart so buschig, dass man die Oberlippe nicht erkennen konnte. Er sah ein bisschen aus wie Samir, fand ich.

»Wieso wird sie verbannt?«, fragte ich. »Hat sie mit dem Tragen von winziger Micro-Unterwäsche gegen ein Gesetz verstoßen?« Leander drehte ein drittes Blatt zu mir um. »Das muss ich mir noch ausdenken. Jedenfalls bekommt sie zwei treue Gefährten für ihre Reise.«

»Toll, Tweety und der Bärenmarkenbär, die werden ihr was nützen im Weltraum.«

Leander ignorierte meinen Kommentar und griff nach zwei weiteren festgepinnten Bögen. »Der eine ist ein treuer Krieger, der sich tagsüber in einen Bären verwandeln muss. Das andere Wesen ist halb Mädchen, halb Vogel, eine Späherin.«

Ich sah mir das Dreamteam an. In einer Mondlichtsequenz brummte der Bär markerschütternd; er krümmte und schüttelte sich und stand schließlich als nackter Krieger vor einem Raumschiff, eine Hand noch als Bärentatze auf die Einstiegsluke gelegt.

»Du hast Gemmas Profil gut getroffen«, sagte ich und wunderte mich, warum mir nie aufgefallen war, dass sie wirklich wie eine Kriegerin aussah. Das Vogelmädchen hatte Leanders Züge und war schmal und durchscheinend. Man konnte die Landschaft durch ihren Körper hindurch erkennen. »Wie geht es weiter mit der Prinzessin?«

»Ihre Welt soll in eine Maschine verwandelt werden, die andere Welten frisst. Sie wird versuchen, es zu verhindern, aber erst mal muss sie weg.« Er zeigte mir eine Zeichnung, auf der die Prinzessin mit immer noch schreckgeweiteten und tränenschwimmenden Insektenaugen im Cockpit saß und den Steuerknüppel zwischen den Beinen hielt.

»Hoffentlich hat sie einen Ersatztanga mitnehmen dürfen«, sagte ich, »denn wenn sie den Knüppel weiter so hält, ist der Slip hier bald durchgescheuert.«

Leander nickte und sah das Blatt so ernst an, dass ich mich wunderte. »Ich weiß es noch nicht genau«, erklärte er schließlich, »ob es Fantasy bleibt oder ein Mangasutra wird. Diese versauten Geschichten mit fliegenden Röckchen und bebenden Riesennippeln, die sind gleichzeitig obszön und niedlich, da findet man immer wieder irre Sachen. Schulmädchen mit Zöpfen entpuppen sich als großschwänzige Zwitter, Dämonen werden in alten Kirchen gefickt oder Männer von riesigen Frauenfüßen zertrampelt. In den *Mutant Love Comics* gibt's Mädchen mit drei oder mehr Brüsten, Augen am Hintern oder Mösen an den unglaublichsten Stellen. Dabei sind sie witzig und machen sich darüber lustig, dass alle hinter dem nächsten großen Thrill herhecheln. Gleichzeitig sind sie auch sehr melancholisch und gnadenlos kitschig. Ich mag das. Aber«, er stockte und nahm wieder das Blatt mit dem Steuerknüppel, »ich weiß nicht, was die Prinzessin mag.«

»Sie möchte bestimmt noch mehr Steuerknüppel halten«, sagte ich, »wer solche Slips trägt, die sich so in jede Ritze klemmen, der will das. Da könntest du eigentlich noch ein *Smotsch* drüberschreiben. Oder du verbindest ihre Klitoris mit der Bordelektronik, und sie speist ihre kleine fliegende Untertasse mit spaciger Muschi-Energie.«

Wir hatten uns mittlerweile auf dem Boden ausgebreitet. Gegen dicke Kissen gelehnt sahen wir uns die Bögen an, die um uns herumlagen. Er erzählte mir, wie er zu den Comics gekommen war, wie er erst berühmte Mangas kopiert und dann versucht hatte, einen eigenen Strich zu finden. Jetzt zeichnete er mit einem hauchdünnen Kalligraphiepinsel und Tusche, ohne vorher eine Bleistiftskizze zu machen. Deshalb sahen die Bögen eher wie Kunstwerke und weniger wie Comics aus; sie hatten alle diesen flüchtigen, bewegten Strich, als seien sie Skizzen für große, historische Gemälde.

Leander machte uns Milchkaffee und später Nudelsuppe, die wir direkt aus der Schale schlürften. Ich fühlte mich wieder wie zwanzig und fand es romantisch, bei einem fremden Mann auf dem Fußboden zu liegen und über japanische Holzschnitte und Animes zu sprechen.

Die Sonne schien jetzt hell ins Zimmer, und es wurde etwas heiß. Ein Schweißtropfen lief mir aus der Achselhöhle bis zur Taille. In meinem Nacken kräuselten sich die feuchten Haare, und meine Stimme war durch den

Rauch, die schlaflose Nacht und das stundenlange Reden rau und heiser. Irgendwann lachte Leander mitten im Satz und sagte mir, wie sexy er mich fände.

»Du bist auch ziemlich sexy«, sagte ich. Wir lagen mittlerweile so nah beieinander, dass ich die Wärme seines Körpers fühlen konnte. Die Härchen auf meiner Haut stellten sich auf. Plötzlich war ich sehr ungeduldig. Wahrscheinlich war ich einfach überreizt von den Ereignissen der Nacht, aber ich konnte und wollte es kaum mehr abwarten, ihn zu berühren, mich an seinen Körper zu pressen und seine Haut zu spüren, die wirklich einen einzigartigen Farbton hatte.

Ich beugte mich vor, eine Winzigkeit nur, er kam mir entgegen, und sehr langsam küssten wir uns. Seine Lippen waren weich und bewegten sich kaum. Ich öffnete vorsichtig den Mund und tastete mich mit der Zungenspitze behutsam vorwärts, um ihn nicht zu erschrecken. Und tatsächlich war ich mir nicht sicher, ob er nicht doch zurückzucken würde, wenn ich jetzt etwas übereilig wurde. Seine Zunge spielte mit meiner. Ich öffnete den Mund noch etwas weiter. Unsere Lippen drückten sich fester aufeinander. Ich neigte den Kopf und rutschte in Zeitlupe das Kissen hinunter, bis mein Kopf unter seinem lag und ich mit der freien Hand seinen Nacken und seine Wange streicheln konnte. Seine Haut war wie die eines Mädchens. Sie war unglaublich weich; meine Finger kamen mir dagegen grob und ledrig vor, und ich berührte ihn nur mit den Spitzen.

Wir küssten uns lange. Manchmal drehte ich den Kopf etwas, oder er schnaufte durch die Nase, aber er machte keinerlei Anstalten, sich auf mich zu legen oder auch nur sein Gewicht zu verlagern. Er blieb aufgestützt neben mir liegen und streichelte mein Gesicht und meinen Hals, tastete sich aber nicht zu den Brüsten hinunter. Und schon gar nicht weiter vor zwischen die Schenkel, die ich ein Stück gespreizt hatte, sodass der Bademantel sich öffnete.

Ich war noch nie besonders gut darin, passiv zu sein oder zu warten. Schon gar nicht, wenn ich feucht bin wie Meeresschlick und jede Faser in mir bis zum Zerreißen gespannt ist. Ich rutschte ein Stückchen näher. Meine Brust berührte seine Haut. Die Spitzen waren so hart, dass es wie ein Stich durch meinen Körper fuhr. Ich strich über seine haarlose Brust. Seine Haut glühte regelrecht, während meine trotz der kleinen Schweißperlen in meinen Achseln und Kniekehlen kühl blieb.

Ich presste mich an ihn und zog das Knie etwas an, um mit meinem Bein an seinem entlangzustreichen. Er blieb hölzern und zurückhaltend, atmete aber schwerer, und seine Erektion war jetzt unübersehbar. Seine geschlossenen Augenlider flatterten, wenn ich mich an ihn schmiegte und über seine Haut hauchte.

Ich wartete einen Moment, legte mich in seinem Arm zurück und sah ihn an. Seine Augen waren groß und dunkel, wie die der Mangamädchen auf seinen Zeichnungen.

»Du hast noch nie mit einer Frau geschlafen, oder?«

Er schluckte. »Nein.«

»Geht dir das zu schnell?«

Er legte mir den Finger auf die Lippen und küsste mich wieder. »Ich möchte mit dir schlafen, aber ich habe keine Ahnung, wo ich anfangen soll.«

Ich erinnerte mich an mein erstes Mal und wie entmündigend und fast demütigend ich es empfunden hatte, nicht zu wissen, was als Nächstes passieren würde. Ich hätte damals gern einige Fäden in der Hand gehalten und experimentieren wollen, statt es nur passieren zu lassen. Ich löste den Gürtel meines Bademantels, schlug ihn auseinander und strich mir mit der Hand über die Brüste bis zum Bauch.

»Wo du willst. Es gehört alles dir. Spielregeln gibt's keine und Zeit auch nicht. Und wenn es uns überkommt, unterbrechen wir einen Moment und machen dann einfach weiter.«

Er öffnete seinen Kimono und ließ ihn über die schmalen Schultern gleiten. Irgendwann würde ich ihm die Schlüsselbeine lecken, die Achseln und zwischen den Pobacken; jeden Zentimeter seines Körpers würde ich schmecken. Aber nicht jetzt.

Wir küssten uns wieder. Diesmal tastete seine Hand von meinem Gesicht zu den Brüsten, drückte sie leicht, befühlte die Nippel und glitt zwischen den Brüsten tiefer zum Bauch. Wir sahen uns in die Augen, und ich zuckte zusammen und kicherte kurz, als er über die kitzlige Stelle an meiner Taille strich. Meine Hand, die zwischen uns lag, schob ich unter seinem aufgestützten Arm hindurch, sodass ich seinen Rücken streicheln konnte und seinen Kopf, als er meinen Hals hinunterküsste und an den Brustwarzen saugte.

Er züngelte tiefer zum Nabel, beugte sich dann vor, nahm meinen Arm und leckte von der Armbeuge bis zur Innenseite des Handgelenks. Ich konzentrierte mich ganz auf seine warme, feuchte Zunge und seinen Atem über meiner Gänsehaut. Seine Finger rutschten zu meinem Oberschenkel und tasteten sich schließlich, endlich, nach qualvollen Minuten, in denen es mich innerlich zu zerreißen drohte, zu meiner Muschi vor.

Ich atmete scharf ein, als ich seine Berührung wie Nadelstiche spürte. Inzwischen war ich glitschig nass. Die Feuchtigkeit hatte sich bis in meine Poritze verteilt. Seine Finger schlüpften zwischen die Schamlippen, berührten den Kitzler, der vor lauter Geilheit so prall war, dass es fast wehtat. Und gerade als er die kleine Kuppe erkannt hatte und sie vorsichtig rieb, keuchte er und spritzte seinen Samen warm über meinen Bauch. Er zuckte zusammen und hörte auf, an meiner Brustwarze zu saugen. Ich strich durch sein Haar.

»Kein Problem, ich wisch es gleich weg. Mach einfach weiter.«

»Hier?« Er umkreiste meinen Kitzler, und ich stöhnte.

»Genau da. Ganz leicht nur, als würdest du mit einem Finger Creme verteilen.« Seine Fingerkuppe kreiste, und ich spannte den Bauch an. Sein Atem war heiß an meinem Ohr.

»Gefällt dir das?«

Noch bevor ich etwas sagen konnte, kam ich mit einem lauten, befreienden Schrei und drückte mich seiner Hand entgegen. Wie von selbst glitt ein Finger in meine Möse. Schnell legte ich meine Hand auf seine, damit er ihn nicht herauszog. Ich atmete noch hastig. »Fühlst du mein Zucken?«

Er nickte und küsste meinen Hals.

»Ich liebe es, das ist das Beste am Orgasmus.« Ich tätschelte seinen Handrücken und wischte mit einem Zipfel des Bademantels über meinen Bauch.

»Ich geh mal besser Kondome holen«, murmelte er in meine Halsbeuge, sein Finger schlüpfte aus mir, und schnell wie eine Katze war er auf den Füßen und verschwand im Bad. Er hatte wieder eine Erektion. Glückliche Jugend.

Ich wechselte vom Fußboden aufs Bett. In meinem Alter hat man von Bandscheiben wenigstens schon mal gehört. Eigentlich möchte ich nicht mehr ganz jung sein, jedenfalls kein Teenie. Wenn ich Gruppen von Jugendlichen sehe – und die sieht man ja eigentlich nur in Gruppen wie blökende, orientierungslose Heidschnucken, die kaum allein grasen können –, habe ich schnell Mitleid. Es ist doch schlimm, wenn man nichts so dringend braucht wie Anerkennung und Respekt, aber gleichzeitig so unfreiwillig komisch ist. Die Stimme klingt wie eine Mischung aus Beavis beziehungsweise Butthead und einer Moulinette, und ständig muss man herumzappeln. Immer haben sie zu viel Zeit und zu viel Kraft. Die Geschlechtshormone schießen in die Blutbahn, und dann hibbeln sie herum, als griffen sie gerade an einen Elektrozaun.

Aber aus dem Alter war Leander offenbar raus, und die Geilheit, die ist schon klasse. Gerade, weil man nicht weiß, was einen eigentlich erwartet, wird die Spannung so unerträglich. Mit fünfzehn oder sechzehn gab es Tage, an denen hätte ich mir schon die Bluse vom Leib reißen können, wenn ich auf einer Postkarte »Bitte freimachen« las oder im Radio das Wort »Verkehrsfunk« hörte. Die aufgekrempelten Hemdsärmel des Deutschlehrers grenzten an sexuelle Belästigung. Wie soll man sich auch auf seine eigentlichen schulischen Pflichten konzentrieren,

wenn einem vor Testosteronstau fast die Augäpfel raus-
fallen?

»Du lächelst ja.« Leander stand über mir, mit einem
Packen Kondome in der Hand. Ich versuchte mir vor-
zustellen, wie viele wir davon heute noch verbrauchen
würden, und war mit allem einverstanden.

»Grundkurs bestanden?«, fragte er, als er wieder neben
mir lag und mein Gesicht mit kleinen Küssen bedeckte.

»Jetzt was für Fortgeschrittene?«

Er blinzelte mich erwartungsvoll an. Seine Anspannung war wie weggeblasen; er sah neugierig und aben-
teuerlustig aus.

»Zeig's mir.«

Ich beugte mich vor und nahm seinen Schwanz zwischen die Lippen. Er war beschnitten, und ich fühlte mit
der Zungenspitze über die Eichel, deren Haut etwas härter war, als ich es gewohnt war. »Ich hatte noch nie einen
beschnittenen Mann«, sagte ich. »Ich bin eine Glatzen-
jungfer, es ist also nicht nur für dich das erste Mal.«

»Das beruhigt mich«, lachte er und spannte den Rücken an, als ich seinen Schwanz tiefer in den Mund nahm
und sachte anfing zu saugen, während ich seine Eier
massierte und mit den Fingernägeln der anderen Hand
leicht über seinen Oberschenkel und seine Hinterbacken
kratzte. Er stöhnte leise, und die langen schwarzen Haare
fielen ihm ins Gesicht. Ich konnte nicht anders, als mir
uns beide immer wieder als Mangazeichnung vorzustel-
len; er der düstere, mädchenhafte Prinz mit einem verzückt verzerrten Gesichtsausdruck und einem zittrig ge-
schriebenen *Aargh* über seinem Kopf. Ich lehnte mich
zurück und streckte mich aus, und er legte mein rechtes

Bein auf seine Schulter. Nachdem er ausgiebig die Knie-
kehle geleckt hatte, pellte er sich das Kondom über und
schob sich langsam über mich. Ich konnte ihn zittern
fühlen, als sein Schwanz in mich eindrang. Fasziniert beobachtete ich sein Gesicht, auf dem eine Mischung aus
Staunen und Begeisterung lag. Er merkte, dass ich ihn
betrachtete, und lächelte. Wir sahen uns die ganze Zeit
an. Er begann zu stoßen. Ich kam ihm mit dem Becken
entgegen, rieb meine Klitoris an seinem Schaft und diri-
gierte ihn kaum merklich, wenn er zu schnell wurde oder
ich mir einen anderen Winkel wünschte.

Sehr viel später lagen um uns herum benutzte Kondome
und aufgerissene Verpackungen, außerdem eine leere
Schale Pistazieneis und ein angebrochenes Glas Nutella,
in dem noch ein langer Plastiklöffel steckte.

Ich ruhte schläfrig in Leanders Arm und hätte schnurren können. »Wie geht es eigentlich weiter mit der Prinzessin? Kann sie ihre Welt befreien?«

Leander drehte sich zur Seite und nahm eine Mappe
aus einem Regal. Darin lag ein Wust aus Zeichnungen,
teilweise auf Bierdeckeln oder Servietten, mit Kuli, mit
Edding, eine sogar mit Lippenstift angefertigt. Er sor-
tierte und zeigte mir immer, wenn er den passenden Pa-
pierfetzen gefunden hatte, ein Bild.

Auf dem ersten stand mein Manga-Ich einer ganzen
Armada von Mädchen gegenüber, die aussahen wie meine
Zwillingsschwestern, aber alle bis zu den Zähnen bewaff-
net waren.

»Die Prinzessin kämpft mit einer Armee von Spiegel-
bildern, die ihren Seelenstein stehlen wollen.« Auf einer

fettfleckigen Restaurantrechnung funkelte über einer Handfläche ein schwebender Diamant, der ein bisschen wie ein Parfümflakon aussah. »Diesen Stein braucht sie, um ihren sagenumwobenen Heimatplaneten finden zu können. Mit ihm befreit sie auch den hermaphroditischen Zauberer ohne Gesicht, der in eine Maschine des Schrecklichen Herrschers eingesperrt ist.«

Die Maschine erinnerte mich sehr an Gemmas Giger-Inszenierung, und ich überlegte, ob der Zauberer wohl auch mit Klemmen an den Hoden an irgendeinem Maschinenteil festgeschraubt worden war.

»Was ist denn das für eine Ente im Raumanzug?«, fragte ich und zog ein einzelnes Blatt aus dem Stapel.

»Ach, vielleicht wird das ihr Maskottchen. Das Ding gibt es wirklich in Japan. Es heißt Ifbot und ist ein Roboter, mit dem sich alte Leute unterhalten sollen, damit sie nicht verkalken. Er kann angeblich mehrere Millionen Phrasen erkennen und wie ein fünfjähriges Kind antworten.«

»Krank.«

»Der Zauberer fliegt aus Dankbarkeit mit ihr zurück zu ihrer Heimatwelt und verjagt den Schrecklichen Herrscher – wie, das weiß ich noch nicht so genau. Das Volk ist befreit und jubelt. Aber der Preis dafür ist hoch.« Die Serviette zeigte eine Art Schneewittchensarg, in dem mein Manga-Ich schlief.

»Ich sterbe? Was ist denn das für ein Happy End?«

»Sie stirbt nicht. Sie wird im ewigen Eis eingeschlossen. Denn der Schreckliche Herrscher ...«

»... ist ja wirklich durch und durch schrecklich, wie Kentucky Fried Chicken, das ist durch und durch fettig.«

»Bist du bissig.«

Ich senkte schuldbewusst den Kopf. Es stimmt schon, meistens ist mein Mundwerk meinem Gehirn einen Schritt voraus. Wenn ich etwas sage – und es mag sein, dass das auch an meiner tiefen Stimme liegt oder an dieser Art, die man als natürliche Autorität bezeichnen kann oder aber als Knastcharme –, dann klingt es schnell schroff. Ich bin immer völlig überrascht, wenn ich mich selbst auf Tonband anhöre, denn in mir drin bin ich viel netter, weicher, mädchenhafter.

»Eigentlich bin ich ein Kätzchen, gefangen im Körper einer Hyäne.«

Leander grinste. »Jedenfalls kann der Schreckliche Herrscher den Planeten nur aufspüren, wenn er ihren Herzschlag hört. Sie legt sich schlafen, um ihr Volk zu schützen.«

»Ich leg mich auch gleich schlafen«, murmelte ich. Schlagartig hüllte mich Müdigkeit ein wie eine schwere Decke.

Leander ließ die Mappe neben dem Bett auf den Boden fallen und zog mich an sich. »Marei«, flüsterte er, dann wurden seine Atemzüge tiefer. Ich hörte ihm noch eine Weile zu und wusste plötzlich, dass ich mich in ihn verlieben könnte.

Die nächsten Tage blieben wir größtenteils im Bett, bestellten Falafel und Sashimi, erzählten uns unser Leben und schliefen miteinander. Die Telefonate, die ich zwischendurch erledigen musste, mit der Polizei, Sophia, Malte, Gemma, mit meinem Mann und der Versicherung, erledigte ich vom Bad oder vom Flur aus. Ich wollte nicht, dass diese Dinge in unser Schlafzimmer einbrachen und die Stimmung verdarben.

Wir blätterten durch Kataloge mit Japanreisen. Leanders Traum war es, nach Tokio zur Comiket und Anime Fair zu fliegen, um besser einschätzen zu können, wie seine Arbeiten auf dem japanischen Markt ankommen würden und wie er sich noch mehr von den üblichen Mangas abgrenzen konnte. Er zeigte mir die DVD von *Ghost in the Shell*, einem Animeefilm, aus dem die *Matrix*-Macher die Hälfte ihrer Ideen geklaut hatten. Ich war begeistert von den düsteren Stadtansichten und der mythologischen Story. Und als wir später *Das wandelnde Schloss* sahen, wurde mir auch klar, woher Leander sein Styling hatte. Wir überlegten, dass wir anschließend nach Kyoto weiterreisen wollten, denn seit mir Sophias japanischer Freund, als Geisha gewandet, die Hausschlüssel überreicht und mit mir Tee getrunken hatte, faszinierte mich dieser Beruf. Außerdem wollte ich sehen, ob es wirklich Automaten gab, in denen man getragene Unterwäsche von Schulmädchen kaufen konnte, wie einer von Leanders Reiseführern behauptete. Ganz sicher, und da waren wir uns einig, würden wir uns keine Show mit *Nose Torture* ansehen. Die japanische Begeisterung für bis zur Schmerzgrenze in der Nase bohrende Frauen konnten wir nicht teilen, auch wenn wir sie so komisch fanden, dass wir immer wieder anfingen zu kichern wie auf einer Pyjamaparty.

Eines Nachts lagen wir schweißüberströmt und ineinander verknotet auf den Laken, das Fenster stand offen, die Vorhänge wehten ins Zimmer, und ich fühlte mich, als wären wir im Innern des schwankenden, auf Stelzen wandernden Schlosses unterwegs. Ich seufzte. Leander küsste meine feuchte Schläfe. Ich strich über seinen harten Brustkorb, dessen Rippen sich deutlich abzeichneten, und murmelte: »Ich würde gern mit dir gehen.«

Und er zog mich fest an sich und antwortete: »Ich auch.« Ich fühlte mich völlig betrunken, bekifft, ausgetauscht und umgekrempelt.

Vielleicht lag es am Sake, den wir zu den Sashimi getrunken hatten, oder an den Räucherstäbchen, die auf der Fensterbank glimmten, jedenfalls schlief ich unruhig und hörte im Traum ein großes Feuer im Hintergrund toben und prasseln. Eine Feuerwalze raste mir entgegen. Kurz darauf öffnete ich eine Tür und wurde von einer Rauchgasexplosion zu Boden geworfen und versengt. Ich erstickte im Rauch, meine Haare brannten. Dann sah ich, dass das Feuer ein Raketenantrieb war und ich mich in einem Cockpit befand. Ein großer Steuerknüppel steckte in meiner Möse und fuhrwerkte mechanisch raus und rein. Ich wurde in einer Maschinenlandschaft mit weit gespreizten Beinen auf eine Art Schere geschnallt. Fliegende, von Raketen angetriebene Riesenpenisse schossen auf mich zu und in mich hinein; meine Möse verschluckte sie alle. Die Landschaft, die aus teigigen, wabernden Gebilden bestanden hatte, formte sich zu Körpern, die über mich hinwegstiegen und überall an mir herumleckten. Der Schlick drang in mich ein, wurde hart. Hände aus Teig fingerten an meinem Körper. Ich lag heiß und schwitzend in dem Schlamm und schrie vor Geilheit, versuchte die länglichen Formen mit den Beinen zu umfassen und sie in mich hineinzudrücken, zog meine Schamlippen auseinander, damit der Schlick an meine Klitoris herankam, die hart wie ein Diamant war. Die Hitze wurde unerträglich. Ich bäumte mich auf, rieb noch ein letztes Mal über einen unterarmgroßen Penis und versuchte, mich draufzusetzen. Dann war es vorbei.

Heftig atmend, die Finger in der Möse, die Lippen zerbissen, aber ohne einen Orgasmus lag ich verrenkt im Bett. Ich wusste, dass es jetzt keinen Sinn hatte zu masturbieren oder Leander zu wecken. Ich war viel zu überreizt, um kommen zu können.

Im Dunkeln sah ich die Räucherstäbchen glühen und hörte Leanders ruhigen Atem neben mir. Sein schmaler, fast kindlicher Körper hob und senkte sich, eine Haarsträhne fiel ihm übers Gesicht, das im Halbschatten wie gezeichnet aussah.

Ich drehte mich um und zog mir die Decke über den Kopf, damit er nicht aufwachte und mich weinen hörte.

Am nächsten Morgen weckte ich ihn mit kleinen leichten Küssen auf die Schläfe, küsste ihn weiter über die Augen und die Nasenspitze bis zum Mund. Leander lächelte, war aber noch nicht wirklich wach. Das würde ich ändern. Ich küsste seinen Hals, seine Brust, seine Rippen und züngelte in seinem Bauchnabel. Ich richtete mich auf, drehte mich mit dem Kopf zu seinen Knien. Als hätte er es schon hundertmal gemacht, öffnete er seine Beine und ließ mich dazwischen. Ich leckte über seinen Oberschenkel, umschloss seine Eier mit den Lippen und züngelte seinen Schwanz hinauf, der hart und zuckend dastand. Dann fühlte ich Leanders Hände an meinen Hüften, an meinem Po. Ich rutschte mit der Möse näher an sein Gesicht heran und spreizte die Beine.

Er schnaufte und seufzte, als ich anfing, seinen Schwanz zu lutschen. Bald darauf fühlte ich seine Zunge zwischen meinen Schamlippen, die meinen Kitzler suchte. Ich finde, es ist wesentlich angenehmer, zusammen das Krempeltier zu machen, als Kaffee und Toast zu servieren. Wir nahmen uns alle Zeit der Welt. Leander verließ immer wieder die empfindliche Region um den Kitzler herum, leckte über die Mösenlippen, züngelte am Eingang oder spielte mit den Fältchen. Ich saugte inzwischen an seiner Eichel, nahm seinen Schwanz tief in den Mund, schmeckte ihn, knabberte ganz vorsichtig am Schaft und massierte währenddessen mit einer Hand seine Eier. Wir waren ein einziges schmatzendes, schleckendes, schlürfendes Tier. Von wegen zwei Rücken: zwei Rüssel, ineinander versenkt, schlüpfrig, überfließend und klebrig. Es war der beste Zungenfick, den ich je hatte. Zum Orgasmus wollte ich ihn in meiner Möse haben, also löste ich mich im letzten Moment von ihm und seinem Mund, der wie eine große saugende Qualle an meiner Möse angedockt hatte, griff nach dem unvermeidlichen Latex und schob dann seinen Schwanz schnell in mich hinein. Wir kamen fast augenblicklich, ganz kurz nacheinander, erst ich, dann er. So wie ich es am schönsten finde, weil es unglaublich geil ist, wenn ich mitten im Orgasmus noch von einem harten Schwanz gestoßen werde. Japsend lagen wir eine ganze Weile da, bis Leander unter mir hervorkrabbelte, um Kaffee zu kochen.

Ich breitete noch einmal die Skizzen auf dem Bett aus, während Leander einen großen Löffel Nutella in seinen Milchkaffee rührte.

»Was hältst du denn von einem Happy End?«, sagte ich.

»Die Prinzessin hat nur zum Schein eingewilligt, ihren Körper einfrieren zu lassen, um ihr Volk zu schützen. In Wirklichkeit hat der Zauberer ihren Geist von ihrem Körper befreit, und sie bewegt sich jetzt unabhängig von Raum und Zeit durch ihre Welt und verbindet sich mit allem, was es darin gibt. Das ist vielleicht ein bisschen pantheistisch, aber doch netter, als jahrtausendelang auf den rettenden BoFrost-Mann zu warten.«

Leander sah mich an. »Du gehst also«, sagte er schließlich.

Ich nickte. »Das heißt nicht, dass ich dich nicht liebe.«

*   *   *

»Trotzdem bist du gegangen.« Leanders Stimme ist ganz ruhig. Es ist eine Feststellung, kein Vorwurf. Ich drücke seine Hand und halte sie fest. Malte und Gemma sehen von mir zu ihm, während sie die letzten Schokoladentrüffeln lutschen. Ich kann ihnen ansehen, dass sie vermuten, was der Anlass dieses fürstlichen Dinners ist. Meine Trennung von Leander ist nur wenige Wochen her. Vielleicht glauben sie, ich hätte es mir anders überlegt. Aber erst gibt es noch etwas Unerfreuliches zu erledigen.

»Als ich Leander nach dem Brand auf der Parkbank traf«, erzähle ich, »hat er mir etwas erzählt. Nämlich, dass Hilde erst später dazukam. Er saß schon eine Weile auf der Bank und hat beobachtet, wie jemand zum Treibhaus ging, der offensichtlich nicht kostümiert war und auch keine Lust auf eine Orgie hatte.«

Die Tür der Küche öffnet sich, und Jannik führt zwei Beamte herein, einen in Zivil, den ich noch von den Ermittlungen kenne, und einen in Uniform.

»Leander hatte es zunächst vergessen, weil wir alle unter Schock standen. Aber als ich verdächtigt wurde, das Feuer selbst gelegt zu haben, und wir überlegten, wer es gewesen sein konnte, fiel es ihm wieder ein.« Ich drehe mich zu Samir um.

»Was hast du dir dabei gedacht?«, fahre ich ihn an. »Es sind Menschen verletzt worden! Dein Glück, dass niemand gestorben ist. Dass wir alle rechtzeitig aus dem Haus bringen konnten, war ein Wunder.«

Die Polizisten treten hinter ihn. Samir sieht mich hasserfüllt an. »Du gehörst verbrannt«, schnaubt er, »du hast mein Leben ruiniert, du Nutte. Wenn mein Leben vorbei ist, muss deins auch vorbei sein.«

Ich lehne mich zurück. »Moderne Form der Witwenverbrennung, ja?«

Die Handschellen schnappen zu. Samir tobt und schreit. Wahrscheinlich verflucht er mich, aber ich verstehe kein Wort, und das ist wohl auch besser so. Ich bin erleichtert, dass ich ihn nicht mehr sehen muss. Die Polizei, mit der ich in Leanders Badezimmer telefoniert hatte, hat eine Zigarettenkippe im Hausflur gefunden. Samirs Marke. Und selbst wenn Leanders Beobachtung von dem rauchenden Mann, der mit einer großen Tüte ins Treibhaus ging und kurz darauf ohne die Tüte wegrannte, nicht gereicht hätte, hat Samir sich gerade selbst verraten.

Obwohl ich diese Szene tausendmal durchgespielt habe, bin ich doch fassungslos, wie sehr er mich hasst. Was muss in ihm vorgegangen sein, dass er hierherfliegt, mich ausfindig macht, ausspioniert, was ich vorhabe, einen Brandsatz bastelt und jahrelangen Knast riskiert?

Ich hätte ihn schon beim Nachtisch festnehmen lassen können, aber er sollte Leanders Geschichte noch hören. Damit er weiß, dass ich mich nach ihm neu verliebt habe und auch geliebt wurde. Samir wehrt und sträubt sich gegen die Beamten und wird mehr aus dem Zimmer geschleift als geführt.

Ich wende mich wieder Leander zu. Seine Augen schimmern feucht. Ich beuge mich zu ihm und küsse ihn. Zwischen uns gibt es keine Missverständnisse. Er weiß genau, was hier passiert; ich habe ihn nie angelogen.

»Damit wäre unser Abend fast vorbei«, sage ich. »Ich bin froh, dass ihr alle da wart, um ihn mit mir zu feiern. Das ist heute ein ganz besonderer Anlass ...« Gemma stößt Malte in die Seite, der schaut etwas pikiert. »... denn genau heute bin ich seit einem Jahr von meinem Mann getrennt. Ich war ein Jahr lang frei und konnte tun und lassen, was ich wollte, und vor allem vögeln, wen ich wollte. Das war seine Strafe dafür, dass er mich betrogen hat. In einer Dreiviertelstunde endet seine Buße. Ich hatte mein vögelfreies Hurenjahr und meine Genugtuung, und jetzt ist es vorbei.«

Gemma zeigt mit ihrem Kaffeelöffel auf meinen Arm. »Hat diese Verletzung, die Hildes Arzt genäht hat, etwas damit zu tun?«

Ich fasse unwillkürlich an die Stelle.

»Mein Mann hatte diese Geliebte. Er sagte, es wäre praktisch schon wieder vorbei; er sagte, es wäre nur Sex gewesen, nur Sex! Es hätte nichts zu bedeuten. Einfach so weitermachen wollte er. Einmal auf die Knie fallen –

und dann business as usual. Immer schön Friede, Freude, Eierkuchen. Wärt ihr da nicht ausgerastet? Ich hatte plötzlich dieses Messer in der Hand. Und dann war es an meinem Hals. Er wollte meinen Arm wegziehen, es ging hin und her, und schließlich habe ich mich damit verletzt. Ich war wie betäubt. Er hat mich auf einen Stuhl gesetzt und auf mich eingeredet, so lange, bis ich zugestimmt habe, dass er seinen Fehler wiedergutmachen darf. Ich sollte fordern, was immer ich wollte. Und ich habe dieses Jahr gefordert. Uneingeschränkte Freiheit, Verfügung über seine Konten, seinen unbedingten Gehorsam.«

»Hoher Preis«, sagt Gemma, lutscht dabei an einer Fingerkuppe und tippt damit die restlichen Schokoraspel von ihrem Teller.

»Er wollte es so. Er wollte keine vernünftige Regelung, sondern eine angemessene. Eine, bei der ich wirklich das Gefühl habe, dass sie meinen Schmerz aufwiegt. Wir haben ein Kettchen gefunden, das wir ihm um den Fußknöchel gelegt haben.«

»Eine Sklavenfessel. Sophias Jungs tragen auch eine.«

»Den Schlüssel dazu haben wir gemeinsam mit unseren Eheringen draußen im Garten vergraben.«

Malte schnauft. »Ihr seid die geborenen Dramatiker. Deshalb deine ganzen Irrungen und Wirrungen? Ich hab mich immer gefragt, was dich eigentlich antreibt, wieso du so rastlos bist und oft so traurig, obwohl du eigentlich ununterbrochen Halligalli machst. Darauf brauche ich einen Schnaps.«

Ich gebe Jannik ein Zeichen, er kommt mit einem Tablett näher.

Ich sehe in die Runde. »Ist Grappa okay?«

MAREI

8

DIGESTIF:

Grappa di Romano Levi

»Gute Nacht, Freunde ... und ein letztes Glas im Steh'n.«

Ich summe vor mich hin, während ich den Grappa einschenke und mich einmal mehr über das handgemalte Etikett freue, auf dem man eine janusköpfige Frau mit zwei Gesichtern erkennen kann. »Was ich noch zu sagen hätte, dauert eine Zigarette«, summe ich weiter. Es ist spät geworden, und wenn man so betrunken ist, dass man anfängt, Reinhard Mey zu singen, sollte man die Party wirklich beenden.

Ich reiche Leander ein Glas und küsse ihn lange. Seine Haut duftet nach Jasminreis. Seine Haare fallen weich und schwer über meine Hand, die seinen Nacken streichelt. »Wenn es ein anderes Leben wäre ...«, flüstere ich ihm ins Ohr, aber er unterbricht mich, »... dann wären wir nicht wir«, und sieht mir tief in die Augen, bevor er einen Schritt zurücktritt.

Liebste Gemma, wir bleiben in Kontakt. Erst heute, als ich mich Schicht um Schicht wie eine Zwiebel gehäutet und alle, fast alle meine Geheimnisse verraten habe, ist mir klargeworden, dass ich überhaupt nicht weiß, welche deine sind. Als wir anstoßen, etwas zu heftig, und der Grappa im Glas schwankt, klingt es wie eine Abmachung. *Mich wirst du nicht mehr los.*

Malte umarme ich nicht. Ich kann nicht nachvollziehen, wie er auf all das verzichten kann, die Berührungen und Küsse, die Wärme, das Knistern, wenn man fremde Haut fühlt und das Glück, wenn man vertraute Haut wiedererkennt; das Eintauchen ineinander, die Lust, die Ekstase, den Schmerz, die Dramatik und die Leichtigkeit; die Traurigkeit, nach der ein Kopfkissen morgens riecht, und das Brennen und Flüstern tief im Bauch und zwischen den Beinen, wenn man allein ist. Aber ich respektiere seine Entscheidung und verbeuge mich – ein bisschen schwankend – vor ihm.

Bei Leo werde ich abwarten, was sich entwickelt. Ob wir befreundet sein können, nur wir zwei. Bisher waren wir immer zu viert: er, ich und unsere beiden Gespenster, Madhuri und mein Mann. Unsere ganz persönliche Geisterbahn, in der wir so laut herumgealbert haben, damit wir uns nicht fürchteten. Ich drücke ihn, und er hebt mich ein Stückchen vom Boden hoch.

»Wir chatten«, sage ich, und er nickt.

»Klar, immerhin müssen wir noch *Hanni und Nanni und der Internats-Gangbang* drehen.«

Ich lache. »Und vergiss nicht *Die Sendung mit der scharfen Maus.*«

Wir stoßen ein letztes Mal an. Wir trinken unsere Gläser auf ex, und der scharfe Stich stößt mir bis in den Magen und desinfiziert mir die Kehle.

Jannik hält die Mäntel bereit. Am Taxistand gegenüber werden sich die Fahrer auf Kundschaft freuen.

Die Haustür schnappt zu.

Ich lasse mich auf einen Stuhl sinken. Jannik geht vor mir in die Knie, legt seine Hände auf meine Oberschenkel und wartet, bis sich unsere Blicke aneinander festhalten.

»Ist es vorbei?«

Ich hatte fast vergessen, wie warm seine Stimme klingt. Ich lehne mich erschöpft zurück.

»Es ist vorbei.«

Ich streiche durch sein Haar. Ein Jahr habe ich das nicht mehr getan. Ich muss ihn erst wieder kennenlernen und fahre wie eine Blinde mit den Fingerspitzen über sein Gesicht. Seine scharf geschnittene Nase, die hohe Stirn mit den feinen Linien, die schmalen Augenbrauen, die fast indianischen Wangenknochen. Das ist Jannik.

Er knöpft sich das Hemd auf, bis ich die Tätowierung auf seiner Brust sehe. Es ist das Gegenstück zu meiner Lilie, ein kleiner Dschinn, der aus einer Flasche schwebt. »Ich wünschte, du hättest deine noch«, sagt er.

Ich schließe kurz die Augen. »Ich auch.«

Und dann küssen wir uns das erste Mal seit einem Jahr. Es ist genauso wie früher. Und es ist ganz anders. Ich erinnere mich sehr gut an seine Küsse, denn die ersten Wochen, als wir zusammen waren, haben wir kaum etwas anderes gemacht. Ich erkenne seine Lippen wieder, seinen Geschmack, die Art, wie sich seine Zunge vortastet, wie seine Hand meinen Hinterkopf umfasst, das Gefühl seines Atems auf meiner Haut. Fremd ist nicht er, fremd bin ich. Ich habe mich verändert in dem Jahr. Der Alkohol und das Gefühl unseres Kusses rauschen in meinem Kopf wie ein Wasserstrudel. Ich gebe mich ganz dieser Empfindung hin, lasse zu, dass ich vergesse, wo ich bin und was ich hier tue, rutsche immer tiefer, bis ich gar keine Worte mehr habe. Als wir uns voneinander lösen, ist mir schwindlig.

»Du siehst blass aus«, sagt er und lehnt seine Stirn an meine.

»Du bist der einzige Mann, den ich jemals gekannt oder«, ein kurzer Schluckauf, »gefickt habe, bei dem ich keine frigiden Träume hatte. Nur wenn ich mit dir zusammen war, bin ich irgendwann in diesem Chaos aus Schwänzen und Mösen, Händen und Zungen gekommen. Ganz kurz bin ich davon wach geworden, gerade lang genug, um mich zu dir rüberzurollen und wieder einzuschlafen. Und die Morgen danach waren immer wunderschön.«

Er nimmt mein Gesicht in seine Hände und küsst mich zwischen die Augen. »Schließt du sie auf?« Er zieht sein Hosenbein ein Stückchen hoch. Darunter kommt ein silbernes Kettchen hervor, seine Sklavenfessel. Es sieht aus wie eine Nummer in einer Revue, und ich muss kichern. Dann hole ich die Schatulle, nehme die kleine Schaufel heraus und gehe mit Jannik in den Garten. Sein Arm liegt fest um meine Hüften, damit ich nicht stolpere.

Draußen ist es kalt, es nieselt, und ich bin schlagartig nüchtern. Ich fühle mich, als hätte mich jemand mit Eisspray besprüht, bin erschrocken und ein bisschen betäubt. Kaum zu fassen, dass Adrenalin mit so viel Alkohol fertig wird, wie ich heute Abend intus habe.

Der Stein liegt noch neben der Fackel. Ich rolle ihn weg und schippe. Die Schaufel stößt schnell auf etwas Hartes. Gemeinsam ziehen wir die kleine Holzdose heraus.

Vor unserem Streit haben wir darin Briefmarken aufbewahrt. Seitdem liegen darin unsere Eheringe und der kleine Schlüssel für die Fessel. Ich nehme beides und gehe zurück ins Haus. Jannik verschwindet im Keller, wo er noch eine letzte, besonders gute Flasche Champagner kalt gestellt hat.

Ich lasse mich auf meinen Stuhl fallen und drehe die Ringe und den Schlüssel in der Hand. Das Jahr war eine lange, harte Strafe, und ich habe ihm nichts erspart. Manchmal war ich grausam zu ihm, und manchmal war die Trennung, die Freiheit für mich vielleicht schwerer zu ertragen als für ihn. Und das alles nur wegen Sex – kaum zu glauben. Aber wenn ich eins gelernt habe in diesem Jahr, dann, dass es niemals »nur Sex« ist.

Jannik wird jeden Moment mit der Flasche Champagner in der Hand aus dem Keller kommen, um auf das Ende unserer Trennung und auf unsere Zukunft anzustoßen.

Ich lege die Ringe und den Schlüssel auf den Tisch und verlasse das Haus.

Er wird sofort verstehen, dass ich wieder gegangen bin. Und dass es diesmal endgültig ist.

Ich gehe nicht im Zorn. Ich bin noch nicht einmal besonders traurig. Der Grund, weshalb ich jetzt gehe, ist nicht er, sondern ich.

Als ich das letzte Mal die Haustür hinter mir zuzog, war ich mir nicht sicher. Diesmal bin ich es. Jannik hat gebüßt für seinen Fehler. Aber ich weiß jetzt, dass ich keinen Mann will, der büßt, wenn er mich betrogen hat. Ich will einen, der mich erst gar nicht betrügt.

Ich will nicht weniger als den ganz großen, einzigen, kosmischen, markerschütternden und ausschließlichen Urknall. Mit rosa Zuckerguss und weißen Wattewolken. Mit Harfen und Engelschören. Mit dem ganzen kitschigen, herzzerreißenden Liebesscheiß.

Ich bin Marei.

Ich bin Single.

Vor allem aber bin ich Romantikerin.

Und dieser grauäugige Taxifahrer da, der mit dem Buch auf dem Lenkrad, der aussieht, als wäre er in Wirklichkeit ein ganz stiller Dichter, der gern mit einer dicken schnurrenden Katze auf dem Schoß Stadtpläne und Landkarten studiert – der sieht doch wirklich lecker aus.

Nach Mareis vögelfreiem Jahr ohne Tabus und Regeln kommt nun ihre Nichte Louise zum Zug: Ein Jahr Auszeit und nichts als Sex. Ihren prüden Ex hat sie abserviert und einen Traumjob in den Südtiroler Bergen ergattert. Als Mädchen für alles soll sie einem freizügigen Galeristenpaar zur Hand gehen. Sie steht Modell, trainiert die Hausherrin und assistiert bei der einen oder anderen Orgie. Und hat nebenbei Sex en masse. Das wird der Sommer ihres Lebens, und er wird heiß und feucht.

KAPITEL 1

Ich bin frei!

Einen Moment lang fühle ich mich schwindlig, als mir bewusst wird, wie frei. Mein Studium habe ich unterbrochen. Und Sven verlassen. Endlich, meine Güte, das hat gedauert, bis ich mich dazu durchringen konnte. Aber jetzt fühlt es sich an, als hätte ich ein viel zu enges Korsett gesprengt, und all meine Wünsche und Gedanken, die ich vor Sven und ehrlich gesagt auch vor mir selbst versteckt habe, quellen hervor und prickeln auf meiner Haut und in meinem Kopf, als würde darin eine große Badebombe blubbern.

Dazu diese Heidi-Landschaft, die Alpen!

Ich halte mich am Griff des heruntergeschobenen Zugfensters fest und fühle, wie das Schaukeln der altmodischen Bahn, ihr Rattern und Schlingern durch meinen Körper geht. Wieder eine Kurve. Ich schließe die Augen und strecke den Kopf aus dem Fenster, der Fahrtwind greift nach meinen langen schwarzen Haaren. Er pustet alles weg, die bleierne Schwere, die tausend Kleinigkeiten, die mich jahrelang runtergezogen, meine Gedanken verklebt und verhindert haben, dass ich vom Fleck komme. Sven und seine Vorstellungen davon, wie ich zu sein und was ich zu fühlen habe, wie ich mich verhalten soll. Sven mit seinen Schubladen, in die er mich gestopft hat wie ein Knäuel Klamotten, bis es darin so eng wurde, dass ich kaum noch atmen konnte. Und ich fand das sogar gut, weil ich die Enge für Geborgenheit und die Fremdbestimmung für Sorge gehalten habe.

Jetzt und hier ist mein früheres Leben so weit weg wie Berlin, in dem ich aufgewachsen bin und das ich noch nie wirklich verlassen habe, abgesehen von ein paar belanglosen Pauschalurlauben. Ich stehe in diesem ruckelnden Regionalzug, dessen Räder bei jeder Weiche so hart anstoßen, dass es sich in meinem Bauch anfühlt, als wollte der Waggon abheben. Soll er ruhig. Mir ist das recht. Mir ist überhaupt jedes Abenteuer recht, volles Risiko. Ich will alles und noch mehr. Diese grenzenlose Freiheit schickt einen Hitzeschauer durch meinen ganzen Körper bis in die Fingerspitzen, bis zu den Haarwurzeln, bis zwischen meine Beine. Einen Moment lang wünsche ich mir, ich könnte auf der Stelle in diesem kleinen Abteil mit dem abgenutzten, dunkelroten Plüschsamt einfach meine Klamotten ausziehen, sodass der Wind mich überall berührt. Soll der Schaffner doch reinkommen. Sollen mich doch die wenigen anderen Fahrgäste anstarren, wie ich nackt am

Fenster stehe, schaumgeboren vor Möglichkeiten. Ist mir egal. Lang genug habe ich mich versteckt. Ich lache laut gegen das Rattern des Zuges an, entfesselt. Von mir aus verhaftet mich wegen Erregung öffentlichen Ärgernisses. Dabei weiß ich gar nicht, wie die Gesetze hier sind, vielleicht darf man nackt Zug fahren in Österreich, oder haben wir schon Südtirol erreicht, keine Ahnung.

Ich bin nicht nur frei, ich bin wie ausgehungert. Es kommt mir so vor, als hätte ich eine strenge, freudlose Diät hinter mir, und jetzt brechen alle Dämme, und ich darf endlich wieder genießen. Wieso sollte ich auf irgendetwas verzichten oder mich festlegen? Ich will alles probieren, alles erleben, das brave Mädchen war gestern, ab heute bin ich wild – vögelwild. Ab sofort wird die ganze Welt meine Spielwiese sein. Ich kann nicht widerstehen, alles in mir will feiern, noch mehr spüren, überschäumen.

Also knöpfe ich meine Bluse auf, ziehe sie aus dem Jeansbund und hebe meine Brüste aus dem BH. *»Wou-wohu hohe Berge«,* singt der alte Schlager in meinem Kopf. Ich streichle über meine harten Nippel, die im kühlen Zugwind hart geworden sind wie Brombeeren. *»Wou-wohu Gipfelstürmer in Trachtenjacke und mit Wanderstab.«* Ja, ein Stab wäre nett jetzt. Leider liegt mein Lieblingsvibrator, ganz unten im großen Koffer Und beim Stab des Schaffners muss ich eher an *Lebt denn der alte Holzmichel noch* denken. Aber selbst ist die Frau: Ich bleibe gegen das Fenster gelehnt stehen, falls draußen auf dem Gang jemand vorbeikommt, man braucht ja nicht direkt mitzukriegen, wie sehr mich diese Reise, dieser Aufbruch in ein neues Leben, erregt.

Ich öffne den Knopf und den Reißverschluss meiner Jeans und streiche mir über den Bauch, betaste kurz meinen Nabel, eine ganz empfindliche Stelle, an die ich Liebhaber nur ranlassen würde, wenn ich sie sehr gut kenne. Dann gleitet meine Hand tiefer, die Fingerspitzen schlüpfen unter den Saum meines Slips, dehnen ihn etwas, noch tiefer, bis sie das kurz geschnittene Schamhaar berühren. Ich stelle meine Füße weiter auseinander, presse meine Hand gegen meinen Venushügel, und wie von selbst flutscht der Mittelfinger zwischen die Mösenlippen. Ich bin schon so feucht, dass es mich überrascht. Das ständige Brummen und Beben des Waggons, als würde man auf einem rodeogroßen Vibrator sitzen, haben mich offensichtlich heißgemacht. Ich muss kaum etwas tun. Mein Finger rutscht über meinen Kitzler, und mit jeder Bewegung, die von den Schienen und den Rädern direkt in meinen Unterleib fährt, breiten sich die Feuchtigkeit und die Hitze zwischen meinen Beinen mehr aus. Ich beuge meinen Oberkörper vor, sodass sich die Brustspitzen gegen das kalte Glas pressen, mein ganzer Körper wacht auf nach einem langen, bleiernen Schlaf. Ich hatte ja keine Ahnung, wie viel Energie man zwischen den Brüsten oder auf den Oberschenkeln fühlen kann. Selbst meine Kniekehlen glühen. Ich verstärke den Druck auf meine Möse, presse mich gegen meine Hand, reibe mich daran und versuche, den Mittelfinger, so weit es geht, in meinen Möseneingang vordringen zu lassen. Eine harte Kurve lässt mich schlingern, ich halte mich erschrocken mit der freien Hand am Fenstergriff fest, mein Körper wird hin und her geworfen, ich verliere die Kontrolle, muss mich ausbalancieren, damit ich nicht auf das rote Samtpolster falle – und genau bei dieser plötzlichen Seitwärtsbewegung geschieht es: Ich komme, die Lust explodiert tief innen, verbindet den Nabel, meinen Finger, der halb in meiner Möse steckt, und den Kitzler, der mir unter diesem Feuerwerk viel größer vorkommt. Selbst mein Poloch zieht sich zuckend zusammen, ich kann gerade noch gierig einatmen, da wird mein Hals auch schon eng. Es dauert nur wenige Sekunden, aber es fühlt sich an, als wäre mein ganzer Körper in seine Atome zerlegt und wieder zusammengesetzt worden.

Ich atme einige Male tief durch, um mich zu berappeln, ziehe die Hand zwischen meinen Beinen hervor, rieche an den Fingern den salzigen Geruch meiner Möse und ordne meine Kleidung.

Ich fühle mich schläfrig, am liebsten würde ich mich auf den Plüschsamt sinken lassen und eine Weile die Augen schließen, aber das wäre Verschwendung, denn draußen wird die Landschaft immer spektakulärer, wir fahren durch die reinste Heimatfilm-Kulisse.

Die Alpen. Ich kenne unzählige Insta-Fotos, auf denen durchtrainierte Frauen in Felsspalten Yoga machen, in grünen Bergbächen baden oder vor Almhütten Smoothies trinken. Ab heute Abend bin ich eine von ihnen, aber ich werde mir sicher nicht irgendeinen malerischen Wasserfall suchen, um dann bescheuertes Zeug wie *#dankbar* zu posten. Ich fand immer schon, dass Insta etwas ist für Menschen mit zu viel Zeit und zu wenig eigenem Leben. Ich will nicht fotografieren, sondern fühlen, und ich bin schon ganz hibbelig, wenn ich nur daran denke, was mich erwartet.

Das topmoderne Chalet von Nikola und Sergej liegt auf gut zweitausend Meter Höhe. Ich habe Bilder davon gesehen und mich gewundert, weil ich bis dahin immer dachte, in Südtirol gebe es nur traditionelle Häuser mit Holzbalkonen und Geranien. Der Bau ist ein Architektentraum aus Glas und Sichtbeton, schräg in den Berg gesetzt, mit riesigen Fensterfronten und Solarmodulen. Die zum Chalet gehörende Kunstgalerie liegt unterirdisch. Wenn man vor dem Chalet steht, erkennt man nur einen grasbewachsenen Hügel mit eingelassenen Oberlichten, das ist das Dach. Geld spielt für die beiden offenbar keine Rolle. Nicht nur beim Haus, sondern – lucky me – auch bei der Bezahlung ihres Personals.

Ich hatte so lange darüber nachgedacht wegzugehen, weg aus Berlin, weg von der Uni, weg von Sven, weg von der kleingeistigen Spießerin, zu der ich geworden war, und plötzlich passierte alles ganz schnell. Wild entschlossen rief ich Marei an, meine berühmt-berüchtigte Tante. Sven hat ihren Namen in Anführungszeichen gesprochen, und zwar immer, wenn ich irgendetwas in seinen Augen Ungehöriges gesagt, gedacht oder getan habe. »Das hätte jetzt auch von deiner Marei kommen können«, meinte er dann, oder: »Da hör ich deine Hippietante Marei.«

Dabei ist Marei alles andere als ein Hippie – obwohl ich auch das cool fände, weil eigentlich alles cool ist, was sie macht. Sie zieht ihr Ding durch, und es kümmert sie nicht, was andere davon halten. Sie liebt Männer. Und Frauen. Oder beides. Nacheinander und gleichzeitig. Ich wusste, dass sie mich unterstützen würde. Und das tat sie auch. Ich habe am Telefon nur gesagt: »Ich bin so weit. Ich muss hier weg.«

Sie hat nicht gefragt, ob ich das alles nicht lieber noch mal überdenken will. Sie würde nie meine größeren Gefühle oder Entschlüsse hinterfragen. Wenn ich etwas sage, nimmt sie das ernst, anders als Sven, der mir gern in endlosen Monologen erklärte, wieso ich nur meinte, etwas zu wollen oder zu finden, ich aber doch eigentlich ganz anderer Meinung sei, nämlich seiner. Damit ist er lange durchgekommen. »Er kennt mich besser als ich mich selbst«, habe ich zu meinen Freundinnen gesagt. Das ist mir jetzt peinlich, denn wahr ist wohl: Er kannte mich überhaupt nicht und hatte auch kein Interesse daran herauszufinden, wer ich wirklich bin. Er wollte, dass wir unser Boy-Girl-Ding, das wir in der Mittelstufe angefangen hatten, nahtlos weiterführten bis zu einer Reihenhaus-Jägerzaun-Idylle. Oder wie ich es eher bezeichnen würde: bis zu einem Zwangsjacken-Gehirnwäsche-Kollaps. Aber ich bin keine Höhlenfrau, die mit Beerensammeln zufrieden ist, sondern eine Jägerin. Ich will die Nacht und den Herzschlag und den Rausch. Tief in mir wusste ich das immer, aber meine Freundinnen waren sich alle so einig, die Sache mit Sven müsse etwas Großes sein.

Marei dagegen verstand sofort, was ich wollte. Am gleichen Abend rief sie zurück und erzählte mir von Nikola und Sergej. Dass sie die beiden auf einer Reise in der Toskana kennengelernt habe und sie dort mit ihrer alten Freundin Gemma unterwegs gewesen seien.

Gemma. Da klingelten bei mir alle Alarmglocken, denn über Gemma erzählt Marei fast nie etwas – wenn aber doch, ist es immer geheimnisvoll und aufregend. Fotos habe ich von Gemma noch nie gesehen, und Marei behauptet, es gebe auch kein einziges. Sobald Marei Gemma-das-Phantom erwähnt, könnte man meinen, sie stehe kurz vor der Heiligsprechung, eine Mischung aus Wonder Woman und Kameliendame. Nikola und Sergej jedenfalls, die sie in Gemmas Begleitung getroffen hatte, seien schwerreiche Galeristen in Südtirol, und sie suchten eine Art Personal Trainer oder Mädchen für alles.

»Sie haben schon eine Hausangestellte, einen Privat-sekretär und einen Koch, du musst also keine Böden wischen, Akten ablegen oder Gemüse schnippeln.« Ich hatte neben meinem Studium der Kunstgeschichte Zumba- und Yogastunden in einem Fitnessstudio ge-geben und fragte mich, ob das als Qualifikation rei-chen würde, aber Marei ließ meine Zweifel nicht gelten, also schickte ich eine Bewerbung – und war innerhalb einer Woche engagiert.

Ich konnte mein Glück kaum fassen.

Wohnen würde ich oben am Berg in diesem Traum-haus mit Pool und Koch, zu einem fürstlichen Honorar. Da Nikola und Sergej das Ganze auf ein Jahr begrenzt hatten, weil sie wohl wieder nach Sankt Petersburg zurückgehen wollten, passte es mir perfekt. Ein Jahr Auszeit, genau das, was ich brauchte, um mich zu sor-tieren und meine neu gewonnene Freiheit zu genie-ßen. »Ich will mal ein Jahr keinen Stress!«, sagte ich zu Marei. »Keine Liebesverwicklungen, keine emotiona-len Achterbahnfahrten. Sex allerdings gern. Und gern viel. Aber nur Sex!«

Marei lachte.

»Loulou, es ist nie nur Sex. Und wie ich dich kenne, hältst du das Rumspielen nicht lang durch. Da brau-che ich keine Kristallkugel. Du verliebst dich wieder. Unsterblich und bis in die Knochen. Du kannst nicht nur Sex. So bist du eben. Und das ist ja auch schön so.«

Ich war ein bisschen beleidigt, als sie das sagte. Als wäre ich eine weltfremde Romantikerin, die direkt ihr Herz verschenkt, nur weil sie ein paar Orgasmen hatte. Marei wird schon sehen, wie viel Hetäre in mir steckt. Liebesstress kommt für mich nicht infrage, nicht in diesem Jahr, nicht mit mir. Ich will ein wildes Jahr. Auf der Alm, da gibts koa Sünd, also schau'n mer mal, wie es unterm Dirndl und in der Lederhose jodelt.

Eine Durchsage unterbricht meine Gedanken. Gries am Brenner. Von Berlin aus bin ich bis Innsbruck geflogen und habe dann den Bummelzug genommen. Bis Brixen dauert es noch etwa eine Stunde. Dort wird mich ein Fahrer abholen. Und die letzten zwanzig Minuten nehme ich eine Berggondel, verrückt: Zum Chalet hoch fährt eine Art Seilbahn, die noch aus der Zeit stammt, als dort oben ein Hof war und man damit Milchkannen rauf- und runtertransportierte. Man steht in großen Metallkörben, in denen nach wie vor auch Vorräte und Einkäufe befördert werden.

Außerdem gibt es natürlich eine normale Zufahrt, die habe ich auf den Fotos gesehen, aber sie wird wohl eher selten benutzt. Nichts soll oben die Ruhe der Berge und die Natur stören, keine Autos, keine Abgase. Sogar die Besucher der Ausstellungen müssen in den Korbgondeln hinaufschweben. Ich stelle es mir vor wie ein Zauberschloss.

Widerwillig schiebe ich das Abteilfenster hoch. Ich würde so gern die Landschaft draußen bewundern, aber ich sollte mich vorbereiten, immerhin haben meine Chefs mich noch nicht kennengelernt, und ich will nicht dumm dastehen und gar keine Ahnung von ihrem Geschäft haben. Ich habe mir einiges zusammengegoogelt und ausgedruckt. Die Galerie ist erst seit etwa einem Jahr dort oben und offenbar in der Kunstszene schon schwer angesagt. Besonders eine Ausstellungsreihe, die erst vor wenigen Monaten angefangen hat, wird immer wieder erwähnt. Ein unbekannter Künstler liefert in kurzen Abständen jeweils drei neue Gemälde. Niemand weiß, wer er ist oder wo er herkommt. Angeblich handelt es sich um einen Mann, so lautete ein bloßes Gerücht, dem aber nie widersprochen wurde. Die italienischen Zeitungen nennen ihn »La Nebbia«, den Nebel, weil er ganz urplötzlich aufgetaucht ist und seine Bilder so mysteriös sind. Eine Serie fand ich online und bekam direkt Gänsehaut: Diese Bilder sind ganz anders als das, was ich bisher in Ausstellungen gesehen habe. Sie sind klassisch, ja geradezu altmeisterlich gemalt, Öl auf Leinwand, und könnten auch aus dem sechzehnten Jahrhundert stammen.

Man sieht in der Dreierserie, die online zu finden ist, immer einen Ausschnitt aus einem dunklen Zimmer. Einmal mit einer brennenden Kerze, einmal mit einem umgeworfenen Hocker und einmal mit einer Türklinke, auf die ein Schlaglicht fällt. Hyperrealistisch. Keine Erklärung, keine Geschichte, keine Titel. Und trotzdem berühren mich diese Bilder auf eine merkwürdige

Art. Die Gegenstände scheinen zu schweben wie in einem Traum. Die Atmosphäre ist bedrohlich, ohne dass ich sagen könnte, warum.

Ich bin gespannt, was dahintersteckt, und den Kunstsammlern geht es offenbar genauso, denn innerhalb kürzester Zeit hat dieser Maler, den noch nie jemand interviewt oder getroffen hat, Höchstpreise erzielt. Er stellt nur bei Nikola und Sergej aus, und sie schweigen darüber, woher sie ihn kennen.

Jedes Bild wird teurer verkauft als das vorige, was mich wundert, denn modern sind diese Arbeiten nicht. Die Kritik überschlägt sich vor Begeisterung, obwohl es gegenständliche Bilder sonst schwer haben und schnell kitschig oder epigonal genannt werden. Ich lese von Neo-Manierismus, beseelten Stillleben, Seelenräumen oder psychotischen Nachtgeburten, die sich im Profanen des Gegenständlichen manifestieren. Während meines Studiums bin ich mit dieser Sorte Kunst noch nicht in Berührung gekommen, aber Bilder und Kritiken faszinieren mich gleichermaßen. Ich hoffe, Nikola will nicht nur mit mir durch die Berge joggen und an ihrer Dirndl-Figur arbeiten, sondern setzt mich auch in der Galerie ein.

Es sind allerdings nicht alle begeistert. So überschwänglich die großen Feuilletons schreiben, so sehr ätzen die alpenländischen Kunstblogs.

»Wieder nur drei Bilder, und das für sechs Euro Eintritt«, schreibt *Muse Moni*. »Die Ausstellung deprimiert mich«, findet *Coras World of Art.* »Alles so schwarz, kaum Farbe, eher Tupfer. Der Künstler hat offenbar durchgehend schlechte Laune beim Malen.« Und *KunstundKreatives* empört sich: »Die Bilder versteh ich nicht, ärgerlich, bei Kunst will ich nicht denken, sondern sie einfach schön finden.«

Eine scheppernde Zugdurchsage unterbricht meine Lektüre und kündigt Brixen an, ich bin endlich da. Aufgeregt sammle ich meine Sachen zusammen, den Rollkoffer, zwei Taschen und einen Schlapphut. In meinem Kopf fühlt es sich an, als hätte jemand eine Dose Alpenkräuterlimo geschüttelt und geöffnet, alles sprudelt und prickelt.

Ich balanciere mit beiden Taschen jeweils über einer Schulter die Metallstufen hinunter und wuchte schnaufend den großen Koffer aus dem Zug. Um mich herum lachen und schwatzen Familien, die Gesichter voller Vorfreude auf den Urlaub oder einen Ausflug. Frauen in tief dekolletierten Dirndln gehen mit schnellen Schritten zum Ausgang, die Augen fest auf ihre Handys gerichtet, und gönnen der atemberaubenden Berglandschaft keinen Blick. Wahrscheinlich sieht man die gar nicht mehr, wenn man hier aufwächst. Plötzlich springt ein Verschluss meines Koffers auf, er ist einfach zu voll. Ein Windstoß weht mir den Strohhut vom Kopf, ich erwische ihn gerade noch und stelle eine der Taschen auf die Krempe. Dann kümmere ich mich um die Kofferschnalle, es wäre ja zu blöd, wenn sich der ganze Inhalt über den Bahnsteig verteilen würde: Bikinis, Unterwäsche, meine Vibratoren, die ich für einsame Nächte eingepackt habe. Am besten noch vor die Füße meines Kollegen, der mich abholen soll.

Aber das Schloss meines Koffers rastet anstandslos wieder ein, und außerdem bin ich nicht verklemmt. Ich lass mich nicht so leicht einschüchtern, ich nehme alles, wie es kommt, und stehe meine Frau. Ich atme tief durch, schultere meine Taschen, setze mir den Hut wieder auf und ziehe den Koffer hinter mir her zum Ausgang. Der Sommer meines Lebens beginnt, hoffentlich wird er heiß und feucht.

Wo sind die feschen Jungs und Mädels? Ich bin bereit!